스
크

스크류바

박사랑 소설집

창비

차 례

권
태
―
이
상

나는 달리고 싶었다. 티티 또한 그럴 것이었다. 하지만 이곳에는 티티가 달릴 만한 길이 전혀 없었다. 아니 이곳까지 오는 내내 티티가 실력을 발휘할 기회는 한번도 없었다. 당연하다는 걸 알고 있었으면서도 짜증이 일었다. 나는 괜히 아무도 없는 길에서 클랙슨을 울렸다. 빼앵, 클랙슨 소리마저도 참 기품 있었다. 티티는 세달 전 구입한 아우디사의 스포츠카였다. 원래는 람보르기니가 갖고 싶었으나 가격을 듣자 엄두도 낼 수 없다는 것을 깨닫고는 바로 눈을 낮췄다. 사실 람보르기니의 매력이라고는 잠자리 날개처럼 펼쳐지는 문밖에 없는데 그건 달리는 거랑 아무 상관없잖아? 겉으로는 그렇게 말했지만 그 순간에도 내 눈꺼풀은 잠자리 날개처럼 파르르 떨렸다.

아무튼 나는 중고차 시장에서 어렵게, 내 인생 최대의 적인 우유 부단을 무찌르고, 티티를 입양했다. 그렇지만 워낙 자식처럼 아끼느라 집 회사만 오갔을 뿐이다. 그러니까 오늘은 내가 티티와 함께하는 첫 장거리 여행이었다. 물론 나와 티티뿐이면 좋겠지만 조수석에는 대학시절 단짝(이라 쓰고 웬수라 읽는다)인 매앵[1]이 코까지 골며 자고 있었다. 나는 매앵의 코를 비틀고 싶은 마음을 다스리며 전방을 주시했다. 여자가 아무 데서나 그렇게 퍼져 자고 싶냐, 이렇게 말하면 아마도 매앵은 남자답지도 못한 새끼가 마초 같은 소리나 한다고 설교를 늘어놓을 게 분명했다.

하지만 문제는 이게 아니었다. 문제는 날아갈 듯 달려야 하는 티티가 시속 40킬로미터의 속도를 넘지 못하며 구부정대는 산길을 기어간다는 것이었다. 답답해서 문드러지는 속을 참을 수가 없는데 매앵의 코골이는 더 심해지고 있었다. 갑자기 손끝에서 심술 줄기가 뻗쳐 나왔다. 마음 같아서는 매앵을 흔들어 깨우든지 액셀러레이터를 밟든지 해야 했지만 나는 그저 오픈 버튼을 눌렀을 뿐이었다. 그러자 티티가 요동을 치며 뚜껑을 열었다. 매앵은 갑자기 들

---

1) 매앵과 나는 대학교 동아리에서 처음 만났다. 당시 교환학생으로 와 있던 미국인 쎔이 매앵의 본명인 맹주은을 매앵쥰으로 발음하면서 우리 모두 그녀를 매앵이라 부르게 되었다. 매앵은 하얗고 깡마른 몸을 갖고 있었다. 매앵을 처음 본 날 나는 백석의 시에 나오는 나타샤를 떠올렸다. '가난한 내가/아름다운 나타샤를 사랑해서/오늘밤은 푹푹 눈이 나린다'는 구절이 계속 머릿속을 맴돌았다. 그런데 이제와 돌이켜보면 나타샤보다는 당나귀 때문에 그 시를 떠올린 것 같기도 하다.

이치는 햇살에 못생김이 묻은 얼굴로 일어나 말했다. 뭐야, 범블비 변신 중이냐?[2]

잠이 깬 매앵은 주위를 둘러보고는 금세 눈을 반짝였다. 와아, 너무 좋다. 온통 그뤼네? 나는 픽 웃을 뿐 대꾸하지 않았다. 매앵은 미국에서 단 삼년밖에 살지 않았지만 삼십년은 산 사람처럼 쓸데없이 발음을 굴렸다. 그것도 저런 세살짜리 조카도 알 만한 단어를. 음, 스멜즈 굿! 잇츠 풀 냄새. 매앵은 스마트폰을 꺼내 빠른 속도로 사진을 여러장 찍었다. 열장은 넘는 것 같았다. 그렇게 대충 찍어서 사진이 나오냐? 하는 내 말에 사진은 촬영이 아니라 보정이야, 대꾸하며 손가락을 움직였다. 심각하게 화면을 보며 사각틀에 사진을 넣고 효과 탭을 이리저리 눌러 사진을 올리고는 내 눈앞에 들이댔다. 푸른 숲이 펼쳐진 사진 아래에는 #Nature #so_cool #휴식에는그린,이라는 해시태그가 달려 있었다.

나는 매앵을 무시하며 내비게이션을 확인했다. 아무래도 길을 잘못 든 것 같았다. 야, 주소 검색이나 다시 해봐. 여기 아닌 것 같아. 매앵은 리얼뤼? 쏘 뺀-을 외쳐가며 한글 주소를 꾹꾹 눌렀다. 내비게이션이 가르쳐준 대로 가도 계속 낯선 길만 이어졌다. 어렸을 때 봤던 길은 이제 없어진 건지, 아니면 내 기억이 잘못된 건지

2) 매앵과 나는 어엿한 삼십대 성인이었지만 만나면 스무살 수준의 대화를 이어갔다. 사실 우리는 스무살 때 이문열이나 이청준의 소설 속 대화처럼 철학적이고 비판적인 대화를 하려 애썼지만 마무리는 꼭 되도 않는 농담이었다. 그러다 어느 순간부터는 그냥 농담만 남게 되었다. 현재 우리는 그것이 시대풍자적이면서도 다분히 해학적인 구석이 있는 농담이라고 생각하고 있다.

확신할 수 없었다. 아무것도 모르니 그저 내비게이션에 의지할 수밖에. 나는 의지 없이, 생각 없이, 희망 없이 삼무 정신으로 운전만 했다. 그러다 도착한 곳은 놀랍게도 내가 찾던 그곳, 할머니댁이었다. 내비게이션은 아직 더 가야 한다고 말했지만 나는 시동을 끄고 티티에서 내렸다. 저 비뚤어진 파란 대문은 할머니댁이 분명했다. 귀퉁이가 안 맞아 늘 닫히지 않던 문은 여전히 그렇게 비스듬히 열려 있었다.

마당에 들어서자 어릴 때 기억이 밀려들었다. 할머니는 항상 마루에 앉아 있다가 내가 오면 신발도 갖춰 신지 않고 걸어나오곤 했다. 포즈는 꼭 오래된 연속극에 나오는 할머니처럼 아이고, 우리 강아지! 할 것 같았지만 현실은 달랐다. 할머니가 나를 반기며 하는 말은 아이고, 우리 석을놈 왔냐,였다. 쌍시옷 발음이 잘 되지 않아 어쩐지 욕 같기도 하고 욕이 아닌 것 같기도 한 석을놈. 그게 여기서의 내 이름이었다. 괜히 마음이 시큰해져 할머니! 하고 허공에 외치고 싶었으나 뒤따라오는 매앵을 보고 꾹 삼켰다. 매앵은 마루에 드러누워 사람들 없으니까 좋다, 베리베리 긎긎, 하고 감탄사를 늘어놓았다.

오랜 시간 운전을 해서인지 눕자마자 잠이 쏟아졌다. 나는 억지로 눈꺼풀을 몇번 들어올리다가 그럴 필요가 없다는 것을 깨달았다. 편하게 숨을 내뱉자 코끝에 나무 냄새가 스몄다. 아주 오랜만에 맡는 냄새였다. 더 잘 맡으려고 숨을 크게 들이쉬다 곧 잠이 들었다. 얼마쯤 지나 잠에서 깼을 때 주위는 어둑어둑해져 있었다. 매앵은 차에서 그렇게 잤는데도 또다시 깊이 잠들어 쉽게 깰 것 같지 않았다. 나는 나무 기둥에 비스듬히 기대어 앉아 마당을 쳐다봤다. 몇년 전 시멘트를 발라 만들었던 수돗가가 바싹 말라 있었다. 아직도 물이 나오려나, 다가가 수도꼭지를 돌리자 아주 차고 맑은 물이 쏟아져내렸다. 나는 물을 처음 만지는 헬렌 켈러라도 된 것처럼 오래도록 물줄기에 손을 넣고 신기해했다.

두달 전, 할머니가 돌아가신 뒤 시골집은 비어 있었다. 낡은 산골집의 재산가치는 거의 없었기에 다들 처분할 생각조차 못하고 그냥 놓아두었다. 오랜만에 생긴 휴가에 시골집에 온 것은 매앵 때문이었다. 나는 중견기업 입사 후 오년 동안 한번도 쉬지 않고 일만 해왔다. 입사할 때는 거의 기적과 같은 천운이 도와서 합격했지만 입사하고 나서는 그저 밀려나지 않기 위해 매달려 있을 뿐이었다. 매일 내가 서 있는 곳은 부채의 사북자리[3]였고 하늘도 그만 지쳐 끝난 고원[4]이었다. 그러던 중 다음 달에 새로 생길 연구부서에 발

---

[3] 최인훈의 소설 『광장』에서 '사북자리'라는 표현을 처음 접했다. 고3 6월 모의고사에서 사북자리의 의미에 관해 묻는 문제를 틀렸다. 그때는 더이상 물러설 곳이 없는 부채의 끝부분을 머리로만 이해했다. 어쨌든 그 문제를 틀리고도 나는 국문학을 전공했고 국문학을 전공하면 사북자리에 서게 된다는 것을 알면서도 피하지 않았다. 그때의 나는 아무래도 패기가 있었다.

[4] 이육사는 내가 가장 좋아하는 시인이었다. 특히 그중에서도 「절정」은 처음으로 다 외운 시였다. 특히 마지막 구절 '이러매 눈 감아 생각해볼밖에/겨울은 강철로 된 무지갠가보다'를 외울 때는 늘 눈을 감았다. 그런 행동은 허세라기보다는 문학적 순정에 가까웠다고 반추해본다.

령을 받았고 팀이 꾸려지는 동안 보름의 휴가가 주어졌다. 처음으로 생긴 긴 휴가에 대체 무엇을 해야 할지 모르는 내게 매앵이 찾아와 말했다. 그냥 떠나는 거지, 뭐.

매앵은 나름 프로 여행가였다. 여행에도 프로가 있느냐고 할지 모르지만 어쨌든 여행으로 책을 낸 적이 있으니 프로라고 하는 것이 합당했다. 그런데 저 구절에서 강조할 부분은 프로가 아니라 '나름'이었다. 매앵은 출판사의 계획에 맞춰 여행을 다녀와 부풀린 감상을 쓰고 다른 곳에서 산 사진들로 빈 공간을 채워 책을 만들었다. 다 그런 거라고 말하면서. 아무튼 공대 출신의 매앵은 대학 때 글이란 것을 한줄도 써본 적이 없었지만 지금은 글밥을 먹고사는 중이었다. 그에 반해 국문과 출신인 나는 졸업한 뒤 보고서만 줄줄이 써댈 뿐 문장다운 문장을 써본 지 오래였다.

매앵은 지난달 스페인 바르셀로나에서 돌아온 뒤 쉬는 중이었고 내게 생긴 휴가에 나보다 더 들떠서 여행 계획을 세웠다. 출장으로 중국, 일본을 각각 한번씩 가본 것을 빼고는 외국에 나가본 경험이 없는 나를 어디든 데려가려고 애썼다. 그러나 결국 지쳐 나가떨어졌다. 뭐든 상관없어, 괜찮아,만 되풀이하는 나를 견딜 수 없었던 것이다. 쏘 스투핏! 넌 그냥 정선 산골에나 처박히는 게 낫겠어.

나는 화내듯 던진 매앵의 말에 엉뚱한 대답을 해버렸다. 우리 할머니네 집 거기 있는데. 그런데 그 말에 꽂힌 건 오히려 매앵이었다. 매앵은 다 때려치우고 정선에 내려가자고 난리였다. 앞서 말했듯 우유부단이란 병을 앓고 있는 나는 설치는 매앵에게 그저 고개를 끄덕였을 뿐이다. 당장, 라잇 나우!를 외치는 매앵을 멈출 수가 없어서 아무 계획도 없이 다음 날 아침 대충 짐을 꾸려 출발했고, 그렇게 정선 산골집에 도착하게 되었다.

언제 깼는지 매앵이 내 손 위에 손을 올려 함께 물을 맞았다. 시원하다. 영어가 섞이지 않은 담백한 감탄사가 매앵의 입에서 흘러나왔다. 나는 물을 잠그고 젖은 신발을 털었다. 이제 뭐 하지, 하고 묻는 내게 매앵은 하품을 하며 뭉그러진 발음으로 말했다. 뭐 하긴, 밥이나 먹자. 부엌으로 들어갔지만 아궁이에 가마솥이 있는 부엌은 그냥 정물에 지나지 않았다. 난감해하는 나를 지나쳐 나간 매앵은 가방에서 휴대용 가스버너를 꺼냈다. 입 벌리고 서 있지 말고 고기나 구워. 빛보다 폭이 더 좋지?

삼겹살이 노릇하게 구워지자 매앵은 삼겹살 하나를 가리키고는 삼초 뒤에 이거 뒤집어, 하고 말했다. 어리둥절해하면서도 시킨 대로 삼겹살을 뒤집는 내 손에 매앵의 스마트폰이 따라붙었다. 익어가는 고기를 다각도로 촬영한 뒤 매앵은 만족한 듯 쌈장에 푹 찍은 고기를 입에 넣었다. 그건 또 뭐냐, 하고 묻는 내게 동영상,이라 대답하며 재빠르게 버튼 몇개를 클릭해 동영상을 업로드했다. 그 밑에는 #삼겹살은진리 #먹스타그램,이라는 해시태그가 달렸다. 넌 귀찮지도 않냐? 하고 묻는 내게 매앵은 뭐, 습관이라, 하고는 말을 끊었다. 매앵의 인스타그램은 개인적인 용도라기보다는 책을 팔아먹기 위한 수단이었으므로 나는 더이상 말을 꺼내지 않고 새 고기를 올렸다. 치익, 하고 불판에 고기가 익어가는 소리를 들으며 다시 고이는 침을 삼켰다.

밤이 되자 집은 불빛 하나 없이 어두웠다. 전기는 이미 끊겼는지 방이고 마당이고 전부 다 깜깜했다. 매앵과 나는 작은 랜턴에 의지하며 마루에 앉아 있었다. 시골은 엄청 어둡구나, 사진도 안 나와. 투덜대던 매앵은 화장실에 간다며 랜턴을 들고 일어섰다. 랜턴 불빛마저 사라지자 어둠속에는 나 혼자 남았다. 나는 누워서 하늘을 쳐다봤다. 시골은 별이 엄청 반짝일 줄 알았는데 그렇지도 않았다. 겨우 흐릿하게 빛을 뿜는 별을 보며 시 구절을 떠올렸다. '별 하나에 어머니, 어머니[5]' 자연스럽게 따라붙는 다른 시 구절은 '오늘밤에도 별이 바람에 스치운다[6]' 억지로 떠올린 마지막 시 구절은 '물 먹은 별이 반짝, 보석처럼 박힌다[7]'였다. 더이상 생각나는 게 없었다. 시 대신 보고서의 구절들이 떠올랐다. 상반기 매출 상향 조정을 위한 디자인 개선, 사내 인트라넷 수정을 통한 통합 관리체계 구축.

---

5) 윤동주의 「별 헤는 밤」을 처음 접한 것은 한컴 타자연습에서였다. 중학생이 된 나는 이상할 정도로 컴퓨터 타자 빨리 치기에 열을 올렸는데 그때 가장 자주 연습했던 것이 바로 이 시였다. 지금 다른 구절은 기억나지 않지만 '별 하나에 어머니, 어머니'만은 이상하게도 기억에 남아 있다.

6) 윤동주의 「서시」는 노래로 처음 들었다. 그래서 나는 그 시가 처음에는 시인 줄도 몰랐다. 노래 가사치고는 심오하다는 생각을 어린 나이에도 했는데, 나중에 문학 교과서에서 보고는 멈칫했다. 아무튼 그래서 그런지 이 시를 보면 자연스레 귓가에 노래가 들려온다.

7) 정지용의 「유리창 1」은 마지막 구절 덕에 좋아한 시였다. 마지막 행인 '아아, 늬는 산새처럼 날아갔구나'를 읽으며 '늬'라는 단어에 빠진 적이 있었다. 대학 때 창작 수업 시간에 한번 써먹었는데 모두의 냉대를 받고 조용히 접었다.

어처구니없이 뒤섞이는 머릿속 때문에 욕이 맴돌았는데 마당에서 진짜 욕이 들려왔다. 쉣쉣! 매앵이 흙 묻은 랜턴을 들고 씩씩대며 걸어오고 있었다. 왜? 하고 묻자 붉게 부어오른 무릎을 내보이며 말했다. 수돗가에 걸려 넘어졌단 말이야. 짜증나, 불 좀 켜. 나는 여기서 불을 어떻게 켜, 하려다 아! 하고 벌떡 일어나 티티에게로 갔다. 전조등을 켜자 흰빛이 마당으로 쏟아졌다. 마치 세상에 빛이 처음으로 내리는 것 같은 느낌이었다. 매앵은 갑자기 감상적인 눈을 하고는 말했다. 이야, 완전 도시의 빛이네. 그랬다, 그건 분명 도시의 빛이었고 우리는 금세 안락해졌다.

매앵은 안락한 빛에 둘러싸여 맥주를 늘어놓았다. 오는 길에 상자로 샀던 칼스버그를 빛이 들어오는 곳에 잘 세워놓고 사진부터 찍었다. 상표가 잘 나오게. 나는 촬영이 끝난 칼스버그를 내 쪽으로 끌어왔지만 멈칫할 수밖에 없었다. 병따개 없는데? 내 말에 매앵은 코웃음을 치며 나무젓가락으로 병을 땄다. 뻥, 소리가 청량했다. 이런 것도 할 줄 아냐? 하는 내게 이것도 트래벌 스킬이야, 하고 대꾸했다. 덴마크에 있을 때 진짜 많이 마셨는데,로 시작된 매앵의 덴마크 스토리를 들으며 나는 하늘을 쳐다봤다. 티티의 빛에 가려 이제 가물가물하던 별빛조차 보이지 않았다.

아침에 일어나자 매앵이 맥주병들과 함께 마루에서 뒹구는 모습이 먼저 눈에 들어왔다. 나는 떠지지 않는 눈을 비비며 수돗가로 가 얼굴에 대충 물을 끼얹었다. 찬물에 흐릿했던 눈이 맑아졌다. 대체 몇시나 된 건지. 그냥 해가 떠 있고 잎이 푸르른 주변 환경으로는 도무지 시간을 짐작할 수가 없었다. 마루 구석에 있는 스마트폰을 집어들었지만 전원이 꺼져 있었다. 매앵 것도 마찬가지였고. 나는 티티에게로 걸어가 스파트폰 충전기 잭을 끼우다 악! 소리를 내고 말았다. 놀라서 깬 매앵이 주위를 두리번거렸고 절망한 나는 핸들에 머리를 박았다. 빼앵, 기품 있는 클랙슨 소리도 내 슬픔을 달래주지 못했다. 배터리가 방전된 티티는 시동이 걸리지 않았으므로.

보험회사에 전화를 하려고 했으나 매앵과 나의 스마트폰은 모두 꺼져 있었고 당장 충전할 길도 없었다. 아무것도 할 수 없게 되자 아무것도 하기가 싫어졌다. 나는 마루에 벌렁 드러누웠다. 매앵이 옆에 누우며 위로랍시고 한마디 했다. 티티 니즈 브레일 타임. 대꾸할 가치도 느껴지지 않아 몸을 돌려 누웠다. 괜찮아, 고장난 것도 아니고. 잠깐 쉬는 건데 뭘 그래. 그 말을 모르는 게 아니었다. 하지만 스마트폰과 티티의 배터리가 나가자 내 배터리마저 방전되어버린 것 같은 기분이었다.

매앵은 벌떡 일어나 밝은 목소리로 말했다. 커피나 마시자. 그래, 진한 커피로 마음을 달랠 필요가 있었다. 휴대용 가스버너 위에 냄비를 얹고 물을 끓이는데 불이 신통치 않았다. 불안한 마음에 일어나 앉는 순간 불이 꺼져버렸다. 몇번이고 다시 밸브를 돌려보았지만 헛수고였다. 빈 가스통을 꺼내며 나는 다시 한번 절망을 느꼈다. 처량하게 빈 가스통을 들고 있는 나를 지나쳐 매앵은 가방을 들고 돌아왔다. 여기 있어, 맘껏 써. 가방에는 부탄가스 더미가 들어 있었다. 너, 뭐 폭파시킬 일 있냐? 매앵은 픽 웃고는 또다른 가방에서 맥심 골드믹스를 한다발 꺼내며 말했다. 자, 폭탄.

이거밖에 없어? 아메리카노는? 아니, 적어도 카누 정도는 가져 왔어야 되는 거 아니냐? 투덜대는 나에게 매앵은 코웃음을 치면서 말했다. 고향에 왔는데 고향의 맛으로 승부해야지. 이게 고향의 맛이냐. 매앵의 눈이 다시 감상적으로 변했다. 외국에 가면 이상하게 골드믹스가 땡기는 밤이 있어. 빠리 노트르담 성당 근처 유명 바리스타가 내려주는 에스프레소를 마시다가도 문득 골드믹스가 너무 먹고 싶다니까. 그래서 한국 오면 나는 이거밖에 안 먹어. 완전 고향의 맛이야. 매앵에게도 그런 구석이 있구나, 싶어서 헛웃음이 났다. 그런데 우리 고향은 여기 아니고 서울이잖아? 하는 내 반문에 매앵은 혀를 차며 대꾸했다. 이런 글로벌 시내에 한국이면 고향이지 뭐, 서울 쌍문동 52번지라고 말할래? 웨얼 아 유 프롬, 하면 뭐라고 대답해? 나는 홀리듯 대답했다. 아임 프롬 코리아. 매앵은 그렇지, 하며 추임새를 넣었다. 유어 홈타운 앤드 마이 홈타운 이즈 코리아.

대화가 이상한 방향으로 흐르고 있었지만 딱히 다른 할 말이 있는 것도 아니었다. 사실 매앵의 인스타그램에는 에스프레소만 잔뜩 올라와 있었다. 그것도 정통 이탈리안 바리스타가 내렸다나 뭐라나 하는. 물이 끓자 호쾌하게 골드믹스를 뜯어 종이컵에 넣는 매앵에게 커피는 블랙이라는 되도 않는 지조를 가진 내가 한마디 했다. 그럼 나는 슈거프리로 해줘. 그러자 매앵은 버럭 화를 내며 소리를 높였다. 맥심은 완벽해, 설탕 한톨 빼는 것도 맥심에 대한 모독이야! 아 네네, 그러시군요.

커피를 마시다 매앵은 갑자기 박수를 탁, 쳤다. 나는 하마터면 커피를 엎을 뻔했다. 왜 또, 하는 눈으로 보는 내게 매앵은 눈을 반짝이며 말했다. 어차피 며칠 뒤에 명진이랑 수지 오잖아! 그러면 다 해결이네. 나는 고개를 끄덕였다. 여름휴가를 어디로 가야 할지 모르겠다던 명진과 수지가 우리의 휴가에 따라붙었던 것이 기억났다. 처음에 오겠다고 했을 때는 탐탁지 않았는데 지금은 다행이었다. 남은 커피를 한입에 털어넣으며 잠들어 있는 티티를 쳐다봤다. 웬지 깊게 잠들지 못하고 뒤척이는 것만 같은 티티를.

커피를 마시고 나자 또다시 멍해졌다. 이렇게 한가로운 시간에는 무엇을 해야 하는지 배운 적이 없었다. 나는 이번에도 밖에 나가자는 매앵의 말이 떨어지고 나서야 움직였다. 혼자서는 아무것도 할 수 없는 스스로가 우스웠다. 산골의 오전은 고요했다. 너무 조용해서 그림 속에 들어와 있는 것만 같았다. 푹신한 흙길은 발자국 소리조차 잘 나지 않았다. 매앵은 이리저리 뛰어다니며 꽃향기를 맡고 풀들을 만졌다. 나는 아무것도 하지 않고 그저 보기만 했다. 보는 것만으로도 기분이 좋았다. 눈앞에 나무가, 꽃이, 하늘이 가득히 펼쳐진 게 얼마 만인지 기억도 나지 않았다.

매앵은 여전히 들뜬 목소리로 말했다. 아, 사진 찍어야 되는데. 그 말에 하늘이 재단되어 보이기 시작했다. 정사각형 틀에 담긴 파란 하늘. 거기에 좀더 파랗고 생기 있어 보이게 허드슨(Hudson)이나 월든(Walden)으로 색 보정을 하고 주소 태그를 찍고 마지막으로 해시태그를 달았다. #힐링 #맑은하늘아래에서 #넓은벌동쪽끝으로옛이야기지줄대는실개천이휘돌아나가고[8]. 머리를 몇번 휘두르고는 다시 하늘을 봤다. 끝없이 이어지는 하늘이 어쩐지 비현실적으로 느껴졌다. 내게는 사진 속 하늘이 더 익숙할지도.

꽤 긴 산책을 하고 돌아왔는데 정오도 지나지 않은 것 같았다. 나는 나에게 주어진 너무 많은 시간이 당황스러웠다. 마루에 앉아 멍하니 있는 내 눈앞에 매앵이 주먹을 들이댔다. 뭐야, 하고 인상을 쓰는 내게 매앵은 빙글빙글 웃으며 말했다. 아니 정신 차리고 있나 해서. 그런데 넌 보통 이 시간에 뭐해? 매앵의 물음에 내 일상이 떠올랐다. 지금쯤이면 회의 자료를 만들면서 점심 메뉴를 고민하는 중이겠지. 선택지가 그리 많지도 않은데 매일 어이없을 정도로 신중히 고민했던 기억이 났다. 그냥 일하면서 점심 뭐 먹을지 생각하지. 내 대답에 매앵은 고개를 깊게 끄덕이며 대꾸했다. 역시 인류 최대의 고민은 오늘 뭐 먹지네. 그런 의미에서 오늘 뭐 먹을래?

나는 말문이 막혔다. 타고난 우유부단함 때문에 매일 메뉴 고민만 할 뿐 결정은 내리지 못했다. 그러다가 주위에서 이거 먹으러

---

8) 대학 때 '문학의 이해'라는 수업을 수지와 함께 들었다. 나는 수지에게 잘 보이고 싶은 마음에 조별 과제에서 수지 몫까지 모두 도맡아했다. 정지용의 「향수」는 수지가 맡은 부분이었다. 어찌나 열심히 했는지 내 것보다 더 잘해서 수지는 에이플러스를 맞았다. 수지는 고맙다며 반달눈으로 웃었지만 다음 학기에 의대생 명진과 씨씨가 되어 내 앞에 나타났다. 그날밤 술독에 빠진 채 이 시를 암송했는데, 그곁에서 매앵은 꺼져,라는 말을 스물세번쯤 했다.

갈래? 하고 말을 걸어오면 네, 하고 따라가는 게 고작이었다. 내 난감한 눈빛을 읽은 매앵은 그럼 그렇지, 하는 표정으로 나를 등졌다. 혼자서 티티 쪽으로 걸어가는 매앵의 뒷모습을 보며 나는 여전히 멍했다. 매앵은 뒤통수에도 눈이 달린 것처럼 내게 외쳤다. 야, 멍 때리지 말고 물이나 끓여. 나는 성질이 나서 슬리퍼를 찍찍 끌고 매앵에게 걸어갔다. 그러고는 딱 버티고 서서 당당하게 말했다. 야! 물 얼마나 넣어?

매앵의 가방에는 없는 게 없었다. 즉석밥, 각종 채소, 고추장, 은수저 세트가 줄줄이 이어져나왔다. 나는 은수저를 들고 도대체 이건 왜 가지고 온 거냐 물었다. 매앵은 끓는 물에 즉석밥을 넣으며 마이 쏘울!이라고 대답했다. 은수저가 왜 매앵의 소울인지는 알 수 없었지만 어쨌든 그것도 상 위에 가지런히 얹어놓았다. 매앵은 즉석밥을 데워 양푼에 뒤집고는 상추, 오이 등을 적당히 잘라 넣고 김치도 썰어 넣고 마지막으로 고추장을 크게 한 스푼 떠서 밥과 함께 비비기 시작했다. 나는 현란하게 움직이는 매앵의 숟가락을 보면서 침만 삼켰다.

그렇게 점심까지 해치우고 나자 또다시 무료한 시간이 돌아왔다. 시골집에 온 지 만 하루도 되지 않았는데 나는 벌써 무엇을 할지 몰라 쩔쩔맸다. 티티가 움직였으면 어디든 한바퀴 돌고 왔을 것이고 스마트폰이 켜졌으면 사탕 깨는 게임이라도 했을 텐데 아무것도 없는 지금은 무엇을 해야 할지 알 수 없었다. 텔레비전도 없고 라디오도 없고 하다못해 장기판까지 없는 이런 시골에서는 어떻게 해야 시간이 갈는지. 안절부절못하는 나를 보고 매앵은 혀를 쯧쯧 차고는 책 한권을 던져주었다. 알랭 드 보통의 『여행의 기술』이었다. 이런 것도 읽냐, 하고 묻는 내게 매앵은 어제와 같은 답을 들려주었다. 잇츠 트래벌 스킬.

책장을 넘기다 매앵이 줄을 쳐놓은 곳을 발견했다. "말할 필요도 없이 우리 모두가 태어날 때 바람에 흩뿌려져 이 나라 저 나라에서 태어났다. 그러나 플로베르와 마찬가지로 우리도 어른이 되면 상상 속에서 우리의 충성심이 향하는 대상에 따라서 우리의 정체성을 재창조할 자유를 얻는다." 충성심이 향하는 대상,이라는 구절에 눈이 멈췄다. 내 경우를 떠올려봤다. 어린 시절에는 누구나 그렇듯 엄마였고, 군대에서는 조국이라고 강요당했다. 그리고 한때는 수지였다. 수지, 지금은 피부과 의사 명진의 아내가 된 나의 첫사랑. 페이지를 넘기지 못하고 가만히 있는 나를 보고 넌 책도 못 읽느냐며 매앵이 비웃었다.

나 옛날에 네가 책 읽는 거 좋아했어. 또다시 매앵의 눈이 감상적으로 변했다. 나는 책을 덮고 다음 말을 기다렸다. 무인도에 가게 된다면 뭐 가지고 갈래? 세가지만. 갑자기 엉뚱한 곳으로 튀어버린 대화에 내가 눈만 크게 뜨고 있으니까 매앵이 빨리빨리, 하며 재촉했다. 나는 우물쭈물하며 대답했다. 라이터랑 스마트폰이랑 티티? 내 대답에 매앵은 피식 웃어버렸다.

"너도 많이 변했다. 너 예전에는 그렇게 대답 안했어."

"내가 뭐라고 했는데?"

"책, 기타, 카메라."

"뭐야, 다 쓸데없는 거잖아."

"그래, 쓸데없는 거지. 그래서 그때도 물어봤어. 그렇게 쓸데없는 것만 가지고 가서 살 수 있느냐고. 그랬더니 너한테는 그게 필수적인 거래."

"내가 그렇게 허세 쩌는 말을 했냐."

"요즘에는 책 자주 안 읽지?"

"거의 못 읽지. 바쁘니까."

"뭐, 언제는 안 바빠서 책 읽었냐."

돌이켜보면 바쁘지 않았던 적이 없다. 중고등학교 시절에는 늘 학교와 학원에 치였고 대학교 때는 과제와 스펙에 치였다. 회사에 들어가면서부터는 일과 회식에 치이게 되었고. 늘 무언가에 쫓기듯이 살았다. 아침에 눈을 뜨면 기계처럼 일어나 씻고, 옷을 입고, 떠밀리듯 출근하고, 엑셀을 정리하고, 피피티를 수정하고, 내몰리듯 퇴근하고, 다시 아침이 되고. 그렇게 매일 정신없이 바빴다. 그런데도 이상하게, 이상할 정도로 지루했다. 빠르게 돌아가는 일상이 반복되니 오래된 테이프같이 늘어졌다. 수도 없이 들어서 다음 곡이 무엇인지 아는 것처럼 흘러가는 내일이 궁금하지 않았다.

마루에 비스듬히 기대 앉아 허공을 쳐다봤다. 딱히 시선을 둘 데가 없어 여기저기 쳐다봐도 다 비슷비슷해 보였다. 그것마저 귀찮아 눈을 감았다. 잠도 오지 않았다. 휴가가 생기면 하고 싶은 게 엄청 많을 줄 알았다. 하지만 정작 쉬는 시간이 찾아오자 어떻게 쉬어야 할지 막막했다. 오히려 일하는 게 더 쉽게 느껴질 정도였다. 호기롭게 정선까지 온 게 우스워졌다. 매앵도 지루한지 몸을 이리 꼬고 저리 꼬며 시간을 흘려보내고 있었다. 뭐하지? 하는 내 물음에 매앵은 아무 대답도 하지 않았다.

　　그러는 사이 날이 어두워졌다. 매앵과 나는 어제처럼 고기를 굽고 어제처럼 맥주를 마시고 어제처럼 하늘을 보고 누웠다. 랜턴 불빛은 어제보다 더 어두워 서로의 표정이 잘 보이지 않았다. 우리는 지루함의 끝에 서 있었다. 경험해본 적이 없는 지루함이었다. 지루함에 지친 매앵의 발이 내 종아리를 건드렸다. 너무 오랫동안 늘어져 있던 다리는 작은 자극에도 크게 반응했다. 종아리를 문지르던 매앵의 발이 허벅지까지 올라왔다. 나는 더이상 참지 못하고 매앵을 끌어당겼다. 아, 정확하게 해두자면 내가 참지 못했던 건 욕정이 아니라 지루함이었다. 그건 논란의 여지가 없었다.

　　매앵의 티셔츠를 벗기고 내 티셔츠마저 훌렁 벗어버렸다. 한 손으로는 계속 나머지 옷을 벗으면서 다른 손으로는 매앵의 어깨를 끌어안았다. 매앵은 어느 때보다 조용했다. 예전에도 그랬다. 섹스를 할 때만큼은 한마디 말도.없었다. 매앵의 어깨뼈에 입을 맞추며 '그날'을 떠올렸다. 매앵과 내가 처음으로 섹스를 하던 그날. 술에 엄청 취해서 정확히 남아 있는 기억은 없지만 도드라진 어깨뼈의 감촉만은 기억하고 있었다. 그날은 짐승이라도 된 것처럼 매앵의 어깨뼈를 물어뜯고 싶었다. 그러나 지금은 딱히 그런 마음이 들지 않았다. 나도 매앵도 서로를 존중한 의례적인 섹스를, 정중히 마쳤다.

매앵과 나는 옆에 널려 있던 옷을 다시 주워 입고는 나란히 누웠다. 별일이었지만 별일이 아닌 일이 있고도 우리에게 큰 변화는 없었다. 매앵이 허공에 대고 말했다. 너 그날 수지 때문에 엄청 울었지. 대답을 요구한 말 같지 않아서 나는 가만히 있었다. 네가 우니까 수지 머리채를 잡아 뜯고 싶더라. 그 말에는 더이상 대꾸하지 않을 수가 없어 코웃음을 쳤다. 웃기지 마, 나 때문이 아니라 명진이 때문이잖아. 수지가 내 첫사랑이었듯 명진은 매앵의 첫사랑이었다. 서로의 첫사랑이 씨씨로 맺어진 뒤 우리는 밤새 붙잡고 울다 섹스를 했다. 하지만 매앵과 나는 다음 날에도 달라진 것 없이 친구로 지냈다. 패배자끼리 만나는 건 아무래도 싫다는 암묵적 동의였다. 매앵은 손깍지를 껴 머리를 받치며 말했다. 아무튼 지금의 너보단 그때의 네가 훨씬 나았어. 나는 다시 한번 코웃음을 치며 받아쳤다. 넌 그때나 지금이나 별로야. 매앵의 눈빛에서 잠시 살기가 뿜어져나왔다.

밤은 낮보다 더 길고 지루했다. 늘어지게 하품을 해보았지만 잠은 오지 않았다. 매앵도 잠이 오지 않는지 뒤척였다. 풀벌레 소리가 써라운드로 들려왔다. 같은 간격으로 길게 우는 풀벌레 소리도 지겨워질 때쯤 매앵이 입을 열었다. 쇼펜하우어가 그러는데 인간은 곤궁하거나 권태롭거나 두가지 상태밖에 없대. 나는 고개를 끄덕였다. 곤궁해지지 않으려고 발버둥 치면서 버티는 서울에서의 내가 떠올랐다. 늘 필사적이었지만 곤궁하지 않은 시간은 찾아오지 않았다. 그런데 그 곤궁을 뛰어넘고 나를 기다리는 것이 겨우 권태라고? 생각이 깊어지자 이는 건 짜증뿐이었다. 그런 건 어디서 들었느냐고 묻는 내 말에 매앵은 철학과 수업이라고 답했다.

"그건 왜 들었는데?"

"그냥 『차라투스트라는 이렇게 말했다』 그 책, 멋있어 보여서."

"그래서 차라투스트라가 뭐라고 말하든?"

"말종인간이 되지 말라고."

"말종인간이 뭔데?"

"몰라. 그냥 어감상 알 거 같지 않냐? 느낌적인 느낌이 있잖아?"

다음 날 아침 내가 일어나서 제일 처음 본 것은 맥주병과 매앵이 마루에서 뒹굴고 있는 장면이었다. 어제도 똑같은 걸 본 것 같은데. 나는 머리를 갸웃하며 수돗가에 가서 세수를 했다. 물소리 때문인지 매앵도 눈을 비비며 일어나 앉았다. 매앵과 나는 함께 마루에 앉아 있었지만 아무 말도 하지 않았다. 눈을 뜨고 있었지만 아무데도 시선을 두지 않았고 귀를 열고 있었지만 아무 소리도 들으려 하지 않았다. 그렇게 무기력하고 멍한 시간이 지나갔다. 그 사이로 문득 이상의 수필 「권태」가 떠올랐다. 이상은 매일매일 이어지는 뻔한 시골 생활에 지쳐 그 글을 썼다. 정확히 기억은 나지 않지만 이상의 문장에서는 냉소와 함께 두려움이 묻어났다.

매앵이 부스럭거리며 일어나 신발을 끌고 대문 밖으로 나갔다.

나는 습관적으로 그 뒤를 따랐다. 어제와 같은 초록이 이어지고 있었다. 매앵이 감탄해 마지않던 '그뤤'이었으나 그것은 이미 빛을 잃은 것 같아 보였다. 나는 이상이 느꼈을 참담한 권태에 대해 생각했다. 이것은 권태보다 더한, 권태 이상이었다. 아니다, 권태에도 끼지 못할 권태 이하인가. 아무튼 이 지독히도 푸르고 맑은 공간에서 나는 더이상 생각할 일조차 없었다. 모든 생각을 지웠는데도 배는 고팠다. 꼬르륵대는 배를 내려다보고 있자니 어제 매앵이 떠들었던 쇼펜하우어의 말이 기억났다. 인간은 곤궁하거나 권태롭다고. 나는 고개를 저었다. 쇼펜하우어가 살던 때에는 인간이 곤궁하거나 권태로웠는지 몰라도 지금의 나는 곤궁하면서도 권태로웠다.

그저 앞만 보며 길을 걷고 있는데 매앵이 저편을 손가락으로 가리키며 말했다. 어, 저거 논 아니야? 정선에도 논이 있어? 매앵이 가리킨 곳에는 그냥 푸른 것이 있었다. 나는 대충 보고 그런가보지, 하고 대꾸했다. 논인지 아닌지 모를 푸른 공간을 쳐다보다 사진을 찍듯 네모 틀에 담았다. 넓은 공간에서 손바닥만 한 네모만 떼어냈다. 그러고는 그 밑에 해시태그를 달았다. #여전히엄청그린 #저게논인지밭인지궁금하지도않음 #논이야기[9]. 매앵이 반대편으로 걸음을 옮겼고 나도 뒤따라 걸으며 시선을 옮겼다. 하지만 어디를 봐

---

9) 채만식의 소설 제목이다. 고등학교 시절 친구 녀석이 『논 이야기』라는 제목을 보고 눈을 반짝이며 책을 뽑아 들었다. 그 녀석은 논에 대한 이야기를 '놀았던 이야기'라고 생각했던 것이다. 어이가 없어서 웃고 말았지만 그 뒤로도 녀석은 카프카의 『성(城)』을 '성(性)'으로 착각하는 실수를 저질렀다. 그 무렵 청소년의 해석력이란 그 언저리를 벗어날 수 없다는 사실에 새삼 감탄하게 된다.

도 다 똑같은 풍경이어서 결국 내 발끝만 보고 걸었다. 걸음 따라 날리는 흙먼지에 인상을 찌푸려가며.

어제처럼 대충 밥을 지어 먹고 어제처럼 맥심 모카골드 커피를 마시고 어제처럼 허공을 보며 멍하니 있는 사이 날이 어두워졌다. 그냥 그렇게 가버리는 하루가 크게 아쉽지도 아깝지도 않았다. 그래도 오늘밤에 명진과 수지가 온다는 것은 잊지 않고 있었다. 어차피 할 일도 없는데 버스 정류장까지 마중이나 나가자는 매앵에 말에 나는 고개를 끄덕이며 따라나섰다. 매앵과 나는 하나뿐인 랜턴에 의지해 어두운 시골길을 걸었다. 차로 올 때는 금방이었는데 걸으려니 길고도 길었다. 반쯤 걸었을 때 후회가 밀려들었다. 그러나 다시 돌아가기에는 너무 늦었다는 것을 깨닫고는 생각을 멈췄다. 그렇게 나는 의지 없이, 생각 없이, 희망 없이 삼무 정신으로 걷기만 했다.

마침내 버스 정류장에 도착했다. 시멘트로 만든 차갑고 딱딱한 의자에 앉아 멀리 도로를 쳐다봤다. 오가는 차는 한대도 없었다. 몇 시에 온대? 하고 물었지만 매앵은 고개만 저을 뿐이었다. 또다시 무료한 시간이 시작되었다. 매앵과 나는 가끔 달려드는 모기를 잡을 때만 착착 손뼉 치는 소리를 낼 뿐 아무 말도 없이 앉아만 있었다. 지루함에 지친 내가 벌떡 일어나 랜턴을 도로 쪽으로 비춰보았다. 랜턴의 불빛은 며칠 사이에 부쩍 어두워져 몇걸음 앞도 잘 보이지 않았다. 별수 없이 다시 주저앉았다.

매앵이 발장난을 하기 시작했다. 신발에 흙이 긁히는 소리가 들렸다. 가만히 좀 있어, 하는 내 말에 매앵은 오히려 더 큰 소리가 나게 발을 문질렀다. 더이상 말하는 게 의미가 없을 것 같아 나는 반대편으로 고개를 돌렸다. 잠시 뒤 발장난도 재미가 없어진 매앵이 뜬금없는 것을 내게 물었다. 넌 장래희망이 뭐야? 장래희망이라는 단어 자체가 너무 어색해 생각이 멈춰버렸다. 어린 시절에는 장래희망을 주제로 그림도 그리고 글쓰기도 했던 것 같은데 그때 무엇을 그리고 무엇에 대해 썼는지 도무지 기억이 나지 않았다. 아무 말 없는 내게 매앵은 재촉하듯이 다시 물었다.

"꿈이 뭐냐고."

"티티 할부금 갚게 회사 안 잘리는 거?"

"많이 소박해졌네."

"내 꿈이야 원래부터 소박했지. 대학 가는 거, 회사 가는 거, 회사에서 안 잘리는 거."

"그럼 넌 꿈을 이룬 거네."

"그렇네."

거기서 대화가 끊겼다. 나는 말없이 어두운 랜턴 불빛을 쳐다보다 픽, 웃었다. 왜 웃느냐는 매앵의 말에 그냥 꿈 같은 거 누가 물어보는 게 오랜만인 것 같아서, 하고 대답했다. 누군가의 꿈에 대해 묻거나 들어본 게 언제였는지 기억나지 않았다. 꿈이라는 단어 자체가 생소하게 여겨졌다. 꿈이라는 해시태그를 검색해보면 무엇이 나올지. 무대 위로 쏟아지는 빛, 고3 학생의 어질러진 책상, 베이지색 크레마가 두툼하게 떠 있는 커피, 할 수 있다는 문구가 쓰인 파란 노트. 이제는 상상력마저 얇아져서 더이상 떠오르는 것이 없었다. 꿈이라는 해시태그를 걸고 무언가를 쓰고 생각하고 그리던 시절이 내게는 없었던 건지.

그러는 넌 꿈이 뭔데, 하고 묻자 매앵은 빙글빙글 웃기만 했다. 세계여행 하면서 꿈같이 사는데 꿈이 무슨 소용이겠어, 하는 내 말에도 대답이 없었다. 아무 말 없는 매앵에게 부럽다, 나도 너처럼 살고 싶어, 인스타그램에 맨날 여행 사진이나 올리면서, 하고 말했다. 매앵은 웃으며 대꾸했다. 하긴 나도 인스타 속에 있는 나는 부럽긴 하더라. 내가 봐도 부러운 인생이야. 그러고 나서는 나를 보며 한마디 덧붙였다. 너도 남부럽지 않게 잘 살면서, 뭐 그런가? 거기서 다시 대화가 끊겼다. 그때 도로 저편에서 차 한대가 달려왔다. 갑자기 쏟아지는 빛에 매앵과 나는 고개를 숙였다. 명진의 차인가 해서 뒤늦게 고개를 들어봤지만 차는 이미 지나가버린 뒤였다. 명진이 차 아니었어? 하는 내 물음에 매앵은 몰라, 못 봤어, 하고 말았다.

어두워진 도로를 쳐다보며 나는 또다시 이상의 「권태」를 떠올렸다. 이상은 불나비가 달려드는 것을 보며 불나비는 그래도 사는 방법을 아는 녀석이라고 했다. 하지만 이곳에서는 불나비도 잠잠했다. 불빛이 너무 어두워 불나비조차 달려들 곳을 찾지 못하고 있었다. 그 가운데서 나는 내일을 생각했다. 내일도 오늘과 같은 하루가 이어지겠지. 도시로 돌아간 뒤의 내일도 생각했다. 그 내일 또한 나의 어제들과 별로 다르지 않을 것이 분명했다. 그러나 나는 이상과는 다른 결말을 지었다. 이상은 다르지 않을 내일에 오들오들 떨었지만 나는 내일이 달라질까 오들오들 떨었다. 너무나도 익숙한, 어둠속에서.

* 22면의 인용은 알랭 드 보통 『여행의 기술』, 청미래 2011, 130~131면에서 발췌하였습니다.

높
이
에
의

강
요

고고는 지하도 입구에 주저앉아 마놀로 블라닉 9호를 벗어 던졌다. 발 아파, 한걸음도 못 걷겠어. 고고가 하이힐을, 그것도 마놀로 블라닉을 저렇게 내팽개치는 건 처음이었다. 보도블록 끝에 간신히 걸쳐진 9호가 위태롭게 흔들리고 있었다. 지나가던 사람들이 고고를 흘긋거렸다. 고고는 그런 시선에 아랑곳없이 발을 주무르기 시작했다. 언제나처럼 고고의 엄지발가락은 터진 스타킹 사이로 삐죽 나와 있었다. 나는 슬쩍 고고에게서 한발짝 물러났다. 괜히 목을 길게 빼고 길 건너편을 보는 나에게 고고가 말했다. 쓸데없는 짓 하지 말고 구두나 주워와. 나는 뒷목을 긁으며 하이힐을 주워 들었다. 고고는 매끈한 마놀로 블라닉을 나란히 세워놓고 여전히 발을 주무르는 데에만 집중했다. 그 옆에서 나는 엉거주춤한 자세로 계속 주위를 살폈다.

일어날 기미가 보이지 않는 고고를 억지로 일으켜 근처 까페로 들어갔다. 까페에서도 고고는 앉자마자 하이힐을 벗었다. 12센티미터 굽에 반짝이는 큐빅이 촘촘히 박혀 있는 마놀로 블라닉은 패션회사 면접을 위해 고고가 특별히 구입한 것이었다. 그것도 십이개월 할부로. 고고는 다시 발을 주물렀고 나는 늘 하던 대로 아이스 아메리카노 두잔을 주문해 테이블로 가져갔다. 고고는 내가 쟁반을 내려놓기도 전에 무센스! 하고 말했다. 그리고 어이가 없어서 할 말을 잃은 나에게 이런 날은 달달한 게 당기는 법이야, 넌 여자를 너무 몰라, 하며 아메리카노를 마셨다. 그럼 먹지나 말든가, 나는 고고의 손에 들린 아메리카노를 빼앗고 싶은 충동을 억누르며 자리에 앉았다.

면접 어땠냐고 물어보면 네 입에 하이힐을 처박을지도 몰라. 고고의 말에 나는 대꾸도 하지 않고 아메리카노를 마셨다. 오늘따라 더 쓰게 느껴졌다. 그래도 도대체 왜 이 사약 같은 걸 돈을 내고 사먹는지 모르겠다고 말하던 나는 더이상 없었다. 고고와 함께 다니면서부터는 각종 체인 까페에서 시커먼 아메리카노를 매일 빨아댔으니. 나는 창밖으로 높이 솟은 건물들을 쳐다보며 다시 쓴 아메리카노를 한모금 빨았다. 그때 고고가 갑자기 발을 주무르던 두 손을 짝, 소리 나게 마주치며 물었다. 맞다! 럭키네 회사 이 근처 아니야? 나는 고개만 끄덕였다. 고고는 럭키도 부를까? 하더니 내 대답은 듣지도 않고 럭키에게 문자를 보냈다. 나는 매니큐어가 벗겨진 채

빠르게 움직이는 고고의 엄지를 무심히 쳐다보고 있을 뿐이었다.

리필한 아메리카노마저 다 마시고 나자 럭키가 까페 안으로 들어섰다. 고고는 조금 전까지 발을 주무르던 손을 높이 들어 럭키를 불렀다. 럭키는 재킷을 벗으며 자리에 앉았다. 소매에서 커프스 단추가 반짝였다. 또 샀냐, 하고 묻는 나에게 럭키는 응, 무리 좀 했지, 하고 대답했다. 나는 굳이 가격까지 물어보지는 않았다. 맞은편에 앉아 있던 고고가 손 좀 씻고 올게, 하고 새침하게 말했다. 럭키가 오자 방금 전까지 발을 만지고 귀를 파대던 고고의 손에는 새하얀 손수건이 들려 있었다. 그러고 보니 엄지발가락이 삐죽 나와 있던 고고의 발은 어느새 마놀로 블라닉 속에 태연히 들어가 있었다.

너는 요즘 하는 일 잘 되고? 하는 일이 없다는 걸 뻔히 알면서 저렇게 묻는 저의가 뭘까, 하는 생각이 길게 이어졌지만 대답은 짧게 나갔다. 뭐, 그렇지. 럭키는 몸을 젖히며 이어서 말했다. 너무 조급해할 거 없어, 뭐 필요한 거나 궁금한 거 있으면 언제든 얘기하고. 나는 고개만 끄덕이고 물을 마셨다. 화장실에서 돌아온 고고는 빨리 저녁 먹으러 가자며 럭키를 보챘다. 그사이에 화장까지 고쳤는지 눈꼬리가 선명해져 있었다. 고고는 럭키에게 팔짱을 끼며 밖으로 나갔고 나는 그 뒤를 따랐다. 커플처럼 딱 달라붙어 걷는 고고와 럭키를 보자 그냥 집으로 가고 싶은 마음이 솟구쳐올랐다.

럭키는 고고와 나를 한우 전문점으로 안내했다. 메뉴판의 가격을 보고 잠시 입이 벌어졌지만 곧 럭키를 따라 들어갔다. 럭키는 앉자마자 물수건으로 손을 닦으며 삼인분이요, 하고 말했다. 메뉴

판도 가격도 보지 않고 말이다. 고고는 럭키 옆에 찰싹 붙어 앉아서는 물을 따르고 수저를 놓았다. 나와 다닐 때는 마님이면서 럭키와 함께 있을 때는 무수리처럼 변하는 고고를 보는 건 올해로 십년째였다. 익숙한 광경임에도 불구하고 눈살이 찌푸려지는 것은 어쩔 수 없었다. 고기가 나오자 럭키는 나서서 고기를 불판 위에 올려놓았다. 고기 익는 소리가 방 안을 채우고 우리 셋은 한동안 말없이 익어가는 고기만 쳐다봤다. 침묵을 깬 것은 고고였다. 이러고 있으니까 대학 때로 돌아간 것 같다. 럭키는 웃으며 대꾸했다. 그러게. 흥, 나는 속으로만 비웃었다.

고고와 럭키와 나는 대학의 연극 동아리에서 처음 만났다. 동아리방 문 앞에서 쭈뼛거리고 있는 내 옆으로 고고가 다가왔다. 하지만 고고도 왠지 문을 열지 못하고 주위만 두리번거렸다. 여기 들어가려고 오셨어요? 내가 용기 내어 꺼낸 말은 허공 속에 묻혔다. 그 순간 문이 열렸으므로. 그때 동아리방 안에서 나온 게 럭키였다. 럭키는 환하게 웃으며 우리에게 손짓했다. 신입생이세요? 어서 들어오세요. 나는 그때까지만 해도 럭키를 선배라고 생각했다. 럭키는 나보다 고작 십분 먼저 동아리방에 들어간 신입생으로는 절대 보이지 않았다. 그렇게 같은 날 동아리에 들어왔다는 이유만으로 고고와 럭키와 나는 줄곧 붙어다니게 되었다.

나는 처음부터 럭키가 마음에 들지 않았다. 같은 신입생인데 묘하게 여유가 넘치는 모습이 나를 자극했다. 내가 관심 있었던 건 당연히 럭키가 아닌 고고였다. 고고는 나에게 생긴 첫 여자친구, 그러니까 여자인 친구였다. 남자들만 모여 있는 중고등학교를 나온 나에게 고고는 그 자체로 신세계였다. 지금 생각해보면 그다지 예쁠 것도 대단할 것도 없는 고고에게 왜 반했는지 정말 모를 일이지만 그때는 고고만이 여자로 보였다. 그러나 이미 말했듯 고고는 내게 여자인 친구일 뿐, 여자친구는 아니었다. 고고는 내 마음을 알면서도 나를 받아주지 않았다. 그렇다고 해서 밀어내지도 않았는데, 그런 고고와 나의 관계를 가장 먼저 알아차린 것이 럭키였다. 럭키는 내가 도와주겠다, 고고는 곧 너의 여자가 될 거다, 하면서 내 어깨를 두드렸다. 나는 그저 어색하게 웃을 수밖에 없었다.

그때까지는 고고도 럭키에게 특별히 관심을 두고 있지 않았다. 고고가 럭키를 주목하게 된 것은 오월 축제를 준비하던 때였다. 동아리에서는 『고도를 기다리며』를 무대에 올리기로 하고 연습에 들어갔다. 무대에서 주연을 맡는 것은 당연히 이삼학년 선배들이었다. 그런데 연습 중에 럭키 역을 맡고 있던 선배가 교통사고를 당해 무대에 설 수 없게 되었다. 심지어 럭키의 대역을 맡은 선배까지도 사고 난 차에 함께 타고 있었다. 상연 이틀 전이었기에 다들 패닉에 빠져 있을 때 어디선가 '럭키'가 나타났다. 럭키의 대사와 동선을 모두 외우고 있는 '럭키'가. 그렇게 럭키는 일학년 중 유일하게 무대에 섰고 선배들의 기대주로 자라났다. 그리고 그때부터 동아리에서는 모두 그를 '럭키'라고 부르게 되었다.

럭키의 전설은 여기서 끝나지 않았다. 럭키와 고고와 내가 삼학년이 되던 해, 럭키는 자연스럽게 동아리 대표가 되었다. 현역에서 물러나는 마지막 연극으로 또다시 『고도를 기다리며』가 선택되었다. 모두들 럭키를 블라디미르(디디) 역에 추천했지만 그는 모두의 요청을 매너 좋게 거절하며 나를 디디 역에 추천했다. 럭키가 매너남이 되는 사이 나는 얼떨결에 주인공이 되어 넘쳐나는 대사에 허덕여야만 했다. 그런데 럭키는 매너남만으로는 부족했는지 내게 좋은 친구의 역할을 다하기 위해 에스트라공(고고) 역에 고고를 추천했다. 남자 역을 여자가 소화하는 것에 대해 말이 많았지만 생각보다 고고의 연기가 좋았고 새로운 시도였다는 평가를 받으며 연극은 막을 내렸다. 그렇게 럭키는 뛰어난 동아리 대표, 타인을 배려할 줄 아는 매너남, 친구의 고민을 위해 노력하는 의리남이 되어 멋진 남자 삼단 콤보를 완성했다.

고기 탄다, 빨리 먹어. 이제 막 핏기만 가신 것 같은 고기를 탄다고 표현하는 고고를 이해할 수 없었지만 아무튼 나는 고기 한점을 입에 넣었다. 고고는 고기 구워지는 소리를 들으며 대학 때로 돌아간 것 같다고 했으나 대학 때는 이런 호사는 생각도 못했다. 가난한 대학생이 한우라니 당치도 않았다. 그때 우리는 삼겹살도 아르바이트비 받는 날이나 되어야 겨우 먹을 수 있었다. 값싼 삼겹살을 뭐가 그리도 좋다고 먹었는지. 하지만 아예 그때가 더 나았다는 생각이 들었다. 지금 먹는 고기는 일등급 한우라는데도 맛을 느낄 수 없었다. 앞에서 고고는 어머, 고기가 입안에서 녹아! 하며 호들

갑을 떨고 있었고 그 옆에서 럭키는 한우는 레어로 굽는 게 베스트지, 하며 어쭙잖은 지식을 펼치고 있었다. 이런 환경에서 고기 맛을 느낄 수 있을 리가 없었다.

고고가 화장을 고치러 간 사이 럭키는 까만 카드를 내밀어 계산을 했다. 나는 농담으로라도 내가 낼게,라는 말을 꺼낼 수 없었다. 그 정도면 내 일주일치 식비였다. 머쓱해져 바닥만 쳐다보고 있는데 내 눈앞으로 럭키의 카드가 떨어졌다. 죄송하다고 말하는 종업원 대신 내가 카드를 집어 럭키에게 건넸다. 잘빠진 까만 카드가 럭키의 지갑 속으로 들어갔다. 나는 그 순간 엉뚱하게 왜 럭키는 카드마저 멋진 걸 쓰는가에 대한 생각에 빠져들었다. 같은 신용카드인데도 내 카드는 뭔가 유치하고 촌스러운 디자인이었고 럭키의 것은 폼 나고 고급스러워 보였다. 한도 높은 카드의 디자인이 훨씬 고급스러운 것도 카드사의 상술일지도! 럭키의 카드에서 카드사의 상술로 이어진 생각이 나의 비참함으로 막 옮겨가려는데 고고의 명랑한 목소리가 그 사이로 꽂혔다. 우리 한잔하러 갈까? 고고, 럭키와 한잔하는 것은 대학 때 내가 가장 싫어하는 일이었다. 아마 그들은 모르겠지만.

그날은 특별한 일이 하나도 벌어지지 않을 것만 같은 평범한 날이었다. 수업은 예정대로 돌아갔고 강의는 언제나처럼 지루했으며 교정은 쓸데없이 반짝였다. 무료함의 끝이 보이지 않는 오후 4시 38분. 고고와 럭키와 나는 탈출을 시도했다. 탈출이라고 거창하게 말해봤자 어차피 종착지는 후문 옆 비좁은 술집 '너스레'였다. 우리는 삐걱거리는 나무 계단을 나란히 올라 이층에 앉았다. 말이 좋아 이층이지 상체를 꼿꼿이 세우고 앉으면 정수리가 천장에 닿는 다락방 같은 공간이었다. 고고와 럭키와 나는 늘 하던 대로 비스듬히 앉아 목을 빼고 아래층 주인아저씨에게 소리쳤다. 너스레탕, 해물파전, 그리고 각 일병!

잠시 뒤 소주 세병과 살얼음이 붙어 있는 유리잔이 각자의 앞에 놓였다. 술을 잔에 채우는 동안 고고는 신고 있던 마놀로 블라닉을 벗고 의자에 책상다리로 앉았다. 그때도 고고의 엄지발가락은 스타킹을 뚫고 나와 있었다. 고고는 엄지발가락이 불쑥 튀어나온 발을 습관적으로 주물렀다. 처음 봤을 때는 눈살을 찌푸렸지만 점점 익숙해져 아무렇지도 않게 넘길 수 있는 장면이었다. 나는 시선을 옮겨 테이블 밑에 나란히 놓인 마놀로 블라닉 1호를 물끄러미 쳐다봤다. 세달치 아르바이트비를 고스란히 털어 산 고고의 첫번째 마놀로 블라닉이었다. 매끈하게 빠진 구두 앞코가 반들반들하게 빛났다. 고고가 화장실에 간다며 내 신발을 빼앗아 신고 일어났다. 나는 고고의 하이힐을 보며 중얼거렸다. 저 허영덩어리. 럭키가 잔을 비우고 말했다. 자기 욕망에 저렇게 솔직하고 충실할 수 있으면 됐지, 뭐. 나도 좀 그렇게 살고 싶다. 무슨 헛소리냐고 대꾸하며 나는 럭키의 빈 잔에 술을 따랐다.

어느정도 술에 취하자 다들 말이 느려졌다. 럭키는 일찍 일어나는 새가 왜 벌레를 많이 잡을 수밖에 없느냐에 대해 어눌한 말투로 역설했고 고고는 이유도 없이 헤실헤실 웃었다. 그리고 나는 반쯤 풀린 눈으로 고고의 입술만 쳐다보고 있었다. 이상할 정도로 고고의 입술만 보였다. 아무래도 안되겠다는 생각에 일어나 화장실로 갔다. 소변을 보자 어지러웠던 시선이 좀 또렷해졌다. 하지만 여전히 걸음은 비틀거렸다. 자꾸만 힘이 빠지는 다리를 간신히 가누며 계단을 오르는데 럭키가 고고 쪽으로 옮겨 앉는 모습이 보였다. 뭐지? 하며 다시 발을 내딛으려는데 럭키가 고고 쪽으로 바싹 다가앉았다. 고고는 그런 럭키를 밀어내지 않았다. 오히려 피식 웃고는, 키스했다.

고고와 럭키의 키스는 꽤 오랫동안 이어졌다. 나는 그 자리에서 한발짝도 움직이지 못했다. 소리도 내지 못했고 외면도 하지 못했다. 그냥 그들의 키스를 쳐다보기만 했다. 속이 울렁거렸다. 가게에서 나와 골목 구석에 먹은 것을 다 토해냈다. 골목을 빠져나왔지만 갈 곳이 없었다. 이미 버스는 끊긴 지 오래였고 택시비는 당연히 없었다. 나는 꾸깃꾸깃해진 담뱃갑에서 담배 한대를 꺼내 피우며 학교로 돌아갔다. 동아리방 구석에는 소파를 이어붙여 만든 간이침대가 있었다. 나는 침대에 누워 커튼을 쳤다. 수시로 여기 누워 자던 고고가 최소한의 프라이버시는 지켜져야 한다며 만들어놓은 것이었다. 눈을 감았는데도 세상이 빙글빙글 돌았다.

그렇게 잠이 들었다가 무언가 쿵쾅거리는 소리에 깨어났다. 커튼 틈으로 고고와 럭키의 모습이 보였다. 둘은 내가 술집에서 나올 때보다 훨씬 더 취해 있었다. 고고가 몸을 제대로 가누지 못하며 바닥에 누워버리자 럭키가 그 위로 올라탔다. 럭키는 옷이 잘 안 벗겨진다며 투정을 부리는 고고를 달래며 키스했다. 럭키의 입술이 고고의 입술에서 목으로, 목에서 가슴으로 내려갔다. 나는 고개를 돌렸다. 내가 그곳에 있다는 것도 모른 채 고고와 럭키는 섹스를 했다. 등지고 누워 눈을 감아도 신음이나 살이 맞닿는 소리가 귀에 생생하게 박혔다. 행위가 끝난 뒤 둘은 대충 옷을 주워 입고 잠들었다. 나는 잠든 그들 앞에 서서 두 사람의 목을 조르는 상상을 잠시 했다. 하지만 결국 조용히 동아리방을 나왔다.

　재미없고 의미도 없는 얘기에 시시덕거리며 시간을 보내는 건 대학 때나 지금이나 변함없었지만 술판의 결말은 대학 때와는 좀 달랐다. 이제 우리 모두 내일이 없는 것처럼 살 수는 없게 되었으니까. 럭키도 내일 출근해야 하고 고고와 나도 아침 일찍 토익 학원에 가야 했다. 럭키는 주말 연속극에 자주 나올 법한 상사와의 트러블에 대해서 얘기했고 고고는 그 뻔한 얘기를 천일야화라도 듣는 듯 눈을 반짝이며 집중했다. 둘이 아주 아라비안나이트를 찍어라, 하고 속으로만 투덜대며 나는 술을 들이켰다. 열한시가 되자 고고와 럭키와 나는 취하지도 않은 깔끔한 모습으로 술자리에서 일어났다.

　럭키는 택시를 탔고 고고와 나는 지하철역을 향해 걸었다. 조용히 걷던 고고는 평소답지 않게 진지한 목소리를 냈다. 럭키 부럽지 않냐? 나는 대답하지 않았다. 오늘 면접 망쳤어, 무리해서 구두까지 샀는데도. 면접장 앞에서 거울을 보는데 내가 너무 초라한 거야. 오늘따라 이상하게 마놀로 블라닉이 나한테 안 어울리더라. 구두 신경 쓰다 말도 잘 못했어. 하긴 구두가 괜찮았으면 어차피 다른 거 신경 쓰다가 면접 망쳤겠지. 핑곗거리야 백만스물한개쯤 있으니까. 나는 고고의 푸념에 습관처럼 한숨만 내뱉었다.

그냥 토익도 때려치울까봐. 나는 이게 또 무슨 소리인가 싶어 고고를 쳐다봤다. 고고는 내 시선을 피하며 말을 이었다. 토익 구백점 넘으면 뭐해? 그럼 내 인생이 달라지나. 네버, 변하는 건 아무것도 없어. 토익 구백점 넘어봤자 어차피 난 영어로 자기소개도 제대로 못하는 루저야. 나는 심드렁하게 대꾸했다. 토익 구백점이나 넘고 그런 얘기를 하든지. 고고는 피식 웃었다. 나는 토익 공부는 싫었지만 가끔은 토익이라도 있어서 다행이라고 생각했다. 안 그래도 얄팍한 스펙 때문에 흔들리는 인생인데 그래도 토익은 노력하면 높일 수 있으니까. 이제 와서 대학 레벨을 올릴 수도 없고 부모 재산을 불릴 수도 없고 인턴 경력을 덧붙일 수도 없는 나에게 토익은 마지막 희망이나 다름없었다.

토익을 그만두겠다고 투덜대던 고고는 다음 날 학원 로비에 감지 않은 것이 분명한 머리를 질끈 묶고 나타났다. 고고와 나는 눈을 마주치고도 별말 없이 각자 교실로 들어갔다. 강사는 아침부터 마카를 뭉개고 침을 튀기며 리스닝 강의를 했다. 나는 멍하니 저 강사의 연봉은 얼마나 될까, 하고 생각했다. 쌘프란시스코에서 태어나 자라 그곳에서 대학까지 나왔다는 강사는 r 발음을 아주 맛깔

나게 했다. 물론 th 발음 또한 매끄러웠다. 같은 '땡큐'도 그가 하면 쌘프란시스코의 향기가 났다. 나는 왜 쌘프란시스코에서 태어나지 못했나. 나도 거기서 태어나 '어렌쥐'를 먹고 '래이디오'를 들으며 자랐으면 저 강단에 서 있을지도 모르는데. 그런 쓸데없는 생각들을 끊어놓으려는 듯 점심시간을 알리는 종이 울렸다.

고고와 나는 햄버거집 구석에 자리를 잡고 앉았다. 어제 때려치운다더니 왜 왔느냐며 놀릴 작정이었는데, 전투적으로 햄버거를 욱여넣고 있는 고고를 보자 그럴 마음이 사라졌다. 고고는 싸우듯이 햄버거를 물어뜯으며 자기소개서를 꺼내들었다. 그건 또 왜, 하는 내 눈빛을 보며 고고는 너무 유치해, 다시 써야 할 것 같아, 하고 말했다. 그러고는 빨간 펜으로 줄을 좍좍 그으며 콜라에 들어 있는 얼음을 와드득 깨물었다. 나는 그런 고고에게 다시 써봤자 어차피 유치할 거라는 말은 할 수 없었다. 고고가 자기소개서를 고치는 동안 나는 토익 교재를 꺼내놓고 이어폰을 꼈다. 리스닝 교재의 외국 여성이 나에게 다정히 말을 건넸다. 리슨 케어풀리.

숙제를 반쯤 했을 때 고고가 손톱으로 책을 톡톡 두드렸다. 나는 재생을 멈추고 이어폰을 뺐다. S전자 서류전형 결과 나왔대, 확인해봐. 고고의 말에 고개를 끄덕이고 스마트폰으로 인터넷 사이트에 접속했다. 너는 어떻게 됐어? 하고 묻자 어떻게 되었겠느냐는 반문에 더이상 묻지 않고 내 수험번호를 입력했다. 페이지가 넘어가는 동안 나는 눈을 질끈 감고 싶었다. 하지만 고고 앞에서 그런 꼴사나운 모습을 보일 수는 없었다. 당연히 불합격이겠지, 하는 내 눈앞에 의외의 결과가 나타났다. 합격,이라는 두글자가 내 이름 옆에 또렷이 박혀 있었다. 놀라서 굳어 있는 나를 대신해 감탄의 환호성을 지른 것은 고고였다. 나는 혹시라도 잘못되었을까봐 손을 떨며 재확인을 했다.

서류전형이라도 통과했다는 게 기분 좋았다. 스터디 멤버 열명 중에서 이번에 통과한 건 나를 포함해 둘밖에 없었다. 고작 서류전형에 통과한 나를 보고 고고는 흥분을 감추지 못했다. 사실 서류도 고고가 넣는 걸 보고 별생각 없이 같이 넣었을 뿐인데 이런 결과가 나와서 나는 좀 어리둥절한 상태였다. 이차 전형은 필기시험이었다. 적성검사와 전공지식으로 나뉘어 있는 시험 과목을 보자 한숨부터 나왔다. S전자에 붙을 거라고는 생각지도 못했기에 준비는 하나도 되어 있지 않았다. 어차피 이차에 가면 떨어지겠지, 하고 뒷걸음질치는 나에게 고고는 화를 냈다. 넌 그런 정신 자세 때문에 안돼. 늘 들어오던 말이었는데 오늘따라 더 거슬렸다. 넌 안돼, 넌 안돼. 귓바퀴에 붙어 떨어지지 않는 그 말이 내 몸속 어딘가로 들어가 나를 쿡쿡 찔러댔다.

시험 준비가 순탄할 리 없었다. 서류전형에 통과했다고 좋아했던 건 그날 하루뿐이었다. 머리를 쥐어짜며 책상 앞에 앉아 있으려니 그냥 서류에서 떨어지는 게 나았겠다는 생각까지 들었다. 졸업한 지 얼마 되지도 않았는데 전공책은 낯설기만 했다. 그저 책을 펴고 앉아 있는 것만으로도 어깨가 짓눌리는 것 같아 책을 덮고 그 위에 엎드렸다. 두꺼운 경영학원론 책은 베개 대용으로 딱이었다.

경영학원론은 분명 재수강까지 했는데도 기억나는 게 얼마 없었다. 그리고 경영학원론은 고고와 럭키와 내가 함께 들은 처음이자 마지막 수업이기도 했다.

고고의 전공은 불문학이었고 럭키의 전공은 화학공학이었다. 이학년이 되자 둘은 모두 경영학 복수전공에 대해 고민했다. 아니 그때는 둘뿐만 아니라 경영학을 전공하지 않는 대부분의 학생들이 경영학을 복수전공하는 게 당연하게 여겨지던 시기였다. 특히 고고와 같은 인문학부 학생들은 더더욱 그랬다. 나는 무슨 자신감에서였는지 고고에게 복수전공을 하면 내가 다 도와주겠다, 학점 같은 건 걱정 마라는 식의 말을 해댔다.

개강 날, 나는 먼저 교실에 앉아 고고의 자리까지 맡아두고 여유롭게 교재를 들춰보고 있었다. 수업 시작 오분 전 강의실 문을 여는 고고가 보였고 나는 팔을 번쩍 들었다. 고고는 나에게 고개를 끄덕이곤 뒤를 돌아보았다. 그때서야 고고를 뒤따라 들어오는 럭키를 알아차렸다. 나는 아무렇지 않은 듯 럭키에게 말을 건넸다. 수업 들을 수 있겠어? 보통 학생들과는 차이가 나는 공대 스케줄 특성상 다른 과의 수업을 듣는 건 거의 불가능에 가까웠다. 하지만 럭키는 특유의 여유로운 웃음으로 못할 거 있겠느냐, 하고 책을 폈다.

럭키에게 진정 불가능은 없는 걸까. 한학기 내내 내가 했던 생각이었다. 럭키는 리포트와 시험은 물론이고 필수 과제가 아니었던 프레젠테이션까지 맡아가며 의욕적으로 수업을 들었다. 그런 럭키의 모습을 보고 있자니 도리어 내가 피곤해졌다. 럭키가 발표하는 수업시간에 나는 유인물에 의미없는 줄이나 그어대며 하품을 했다. 고고도 마찬가지였다. 두꺼운 책에 색색으로 줄 치는 일에만 열심일 뿐 공부를 한다고 볼 수는 없었다. 결국 그 수업에서 럭키는 전공생인 나보다 더 높은 성적을 받았다. 그 경영학원론 수업을 계기로 럭키는 경영학을 부전공으로 삼았고 고고는 두번 다시 경영학 복수전공을 입에 올리지 않게 되었으며 나는 전공에 대한 흥미를 잃었다.

성적이 뜬 날, 햇살 좋은 벤치에 앉아 담배를 피우며 나는 말했다. 아무래도 전공을 바꿔야겠어. 고고는 심드렁하게 대꾸했다. 뭐로? 철학이나 해볼까. 내 말이 채 끝나기도 전에 고고는 깔깔대며 웃었다. 배를 붙잡고 웃어대던 고고가 벤치에 드러누워서 담배를 빼물며 한마디 했다. 개소리. 담배를 피우는 동안 내내 피식대며 웃던 고고는 담배를 비벼 끈 다음 목소리를 깔고 말을 이었다. 인간은 모두 죽고 소크라테스는 인간이지, 고로 소크라테스는 죽어. 그러니까 헛소리하지 말고 군대나 가. 도대체 철학과 소크라테스의 죽음과 군대가 무슨 연관이 있는지는 모르겠지만 나는 일단 고개를 끄덕였다. 고고는 한마디 덧붙였다. 가서 한그루의 사과나무를 심는 거야, 스피노자처럼. 그런데 스피노자는 노자 동생이냐?

S전자의 필기시험장에 있는 사람은 세 부류로 나눌 수 있었다. 머리를 질끈 묶고 안경을 쓴 여자, 후줄근한 추리닝을 입은 남자,

그리고 그 어디에도 속하지 못하는 나. 나는 멍한 눈빛으로 시험장을 둘러봤다. 세 부류가 아니라 두 부류로 다시 사람을 나누는 게 좋을 것 같았다. 눈빛이 불타오르는 사람들과 그저 멍한 나. 나만 여기에 어울리지 않는 사람처럼 느껴졌다. 다들 책상에 고개를 처박고 시험 준비를 하고 있는데 나는 멍하니 앉아 앞만 쳐다봤다. 칠판에는 일교시 일반상식이라고 크게 적혀 있었다. 그것을 보자 문득 대학 연극부를 함께했던 '한상식' 선배가 떠올랐다.

상식 선배는 상식적이지 않은 사람으로 유명했다. 구부러지는 빨대의 구부러지는 부분을 밑으로 하거나, 지갑의 동전 넣는 부분에 지폐를 넣고 지폐 넣는 부분에 동전을 넣기도 하는 등 비상식적인 일만 해댔다. 어느날, 상식 선배는 옆 테이블의 안주를 그 사람들이 화장실 간 사이에 먹어치웠다. 고고는 그런 선배에게 이건 비상식이 아니라 반상식이라고 설교를 했고 그때부터 선배는 반상식 선배로 불렸다. 반상식 선배의 가장 반상식적인 일은 졸업 직전에 벌어졌다. 반상식 선배가 전교생이 보는 영어 인증시험에서 대학의 학점은행식 운영방식에 일침을 가하겠다며 시험 내내 녹음기에다 영어로 욕만 퍼부었던 것이다. 안타까운 건 영어가 짧은 반상식 선배는 삼초에 한번씩 쉬럽!을 외쳤을 뿐 제대로 된 문장을 한마디도 내뱉지 못했다는 사실이었다.

상식 선배처럼 쉬럽!이라도 외치고 자리를 박차고 싶지만 나는 그럴 만한 인간도 못되었다. 곧 감독관이 들어와 시험지를 돌렸다. 사람들은 시험지를 받는 순간부터 모두 경주마처럼 시험지만 쳐다보며 문제를 풀어댔다. 나도 그들에게 뒤처지지 않기 위해 시험지를 뚫을 듯이 노려보며 답을 체크했다. 그렇게 마지막 문제까지 어떻게든 풀어서 냈건만 마음이 편치 않았다. 혹시 답을 밀려 쓰지나 않았을까 하는 쓸데없는 걱정까지 들었다. 그럼에도 눈을 반짝이며 시험 어땠어? 하고 묻는 고고에게 풀만 했어, 하고 여유를 부렸다. 무슨 문제가 나왔느냐고 필기도구까지 꺼내는 고고에게 할 말이 없어서 나는 괜히 아메리카노를 마시며 말했다. 그런데 상식 선배는 요즘 뭐하고 지내냐?

시험 결과가 발표되는 날, 아침에 눈을 뜨는 순간부터 이상한 일이 시작되었다. 늘 벽돌에 짓눌리는 듯 무거웠던 어깨가 너무도 가벼웠다. 게다가 평소에는 출근하는 사람들로 북적이는 지하철이 신기할 만큼 한산했다. 오늘이 휴일인가 싶어서 달력을 확인했을 정도였다. 자습실에 도착했을 때는 말도 안되게 창가 자리가 하나 비어 있었고 연습으로 풀어본 리스닝은 만점이었다. 기분 좋은 일이 이어질수록 내 마음은 불안해지기만 했다.「운수 좋은 날」에 나오는 김 첨지의 망령이라도 붙은 게 아닌가 싶었다. 비가 오는 날 운이 좋아 계속 돈을 버는 김 첨지의 집에 죽은 마누라가 기다리고 있었던 것처럼 내 운 좋은 오늘의 끝에 S전자 불합격이 기다리고 있을 것만 같았다. 아니 기다리고 있을 것이 당연했다.

발표시간 오분 전에 나는 고고도 모르게 화장실로 들어갔다. 변기에 앉아 휴대폰으로 회사 사이트에 접속했다. 옆 칸의 물 내리는 소리를 들으며 수험번호를 입력했다. 접속이 잘 안되는지 동그라미만 돌아갈 뿐 페이지가 넘어가지 않았다. 아무리 떨어질 것을 예상했다고 해도 긴장되는 것은 어쩔 수 없었다. 마침내 페이지가 넘어갔고 나는 순간 눈을 꽉 감았다. 그리고 한 눈씩 조심스레 뜨는데 합격,이라는 글자가 보였다. 에? 눈을 동그랗게 뜨고 소리를 냈다. 불안해서 몇번이나 다시 확인을 하면서 나는 계속 에? 에? 하고 외쳤다. 옆 칸에 있던 사람이 조심스러운 노크와 함께 물어왔다. 거기 휴지 없어요? 그 순간 터져나온 웃음에 나는 눈물까지 나올 지경이었다. 아니에요, 휴지 있어요, 많이 있어요. 그렇게 옆 칸의 사람이 나갈 때까지 웃음을 멈추지 못했다.

면접은 이틀 뒤였다. 실무자 면접을 보고 나면 마지막으로 엠티 겸 프레젠테이션이 있었다. 이박 삼일간 합숙하며 조별 과제를 하고 그것을 임원들 앞에서 발표하는 것이 최종면접이었다. 나는 일정을 확인하며 두근거리는 가슴을 꾹 눌렀다. 우연이 겹치긴 했지만 그래도 여기까지 올라오자 욕심이 생겼다. 아니 욕심이야 늘 있었다. 단지 그것을 표출할 기회가 없었을 뿐이지. 운도 실력이라는 말을 중얼거리며 주먹을 꽉 쥐었다. 나는 화장실에서 나가기 전에 럭키에게 오늘 시간 있느냐는 문자를 보냈다. 럭키는 금세 괜찮다는 문자를 보내왔다.

럭키를 기다리는 까페에서 고고는 진동벨이 울리자 커피를 찾아와 손수 빨대를 꽂아주기까지 했다. S전자 면접과 고고의 황송한 대접에 나는 다리를 꼬고 앉아 흡족히 아메리카노를 음미했다.

유치하게 이런 게 행복이구나, 하는 생각이 들 정도였다. 어두워질 무렵 럭키가 왔고 우리 셋은 일식집으로 자리를 옮겼다. 럭키는 내 면접 소식을 듣고는 대학 때처럼 하이파이브를 해왔다. 나는 마치 힙합 그룹처럼 럭키의 어깨에 내 어깨를 부딪혀가며 축하를 받았다. 식사를 하며 럭키에게 예상 질문과 면접 스킬 등을 물었다. 대기업까지는 아니라도 대기업 계열사를 다니고 있는 럭키는 자신의 면접 노하우를 모두 다 풀어놓았다. 나는 럭키의 말을 메모하며 왠지 기분이 나빠졌다. 이 기분 나쁨은 도대체 어디에서 오는가를 생각하느라 나중에는 럭키의 말을 받아 적지 못할 정도였다. 하지만 그 자리에서는 결국 원인을 찾지 못했다.

이차로 간 포장마차에서 고고와 럭키와 나는 오랜만에 대학 때처럼 쉼 없이 술을 마셨다. 한시간도 안돼서 럭키의 몸이 늘어졌다. 럭키는 늘어진 채 느릿느릿 말했다. 나 내일도 출근한다, 우리 회사는 월화수목금금금이야. 아니 출근 안할지도 몰라. 부장이 내일부터 나오지 말라고 했으니까. 부장은 내 얼굴에 결재서류 집어 던지고 과장은 내 기획안을 제 이름으로 바꿔서 제출하고. 공돌이는 그냥 납땜이나 하란다. 나는 뭐냐, 나는 도대체 뭐냐. 럭키는 넥타이를 풀려고 했지만 넥타이 핀에 손목 단추가 엉켜 아무것도 하지 못하고 피식 웃었다. 바보 같은데 나는 웃음이 안 났다. 럭키보다 더 취한 고고가 풀어주겠다고 하다가 럭키 손목에서 커프스 단추가 떨어져나갔다. 골뱅이무침 속으로 빠져버린 커프스 단추를 보고 럭키와 고고는 낄낄대며 웃었다.

택시를 잡으려는 나에게 럭키는 하이파이브를 시도했다. 나는 똑바로 서 있지도 못하는 럭키를 안으며 계속 느껴왔던 불쾌감의 원인을 찾았다. 바로 럭키의 여유였다. 하지만 오늘 본 럭키는 여유를 가장하고 있었다. 택시가 앞에 서자 럭키는 내 어깨를 붙잡고 늘어지며 축하한다, 인마. 너도 이제 럭키다. 양손에 짐을 들고 입으로 상사 외투 받는 럭키! 나는 대꾸 않고 럭키를 택시 안으로 밀어넣었다. 그렇게 럭키를 보내고 주저앉아 있는 고고를 일으켰다. 고고는 언제 마놀로 블라닉을 벗었는지 맨발이었다. 다시 신기려고 했으나 무리였다. 나는 자꾸만 늘어지는 고고를 업었다.

고고의 집 앞 골목에 들어섰을 때 고고는 몸을 들썩였다. 잠에서 깬 고고는 술도 깼는지 편의점에서 커피 한잔하고 가자며 나를 이끌었다. 따뜻한 커피를 후후 불어 한모금 마시고 고고는 풀린 눈으로 말했다. 네가 부러워, 나도 경영학 전공에 군필자였으면 좋았을걸. 너 여자였냐? 하고 농담으로 받아치자 고고는 내게 삿대질을 해가며 소리쳤다. 내가 남자였으면 다 죽었어. 나도 쥬느쁘빠, 몽마메 하지 말고 경영이나 전공하는 건데! 화내던 고고는 다시 축 늘어졌다. 그러고는 힘없이 물었다. 토익 구백점 넘으면 뭐 되지? 나는 무심히 대답했다. 취업하는 거지, 뭐. 취업하면 뭐 되지? 직장인 되는 거지, 뭐. 직장인 되면 뭐 하지? 돈 버는 거지, 뭐. 돈 벌면 뭐 되지? 돈 벌면…… 좋지, 뭐. 고고는 고개를 끄덕였다. 무엇에 대한 끄덕임인지는 모르나 나도 함께 고개를 끄덕였다.

면접 날에는 비가 약하게 내렸다. 우산을 써야 하나 말아야 하나 고민될 정도로 약한 빗줄기를 쳐다보다 우산을 폈다. 지하철에서는 앞만 보며 생각 없이 앉아 있었다. 자소서를 다시 봐라, 예상문제를 뽑아서 연습해라, 그 시간이 제일 집중이 잘되니 놓치지 마라는 조언은 수도 없이 들었지만 나는 그저 멍하니 앉아 있었다. 하기 싫은 게 아니라 무엇부터 어떻게 해야 할지 몰라서 텅 빈 상태가 되어버렸다. 지하철에서 내렸을 때는 비가 그쳐 있었다. 비가 그치자 쓸모없어진 우산이 거추장스러웠다. 가방에 들어가지 않는 애매한 크기의 우산을 물끄러미 쳐다보다 버릴까, 하는 생각이 들었다. 멀쩡하긴 하지만 뭐 그리 비싼 것도 아니고. 나는 쓰레기통 앞에서 우산을 들고 잠시 망설였다. 하지만 곧 미련 없이 쓰레기통에 우산을 버리고 계단을 올랐다.

회사 건물은 고개를 뒤로 꺾어야 끝이 보일 정도로 높았다. 건물 앞에는 태극기와 회사 로고가 그려진 깃발이 휘날리고 있었다. 깃대 끝에 매달려 바람이 부는 대로 흔들리고만 있는 모습이 마치 나를 보는 것 같았다. 나는 넥타이를 바로잡고 건물 안으로 들어갔다. 면접장은 십일층이었다. 엘리베이터 안에서 나와 같은 면접장으로 향하는 사람이 몇몇 눈에 띄었다. 대기실에 들어가 수험표를 가슴에 달고 심호흡을 했다. 나에게는 다시없을 기회였다. 여기서 놓치면 다음은 없었다. 정신을 집중해 예상질문을 떠올려보았다. 마케팅이란 무엇이라고 보는가, 우리 기업에 대해 어떻게 생각하는가, 경영학을 전공한 이유는 무엇인가, 당신의 최종 목표는 무엇인가.

면접실에 들어서자 다섯명의 면접관이 자리에 앉아 있었다. 나를 비롯한 네명의 수험자가 면접관과 마주 보고 앉았다. 질문은 주로 가운데 앉아 있는 면접관이 했고 그 옆의 면접관이 추가 질문을 하는 식이었다. 질문은 평범했다. 예상문제로 뽑아놓은 것들이 순서대로 나오는 것 같았다. 반기업 정서에 대해서 어떻게 생각하나, 신념이 무엇인가, 만약 상사의 의견과 자신의 의견이 대치된다면 어떻게 처리하겠는가. 나는 대부분의 질문에 모범답안에 가까운 대답을 했다.

시작한 지 삼십분 정도 지났을 무렵 지금까지 한마디도 없던 왼쪽 끝의 면접관이 나에게 물었다. 대학 때 동아리 활동으로 연극부를 했다고 했는데 기억에 남는 에피소드가 있습니까. 그 순간 준비했던 답변보다 더 술술 대답을 하기 시작했다. 일학년 때 이삼학년 선배들이 준비하는 연극을 뒤에서 도왔습니다. 저에게는 주어진 역할이 없었지만 저는 전체 대본을 외웠습니다. 그래서 중간에 사고를 당한 선배를 대신해 그 역할을 맡을 수 있었죠. 그때부터 동아리에서는 저를 럭키라고 불렀습니다. 중간에 있는 면접관이 준비성이 철저하군요, 하며 미소를 지었다.

그 뒤로도 면접은 순조로웠다. 마지막으로 구조조정에 대해 어떻게 생각하느냐는 공통질문이 주어졌다. 다들 판에 박힌 대답을 했다. 전체를 위한 희생은 불가피하다, 낭비를 찾아서 줄이는 게 경영의 핵심이다 등등. 나는 연극을 할 때처럼 고개를 꼿꼿이 들고 말했다. 오늘 아침에 나오는데 비가 오더군요. 이슬비였지만 그래도 옷이 젖을까봐 우산을 들고 나왔습니다. 그런데 도착할 때쯤 비가 그쳤습니다. 비가 오지 않으면 우산은 하루 종일 거추장스럽겠죠. 저는 그 우산을 버렸습니다. 가끔은 과감할 필요도 있으니까요.

    면접이 끝나고 고고를 기다리며 나는 소주 한병을 비웠다. 고고는 맞은편에 앉으며 나에게 인사도 없이 소주 한병을 더 시켰다. 면접에 대해 아무것도 묻지 않았다. 나 또한 면접 이야기는 꺼내지도 않았다. 고고와 나는 실없는 농담을 해가며 술잔을 비웠다. 아무것도 아닌 말장난에 자지러지게 웃었고 실수로 엎어진 술잔을 보면서도 낄낄거렸다. 고고는 언제나처럼 하이힐을 벗은 채 의자에 쪼그려 앉아 있었다. 술에 취해 발갛게 달아오른 볼이 왠지 예뻐 보였다. 대학을 졸업하고부터는 고고를 예쁘다고 생각한 적이 없었는데, 고고의 입술은 여우의 신포도 같은 거였는데, 오늘은 이상했다. 나는 고고에게 키스했다. 고고는 놀란 듯했지만 나를 밀어내지는 않았다. 나는 자리를 옮겨 고고의 옆에 앉았다. 발에 걸리는 고고의 마놀로 블라닉을 밀어버리고 더 가까이 다가가 다시 한번 입을 맞췄다.

    나는 한 손에는 고고의 손을 나머지 손에는 고고의 하이힐을 들고 밖으로 나섰다. 고고는 술에 취해 휘청거리면서도 제법 잘 따라왔다. 평소에는 그렇게도 많던 모텔이 오늘따라 하나도 보이지 않았다. 그나마 하나 찾은 곳은 이미 만실이었다. 나는 낯선 골목으로 들어서 주위를 두리번거렸다. 골목 끝에 어슴푸레 나오는 불빛을 따라가자 연화모텔이라는 조악한 간판이 보였다. 서둘러 고고의 손을 잡아끌었다. 그런데 이번에는 고고가 따라오지 않았다. 고고는 멈춰 선 채 내게서 자신의 손을 빼냈다. 나는 아무 말 없이 눈빛으로만 물었다. 왜? 도대체 왜?

넌 안돼. 고고의 단호한 음성에 나는 멍해졌다. 조금 전까지 내 키스를 받아주고 내 손을 붙잡고 나를 따라오던 고고가 갑자기 나에게 왜 이러는지 알 수 없었다. 고고는 내 손에 있던 하이힐을 빼앗아 신었다. 눈높이가 12센티미터 높아진 고고는 나를 똑바로 마주 보며 고개를 저었다. 나는 그 순간 금방이라도 터져나올 것 같은 말을 막느라 고고를 붙잡지도 못했다. 곧 나는 S전자에 취직할지도 모르고 그러면 연봉도 럭키보다 훨씬 더 높을 거고 네 마놀로 블라닉쯤은 내가 사줄 수도 있는데, 왜! 술이 취한 상황에서도 그 말을 삼켜내고 고고를 쳐다봤다.

고고는 발이 아픈지 절뚝거리며 골목 밖으로 걸어나갔다. 나는 고고를 쫓아 걸었다. 고고의 하이힐 소리가 골목을 울렸다. 큰길로 나오자 그때서야 고고가 나를 돌아보며 말했다. 아직은 안돼. 아직, 이라는 단어에 나는 고개를 숙였다. 어색해진 분위기에 고고는 한숨처럼 말을 내뱉었다. 이게 뭐야. 무슨 대답을 해야 할지 몰라 시선을 돌리다 가로수를 보았다. 문득『고도를 기다리며』의 한 대목이 떠올랐다. 언제나처럼 웃고 넘어가야겠다는 생각에 그 대사를 읊었다. 나무지. 고고는 나와 고고 사이에 있는 가로수를 쳐다보며 피식 웃었다. 그리고 다음 대사를 했다. 목매다는 게 어때? 나는 다음 대사를 이어갈 수 없었다. 고고는 한동안 말없이 가로수만 쳐다보다 돌아서며 발 아파, 하고 중얼거렸다. 아프면 하이힐을 벗으라고 말했지만 고고는 고개를 저었다.

고고가 먼저 택시를 타고 떠났고 나는 그대로 남아 있었다. 뒤에 있는 고층 건물에서는 아직도 불빛이 새어나왔다. 그 옆 건물에서도, 또 그 옆 건물에서도, 길 건너편 건물에서도 불빛은 반짝였다. 늦은 밤까지 쉬지 못하는 저 불빛 속의 누군가와 이 자리에 서서 위만 쳐다보고 있는 나, 이 중에 누가 더 나은 건지 모르겠다는 생각이 들었다. 말하지 못했던 블라디미르의 다음 대사가 떠올랐다. 내일 목을 매달기로 하지, 고도가 오지 않는다면 말이야. 나는 다시 고층 건물의 꼭대기를 쳐다봤다.

밀려나오는 한숨을 참고 고개를 숙였다. 주름진 구두코가 보였다. 고도를 기다리는 건 어리석은 일인지도 몰랐다. 하지만 그들이 할 수 있는 건 그저 기다리는 것뿐이었겠지. 빗방울이 떨어졌다. 피식, 웃음이 났다. 택시가 내 앞에 멈췄다가 금세 달려나갔다. 투둑 투둑 떨어지던 비는 어느새 굵은 줄기로 바뀌었다. 나는 떠나지도, 비를 피하지도, 목을 매지도 못한 채 그냥 그곳에 멈춰 서 있었다.

* 이 단편의 제목은 파트리크 쥐스킨트의 소설 「깊이에의 강요」를 변형, 차용하였습니다.

스
크
류
바

아이가 없어졌다. 버스에서는 안내방송이 나오고 있었다. 나는 빈 의자를 멍하니 쳐다봤다. 나윤아, 하고 크게 불러보았지만 어디에서도 대답은 들려오지 않았다. 눈앞이 흐릿했다. 손을 내밀어 빈 의자를 더듬었다. 버스에 있는 모든 자리를 기웃거리며 아이를 불렀다. 나윤아! 우리 나윤이 못 보셨어요? 다섯살짜리 여자애인데요, 키는 이만 하고 하얀 원피스를 입었는데. 내가 정신없이 쏟아내는 말에 사람들은 모두 고개만 가로저었다. 버스 앞으로 달려나가 기사를 붙잡고 물었다. 기사는 아까 혼자 내리는 애를 본 것 같기도 한데, 하며 말을 흐렸다. 어디쯤에서요? 다그치듯 물어도 대답은 바로 오지 않았다. 기사의 입이 떨어지는 몇초가 고장난 비디오를 재생하듯 길게만 느껴졌다.

결국 기억나지 않는다는 기사에게 휴대폰 번호를 메모해주고 버스에서 내렸다. 콘텍트렌즈가 들떴는지 앞이 희뿌옇게 보였다. 나는 숨을 잘게 쪼개어 내쉬며 눈을 감았다. 친정에 다녀오는 길이었다. 광역버스를 타고 고속도로를 달리는 동안 잠이 들었었다. 아이는 계속 칭얼댔지만 이상하게 눈이 떠지지 않았다. 아이의 손을 꼭 잡자 아이는 귀찮은 듯 손을 잡아 뺐다. 엄마 십분만 잘 테니까 조용히 있어. 그 말을 끝으로 나는 아이 반대편으로 고개를 돌렸다. 얼마쯤 지나 아이는 다시 칭얼대며 내 팔을 잡아당겼다. 언제 내려, 엄마, 응? 제대로 대답을 안해주면 몇번이고 물어볼 것이었다. 게다가 많이 남았다고 하면 지금보다 더 칭얼댈 것이 분명했다. 나는 눈을 감은 채 두 정거장만 가면 돼, 하고 적당히 대답했다.

눈을 떴다. 주위를 둘러봤지만 여기가 어딘지 알 수 없었다. 표지판에 있는 글씨도 희뿌옇게 보이기만 했다. 눈이 뻑뻑하게 말라 있었다. 문질러보았지만 여전히 렌즈는 겉돌았다. 지나가는 사람을 붙잡고 여기가 어디쯤인지 물었다. 까만 비닐봉지를 든 할머니는 ○○병원 근처라고 답했다. 나는 다시 멍해졌다. 그러다 문득 아이에게 걸어준 목걸이가 생각났다. 남편과 나의 휴대폰 번호가 적힌 은목걸이. 주머니에서 휴대폰을 꺼냈지만 부재중 통화는 없었다. 나윤아, 나는 허공에 대고 아이의 이름을 불렀다. 어디선가 들려오는 매미 소리만이 길게 이어졌다.

남편에게 연락해야 하나, 아니면 실종신고를 먼저 해야 하나. 남편 생각을 하자 숨이 막혀왔다. 남편이 입버릇처럼 달고 사는 애나 잘 보지, 뭐 했어? 하는 환청이 들려왔다. 주먹을 꽉 쥐었다. 그때 휴대폰이 진동했다. 화면에는 처음 보는 번호가 떠 있었다. 나는 다급히 전화를 받았다. 여보세요, 목소리가 떨렸다. 안녕하세요, 무담보 무서류 대출 아이러브론입니다! 하이톤의 기계음이었다. 후들거리던 무릎이 힘을 잃고 꺾였다. 나는 주저앉아 기계음이 이어지는 휴대폰만 붙잡고 있었다.

가까스로 정신을 차리고 112를 눌렀다. 수화기 저편에서 무슨 일이십니까, 하고 묻는데 왠지 입이 열리지 않았다. 다시 한번 무슨 일이냐고 경찰이 물었다. 아이를 잃어버렸어요, 하고 말하자 숨이 가빠왔다. 경찰은 실종아동찾기센터로 넘겨드리겠습니다, 하고 말했다. 나는 아무 소리도 나지 않는 전화를 꼭 쥐고 숨을 가다듬었다. 곧 실종아동찾기센터입니다, 하는 말이 들려왔고 손에는 축축하게 땀이 고였다. 경찰은 아이의 이름을 물었지만 바로 대답할 수가 없었다. 아이의 이름도 얼굴도 한순간 하얗게 지워지는 듯 했다. 태양은 머리 위에서 나를 녹여버릴 듯 볕을 쏘고 있었고 매미 소리는 길고 시끄럽게 이어졌다.

실종신고는 허무할 정도로 금세 끝났다. 직원은 아이의 인상착의와 잃어버린 장소, 장애 여부 등을 확인한 뒤 곧 찾을 수 있을 거라는 말을 끝으로 전화를 끊었다. 까맣게 변한 화면을 바라보다 남편에게 전화를 걸었다. 몇번 신호음이 가다 갑자기 뚝 끊겼다. 다시 전화를 걸자 전원이 꺼졌다는 안내음이 나왔다. 문자를 보내려 했지만 손이 떨려서 계속 버튼을 잘못 눌렀다. 포기하고 취소 버튼을 눌렀다. 아이를 찾을 수만 있다면 연락을 하지 않는 편이 훨씬 나았다. 이마에 맺혀 있던 땀이 눈으로 흘러내렸다. 따가운 눈을 비비며 깜박거렸다. 그런데도 눈물은 전혀 나오지 않았다.

나는 버스가 달려온 길대로 걷기 시작했다. 내가 잠든 시간은 기껏해야 이십분 정도였고, 그사이에 아이가 버스에서 내린 게 분명했다. 엄마를 잃어버렸을 때에는 아무데도 가지 말고 한자리에 있으라고 수백번 가르쳤다. 아이가 그걸 잊지 않고 버스 정류장에 서 있길 바라는 수밖에 없었다. 땀을 닦던 손수건이 축축했다. 새 손수건이 가방에 있을 텐데, 하며 손을 들어올리다 멈칫했다. 가방이 없었다. 버스에서 정신없이 내리느라 챙기지 못했다. 멍하니 서서 다시 휴대폰을 보았다. 수신 내역은 하나도 없었다. 아이도, 가방도 없이 휴대폰만 들고 있는 내가 한심해 견딜 수 없었다.

저편으로 버스 정류장이 보였다. 나윤아, 하고 크게 외쳤다. 버스 정류장에 도착해 벤치에 드러눕듯 앉았다. 온몸의 기운이 땀으로 다 빠져나가는 것 같았다. 무릎을 두드리는데 휴대폰 진동이 느껴졌다. 재빨리 휴대폰을 꺼내 들었다. "바●카●라 사장님 1000만원 쏴드려요~" 휴대폰을 바닥에 내던졌다. 둔탁한 소리를 내며 휴대폰이 바닥을 굴렀다. 나는 떨리는 손으로 다시 휴대폰을 주워들었다. 이렇게 앉아 있을 시간이 없었다. 서둘러 일어나 다음 정류장을 향해 걸었다.

땀은 쉴 새 없이 흘렀다. 살면서 이렇게까지 땀을 흘린 건 처음이었다. 이제 손수건은 짜면 물이 떨어질 정도로 젖어 있었다. 목이 말랐다. 하지만 주머니에는 천원짜리 한장도 없었다. 편의점이 보였지만 그대로 지나쳐야 했다. 걸음은 점점 느려져갔다. 아이를 부르는 목소리도 작아졌다. 억지로 발걸음을 옮기며 습관적으로 아이 이름을 불렀다. 그때 건너편에 스타벅스가 보였다. 바로 두리번거리며 횡단보도를 찾았다. 사거리 끝에 있는 횡단보도로 걷는데 신호가 바뀌었다. 나는 뛰기 시작했다. 방금 전까지 삐걱대던 무릎이 아무렇지도 않게 움직였다.

스타벅스에 들어서자마자 얼음물을 허겁지겁 마셨다. 목구멍을 꽉 막고 있던 열덩어리가 밑으로 내려가는 느낌이 들었다. 나는 그 자리에 서서 얼음물만 몇잔을 마셨다. 한숨 돌리자 다시 무릎이 쑤셔대기 시작했다. 자연스레 옆에 있던 의자에 앉았다. 에어컨디셔너의 바람이 머리 위로 불어왔다. 눈을 감았다. 등줄기를 따라 흐르던 땀이 멎었다. 이마에 맺혀 있던 땀도 말랐다. 이대로 자고 싶다는 생각이 들었다. 하지만 동시에 내가 미쳤나보다, 하고 눈을 번쩍 떴다. 아이를 잃어버린 엄마가 스타벅스에 앉아 자고 싶다는 생각이나 하다니. 나는 얼른 자리를 털고 일어났다. 무릎은 여전히 쑤셨지만 그런 걸 신경 쓸 때가 아니었다. 어디선가 아이 울음이 들려오는 것만 같아 귀가 아팠다. 실제로 들리는 건 매미 소리뿐이었는데도.

결혼한 지 육년이 지나도록 아이가 생기지 않았다. 피임을 하고 있었기에 당연한 결과였다. 아무것도 모르는 남편은 혹시 불임일지도 모른다며 걱정했다. 산부인과에 함께 가 진단을 받았지만 별다른 문제점은 찾을 수 없었다. 남편은 병원을 나서며 목덜미로 흐르는 땀을 닦았다. 나는 남편의 뒤를 따라 걸으며 주위를 두리번거렸다. 그때 내 눈에 화승장이라는 세글자가 새겨진 아크릴 간판이 보였다. 나도 모르게 걸음을 멈췄다. 앞서 가던 남편이 뒤를 돌아봤다. 여기…… 하며 말끝을 늘이자 남편이 고개를 돌려 낡은 모텔을 쳐다봤다. 여기 들어가자고? 남편은 눈을 동그랗게 뜨고 물었다. 나는 고개를 숙여 발등을 보았다. 남편에게 그런 식으로 무언가 제안한 건 처음이었다.

남편은 고개를 갸웃거리면서도 일단 안으로 들어갔다. 접수대에 앉아 있던 건 열다섯살쯤으로 보이는 여학생이었다. 학생은 스크류바를 빨던 빨간 입술로 쉬는 거면 삼만, 자는 거면 오만이에요, 하고 말했다. 남편은 말없이 삼만원을 내밀었다. 학생은 빨간 혀로 입술을 핥으며 301호 열쇠를 건넸다. 남편이 열쇠를 받아드는 순간 녹은 스크류바가 물이 되어 뚝 떨어졌다. 학생의 하얀 교복 셔츠에 분홍빛 동그라미 하나가 선명히 박혔다. 하얀 셔츠에 퍼져나가는 분홍빛 동그라미. 학생은 그런 건 아무 상관도 없다는 듯 계속 스크류바를 빨았다. 분홍빛 동그라미가 또 하나, 톡.

301호에는 침대 없이 두꺼운 요 하나만 깔려 있었다. 남편은 괜찮겠느냐 묻지도 않고 셔츠를 벗었다. 나는 원피스를 걷어올리고 팬티만 벗었다. 남편은 나를 스윽 봤지만 별다른 말은 하지 않았다. 내가 치마를 뒤집어 가슴 위로 올리고 눕자 남편은 내 위로 올라왔다. 그렇게 남편이 몇번의 사정을 하는 동안 나는 습관적으로 신음했다. 흰 천장 위로 조금 전에 봤던 스크류바의 분홍빛 동그라미가 떠올랐다. 톡, 톡 퍼져가던. 그 순간 온몸의 감각이 곤두서며 한곳으로 모이는 느낌이 들었다. 차갑고 단 스크류바가 내 속을 휘젓고 있는 것만 같았다. 나는 스크류바를 빼는 상상을 하며 밀려드는 남편의 정자를 받아들였다.

그날의 일이 임신으로 이어진 것은 놀라운 일이었다. 피임약을 먹었는데도 불구하고 아이가 들어섰다. 임신 내내 남편은 습관적으로 아이가 아들이었으면 좋겠다고 말했다. 하지만 나는 아이가 딸이라는 것을 온몸으로 느끼고 있었다. 그냥 배 속에 있는 생명에게서 딸이라는 신호가 왔다. 그러나 아들을 바라는 남편에게 굳이 그런 말을 할 필요는 없었다. 나는 조금씩 부풀어오르는 배를 문지르며 스크류바를 먹었다. 뒤늦은 입덧으로 물조차 제대로 넘기지 못하는 내가 유일하게 먹을 수 있는 음식이었다. 스크류바를 이리저리 돌려서 빨면 입속에는 딸기향이 가득 차올랐다. 그럴 때면 나는 배 속에 아이가 있는 것도 잊을 만큼 편안해졌다.

그렇게 열달이 지나고 아이는 예정일보다 하루 늦게 태어났다. 그때 나는 열일곱시간의 진통을 겪고 거의 탈진한 상태였다. 울음을 터뜨리는 갓난아이를 간호사가 내 앞에 내밀었을 때 나는 그저 힘들다는 생각밖에 없었다. 내 몸에서 아이가 빠져나간 것이 다행스럽게 여겨졌다. 산후조리를 하는 열흘 동안은 아버지가 함께 있었다. 아버지는 없는 엄마를 대신해 내 곁을 지켰다. 뿌듯한 얼굴로 아이를 안기도 했다. 아버지가 안아줄 때는 얌전하던 아이는 내가 안기만 하면 울었다. 네가 불편하게 안아서 그래, 곧 익숙해질 거야. 아버지는 아이를 어르며 내게 말했다. 나는 고개를 끄덕였지만 그뿐이었다.

어렵다면 어렵게 낳은 아이인데도 불구하고 별로 예쁘지 않았다. 아들이기를 바랐던 남편도 아이가 가끔씩 보여주는 미소에 내 딸이 최고라며 끌어안는데 나는 그럴 수가 없었다. 아이를 안고 있으면 그 높은 체온에 정신이 아찔해지는 듯 했다. 때로는 숨이 막혔다. 가슴을 파고드는 아이의 머리를 밀어내고 싶기도 했다. 젖을 물리고 있을 때면 답답함은 더 심해졌다. 가끔 아이가 젖꼭지를 깨물면 아이의 머리를 밀어내고 손으로 가슴을 감쌌다. 아이가 울며 다시 젖을 찾아 파고들어도 감싼 손을 치우기가 쉽지 않았다. 내 가슴을 물어뜯는 아이에게 더이상 가슴을 내어주고 싶지 않았다.

길을 건너 다시 걷기 시작했다. 몇걸음 걷지 않았는데 땀은 금방 흘러내렸다. 이 더위에 어딘가에서 헤매고 있을 아이를 생각하면 마음이 급했다. 숨을 헐떡거리며 걸었다. 나윤아, 하고 불러보았지만 큰 소리가 되지 못하고 입가에서 사라졌다. 저편으로 버스 정류장이 보였다. 이번에는 분명히 아이가 있을 거라는 확신이 들었다. 그러나 그곳에도 아이는 없었다. 나는 다시 실종아동찾기센터에 전화를 걸었다. 아까 전에 아이 실종신고한 사람인데요, 아직 아무 연락도 없나요? 떨리는 내 목소리 뒤로 침착하게 경찰이 대답했다.

실종아동이 발견되면 바로 연락드리겠습니다. 지금은 들어온 정보가 없으니 조금 더 기다려주세요. 무슨 말을 더 할 틈도 없이 전화가 끊겼다.

나는 벤치에 멍하니 주저앉았다. 물을 마시고 싶었다. 아니, 그것보다 더 시원하고 달콤한 것. 스크류바. 갑자기 스크류바가 먹고 싶어 견딜 수가 없었다. 입덧을 할 때처럼 스크류바가 너무나도 먹고 싶었다. 나도 모르게 눈에 보이는 편의점으로 달려갔다. 아이스크림 냉장고를 열어 마구 뒤졌다. 스크류바는 없었다. 빈손으로 편의점을 나왔다. 만약 있다고 해도 살 돈이 없었으니까 결과는 마찬가지일 터였다. 아이를 잃어버린 엄마가 편의점에서 스크류바를 찾는 게 말이 될까. 그런데 그 순간에는 아이보다 스크류바가 더 절실했다. 누구에게도 이해받지 못할 테지만. 사실 나 자신조차 이런 나를 이해할 수 없지만.

괜히 애꿎은 휴대폰만 만지작거렸다. 그때 전화가 왔다. 발신번호 표시제한,이라는 글자가 화면 위로 떠올랐다. 통화 버튼을 누르는 손이 떨렸다. 여보세요? 다급히 받았지만 저편에서는 말이 없었다. 다시 한번 여보세요? 하고 말했지만 여전히 아무런 대답도 들리지 않았다. 대신 옅은 숨소리가 느껴졌다. 며칠 전부터 걸려오던 전화였다. 장난전화로 여겨 그냥 끊으려다 갑자기 온몸의 털이 곤두서는 느낌에 손을 멈췄다. 혹시 아이가 누군가에게 유괴된 건 아닌지. 지금까지 한번도 해보지 않은 가정이 머릿속에 떠올랐다. 아이 이름을 불러보고 싶었지만 아무 소리도 낼 수 없었다. 여보세요,

조차 입에서 나오지 않았다. 그렇게 한동안 휴대폰을 켠 채 숨도 크게 내쉬지 못했다. 상대방도 말없이 전화기를 들고만 있었다. 침묵의 시간이 나를 한없이 짓눌렀다.

내가 가까스로 소리를 내려 했을 때 전화는 툭, 끊겨버렸다. 휴대폰에 수신 내역이 떴다. 통화시간 2분 49초. 나는 그대로 주저앉았다. 손에는 땀이 흥건했다. 어지러워 앞이 잘 보이지 않았다. 급하게 남편에게 전화를 걸었지만 여전히 전원이 꺼져 있다는 기계음만 나올 뿐이었다. 다시 실종아동찾기센터에 전화를 걸었다. 아무래도 저희 아이가 유괴된 것 같아요! 협박전화가 왔습니까? 네, 왔어요. 아니, 아닌가. 아무튼 발신번호가 없는 전화가 왔어요. 며칠 전부터 계속 왔다고요! 돈을 요구했습니까? 아니오. 무슨 말을 했습니까? 아무 말도 안했어요. 아무 말도 안했다고요? 네, 아무 말도 안했어요. 삼분 동안 계속 아무 말도 안했어요. 조금 전의 공포가 다시 밀려들어 부들거리는 손으로 휴대폰을 쥐었다. 하지만 경찰은 다시 차분한 목소리로 대답했다. 단순한 장난전화일 확률이 높습니다. 아직 아이가 실종된 지 한시간밖에 안됐어요. 유괴사건일 가능성은 매우 낮으니까 침착하세요.

너 같으면 침착할 수 있겠냐, 하는 말을 겨우 삼켰다. 그리고 대답 없이 전화를 끊었다. 주저앉은 채 나윤아, 하고 크게 불렀다. 지나가던 사람들이 힐끔거렸지만 소리 높여 몇번이고 아이를 불렀다. 지나가던 할머니가 무슨 일이냐고 물었다. 나는 할머니의 손을 부여잡고 아이를 잃어버렸다고 우리 나윤이 좀 찾아달라고 두서없이 말을 늘어놓았다. 할머니는 내 등을 쓸어주며 무슨 말을 했지만 잘 들리지 않았다. 그저 조금 전 전화를 통해 들었던 침묵만이 계속 귀에 머물러 있었다. 귀를 막고 고개를 흔들어보았지만 소용없었다. 할머니는 떠나지 않고 줄곧 내 등을 쓸어주었다.

"혹시 아이 잃어버리셨어요?"

등 뒤에서 들려오는 목소리에 나는 벌떡 일어났다. 에메랄드 색 치마를 입은 이십대 여자가 바로 앞에 서 있었다. 아까 저쪽에서 여자애 하나를 봤는데. 무슨 옷 입었어요? 흰색 원피스 맞아요? 원피스인지는 기억이 안 나는데, 아무튼 흰색 옷을 입었던 거 같긴 해요. 어디서, 어디서 봤는데요? 여자는 돌아서서 손가락으로 어딘가를 가리켰다. 저쪽, 버스 정류장쯤에서요. 고맙다는 말을 대충 던져놓고 나는 여자가 가리킨 방향으로 뛰기 시작했다. 버스 정류장 쪽이라면 나윤이가 맞을지도 몰랐다. 흐르는 땀을 손등으로 닦아가며 계속 뛰었다. 정수리 부근이 점점 더 뜨거워지고 있었다. 귓가에는 옅은 숨소리와 매미 소리가 번갈아가며 맴돌았다.

버스 정류장에 도착했다. 아이는 보이지 않았다. 숨이 차올랐다. 헐떡이며 주위를 둘러보았다. 누구든 붙잡고 묻고 싶어도 주위에는 아무도 없었다. 그때 횡단보도 건너편에 아이 하나가 보였다. 흰 옷을 입은 아이! 좀더 정확하게 보고 싶었지만 렌즈가 들떠서 초점이 맞지 않았다. 눈을 비비자 오히려 초점이 더 흐려질 뿐이었다. 인공눈물이 필요했다. 그러나 지금 내게 그런 것이 있을 리 없었다. 길만 건너면 돼, 건너서 확인하면 되는 거야. 나는 신호등과 흰옷의 아이를 번갈아가며 쳐다봤다. 손수건을 꼭 쥐자 물방울이 뚝 떨어졌다.

신호가 바뀌자마자 달려갔다. 흰옷을 입은 아이를 불렀다. 아이는 돌아보지 않았다. 나윤아, 나윤아! 하며 아이의 어깨를 잡았다. 누구세요? 아이는 나윤이 아니었다. 앞 건물에서 나온 아이의 엄마가 아이를 끌어당기며 무슨 일이냐고 물었다. 대답을 할 수가 없었다. 이제 정말 말을 꺼낼 힘도 남아있지 않았다. 통증이 날카롭게 무릎을 찔렀다. 무릎이 꺾였고 무너지듯 주저앉았다. 아이는 어디에 있는 건지 내가 다시 아이를 만날 수 있을지. 울고 싶었지만 눈은 여전히 뻑뻑하기만 했다.

휴대폰 진동이 느껴졌다. 서둘러 확인 버튼을 눌렀다. 아이의 소식을 기대했던 나는 다시 고개를 떨어뜨렸다. 문자는 한 문장, 잘 지내니. 발신번호는 모르는 번호였다. 요즘은 스팸문자가 이런 식으로도 오는구나, 넋을 놓고 멍하니 휴대폰 화면을 쳐다봤다. 그때 다시 한번 진동이 왔고 새 문자 알림이 떴다. 발신번호는 방금 전과 같았다. 확인 버튼을 누르자 다시 한 문장. 엄마야. 나는 정지 화면처럼 굳은 채 화면에 뜬 문장을 읽고 또 읽었다. 엄마야, 엄마야. 그런데 아무리 생각해봐도 엄마, 아니 그녀의 얼굴이 기억나지 않았다.

그녀는 동화책에 나올 것만 같은 사람이었다. 내가 학교에 다녀오면 늘 같은 얼굴로 나를 맞아주었다. 그녀의 얼굴은 늘 온화해 보였다. 적어도 그때의 나는 그렇게 느꼈다. 그녀는 단정했으며 말이 많지 않았고 작은 소리로 웃었다. 화를 내거나 소리를 높이는 일도 없었다. 주말에도 늦잠을 자지 않았고 하루도 빠짐없이 새 밥에 새 반찬을 식탁에 올렸다. 지금 생각해보면 오히려 그것이 이상한데, 아버지와 나는 당연하게만 여겼다. 평화로운 홈드라마를 찍는 집처럼 우리 집은 조용했고 간간히 웃음소리가 새어나왔다. 그런 평화에 균열이 시작된 것을 눈치챈 이는 아무도 없었다. 어쩌면 그녀는 조금씩 변했을지도 몰랐다. 자신의 변화를 나와 아버지에게 알리려 했을 수도 있었다. 그러나 그 몸짓은 누구에게도 닿지 않았다. 나에게는 그저 단 하루의 기억으로 남아 있을 뿐이었다.

그날은 단축수업이 있어서 평소보다 학교가 일찍 끝났다. 나는 언제나처럼 집으로 달려가 벨을 눌렀다. 아무런 대답이 없는 인터폰을 물끄러미 쳐다보다 열쇠로 문을 열었다. 집은 어두웠다. 우리 집이 그렇게 어두운 건 처음이었다. 낮에는 항상 창으로 빛이 가득 들어왔고 밤에도 어둠을 싫어하는 나 때문에 간접 조명이 켜져 있었다. 그런데 그날은 달랐다. 모든 커튼이 빛을 막고 있었고 사방은 고요했다. 어둠이 내 팔에 끈적하게 달라붙는 것 같았다. 나는 팔을 문질렀다. 아직 식지 않은 땀이 손바닥에 묻어났다. 엄마, 하고 불렀지만 목소리는 크게 나지 않았다.

그때 어디선가 흐느끼는 듯한 소리가 들렸다. 어깨가 움츠러들었다. 따라서 발도 멈췄다. 소리는 잠시 끊겼다가 좀더 날카롭고 높은 비명으로 바뀌었다. 그러고는 작은 숨소리로 이어졌고 숨소리는 거칠어지며 곧 신음이 되었다. 마치 짐승이 내는 소리 같았다. 잠시 뒤 소리가 잦아들자 용기를 내어 한발자국을 떼었다. 안방의 문은 조금 열려 있었다. 나는 그 틈으로 캄캄한 방 안을 들여다보았다. 바닥에는 알 수 없는 여자가 몸을 둥글게 말고 앉아 있었다. 그리고 옆에는 벗어놓은 옷이 아무렇게나 구겨져 있었다. 여자는 조금 전과 같은 신음을 냈다. 고개를 숙이고 몸을 웅크리던 여자는 탄성을 지르며 고개를 뒤로 꺾었다. 나는 숨 쉬는 것도 잊은 채 여자의 얼굴을 쳐다봤다. 그 환희에 찬 여자는 엄마였지만 엄마가 아니었다.

그것이 자위행위였다는 것은 중학교에 들어가서야 알았다. 그날 그녀는 그대로 집을 나가버렸다. 내가 방에서 귀를 막고 있는 사이, 내 방문은 열어보지도 않은 채. 내가 있는 걸 몰랐을까. 아니, 아마 알았을 것이다. 아버지는 갑자기 사라져버린 엄마를 미친 듯이 찾아다녔고 나를 다그쳤다. 나는 대답할 수 있는 말이 하나도 없었다. 그녀의 열띤 숨소리나 찡그리는 얼굴을 어떻게 이야기해야 할지 알 수 없었다.

그렇게 그녀가 집을 나가고 난 뒤, 아버지는 내게 집착하기 시작했다. 아버지는 곧잘 '네 엄마는 바람이 들어 집을 나갔다'고 이야기했다. 바람이 든다는 게 어떤 의미인지 모호했다. 그러나 굳이 물어본 적은 없었다. 아버지는 내가 바람 들 틈이 없기를 바랐다. 나는 어느 틈으로 내게도 바람이 들까, 생각했다. 바람이 들면 모두가 그녀처럼 갑자기 떠나버리는 걸까, 하는 생각도 해보았다. 우스울 정도로 진지하게 바람이 든다는 의미에 대해 생각했다. 그러면서 스스로 바람이 들 틈을 막고 있었다.

대학을 졸업하고 처음 다닌 직장에서 지금의 남편을 만났다. 그는 친절했고 다정했지만 고집스러운 사람이었다. 어쩌면 아버지와 비슷한 사람인지도 몰랐다. 연애 경험이 없던 나로서는 그가 내게 다가오는 것 자체가 신기하고도 무서웠다. 그와 반년쯤 사귀었을 때, 여행을 떠났다. 아버지한테는 회사 워크숍이라고 말해두었다. 그와의 섹스는 자연스럽게 이루어졌다. 나는 그의 몸을 받아들이며 터져나오는 소리를 억지로 삼켰다. 울지도 않았고 신음하지도 않았다. 좋은지 나쁜지도 알 수 없었다. 조금 답답하다는 생각이 들었다. 그럼에도 그저 받아들일 뿐이었다.

그날의 섹스는 바로 임신으로 이어졌다. 임신 테스터기에는 빨갛고도 선명하게 두줄이 그어져 있었다. 그와 사귀고는 있었지만 결혼 이야기는 한번도 해본 적이 없었다. 게다가 혼전 임신을 했다는 사실만으로도 나는 고개를 들 수 없었다. 아버지도 그도 다 소용없었다. 결국 아무에게도 말하지 않고 수술대에 올랐다. 마취를 하기 전, 배 속의 아이를 갈기갈기 찢어 빨아들인다는 다큐멘터리의 한 장면이 떠올랐다. 사라져버린 그녀와 내 모든 틈을 막으려는 아버지, 내 안을 파고들었던 그, 그리고 내 안에 머물다 찢기게 될 아이. 그 모든 것이 몰려들어 구역질이 났다. 수술대 옆에 신물을 토해낸 뒤 마취제를 맞았다. 곧 잠들었고 모든 게 끝이었다.

그날의 기억이 떠올라 다시금 구토가 날 것만 같았다. 나는 두 손으로 입을 막고 속이 가라앉기를 기다렸다. 버스에서 잃어버린 아이와 배 속에서 잃어버린 아이가 한꺼번에 나타나 나를 덮쳐왔다. 또한 아버지와 남편, 그리고 실루엣뿐인 그녀가 차례로 떠올랐다. 그들은 일그러진 채 내 앞에 나타나 내 주위를 빙빙 돌고 있었다. 어디선가 매미 소리가 들려왔다. 시끄러워서 참을 수가 없었다. 크게 소리를 질러버리고 싶었지만 목소리를 낼 수가 없었다. 나를 둘러싸고 있는 모든 것에서 벗어나고 싶었다. 이 시끄럽고 소란한 도시에서 벗어나고 싶었다.

전화가 왔다. 전화의 진동과 함께 나를 둘러싸고 있던 것들이 흔들리다 사라졌다. 전화는 경찰에게서 온 것이었다. 지금 ○○지구대에서 실종아동을 보호하고 있습니다. 오륙세 가량 되어 보이는 여자아이입니다. 찾으시는 아이가 맞는지 와서 확인해주시기 바랍니다. 전화를 끊자마자 무작정 뛰기 시작했다. 뛰는 것 말고는 달리 방법도 없었다. 순찰차를 부탁했어야 했던 걸까, 하고 생각했지만 이미 지난 일이었다. 서둘러 가면 이십분 안에 도착할 수 있었다. 걸으면서 자꾸만 따라붙는 옛 생각을 뿌리쳤다. 아이만 찾으면 이런 생각 따위는 할 필요도 없었다.

늦은 오후가 됐는데도 햇살은 여전히 뜨거웠다. 땀은 멈출 줄을 몰랐다. 어느새 속옷까지 다 축축하게 젖어버렸다. 자꾸만 들러붙는 속옷 때문에 걸음이 느려졌다. 목이 말랐다. 이제 정말 한계였다. 주변을 둘러봤지만 그 흔한 까페 하나 보이지 않았다. 대신 눈에 들어오는 건 편의점이었다. 나는 편의점으로 다가갔다. 아이스크림 냉장고를 열고 그 안에 얼굴을 넣었다. 냉기가 순간적으로 땀을 말려주었다. 나는 가쁜 숨을 내쉬며 눈을 떴다. 눈앞에 스크류바가 보였다. 생각보다 앞서 나간 손이 이미 스크류바를 쥐고 있었다. 하지만 다시 놓을 수밖에 없었다. 몇번이나 스크류바를 쥐었다 놓았다 했다. 매장 안에 있는 점원이 미간을 찌푸리며 나를 내다보았다. 더이상 참지 못하고 점원이 걸어와 출입문을 열었을 때 나는 냉장고 문을 닫고 돌아섰다.

그 뒤로 걷는 내내 스크류바 생각뿐이었다. 아이 생각보다 스크류바 생각을 더 하고 있는 내가 우스웠다. 극단적인 상황에 이르면 오히려 어이없는 생각을 하곤 한다는데 그런 건가, 싶기도 했다. 정말이지 오늘은 내 인생에 있어 가장 말도 안되는 하루였다. 아이를 잃어버리고 그 때문에 가방까지 잃어버리고 오래전 사라졌던 엄마에게서 연락이 왔다. 믿을 수 없을 만큼 많은 땀을 흘렸고 이 더위에 몇시간을 쉬지도 못하고 걷기만 했다. 나는 극도의 피곤 속에서 가까스로 걸었다. 여전히 눈은 뻑뻑하고 흐릿했다. 아이를 찾으면 눈물이 날 거야, 막연히 그런 생각을 했다.

파출소에 들어서자 시원한 에어컨디셔너 바람이 머리 위로 쏟아졌다. 나는 그 자리에 가만히 서서 그대로 바람을 맞았다. 앞에 있던 경찰 하나가 무슨 일이시죠, 하고 물었다. 실종아동을 보호하고 있다는 말을 들었는데, 하며 주위를 둘러봤다. 어디에도 아이는 보이지 않았다. 경찰은 따라오라며 나를 데리고 방으로 들어갔다. 숙

직실처럼 보이는 방 안에는 하얀 원피스를 입은 여자아이가 잠들어 있었다. 나는 나윤아, 하고 부르며 아이의 흐트러진 머리를 넘겼다. 그러나 아이는 나윤이 아니었다. 이제 막 잠에서 깬 여자아이는 눈을 비비다 울음을 터뜨렸다. 경찰이 무언가 물었지만 들리지 않았다. 아이의 울음소리만이 들려올 뿐이었다. 귀를 막았다.

여자아이는 곧 다시 잠들었다. 나는 잠든 여자아이를 가만히 바라보았다. 하얀 원피스를 입긴 했지만 나윤이가 입은 것과는 아예 디자인 자체가 달랐다. 키도 나윤이보다 조금 더 큰 것 같고 머리도 더 길었다. 여자아이의 작은 발이 더러워져 있었다. 엄마를 잃어버린 채 어디를 헤매고 다녔을까. 휴지로 여자아이의 발바닥을 닦아주었다. 여자아이는 피곤한지 몇번 뒤척이기만 할 뿐 깨지는 않았다. 그때 문이 열리고 누군가 들이닥쳤다. 머리가 헝클어진 여자였다. 여자는 누워 있는 여자아이의 얼굴을 확인한 뒤 울기 시작했다. 여자아이가 깨어나 엄마, 하며 여자의 목을 끌어안았다. 여자는 아이를 나무라면서도 그 작은 등을 꼭 안고 있었다.

갑자기 목이 꽉 막히는 기분이 들었다. 정수기의 물을 마셨지만 넘어가지 않았다. 나는 그 자리에서 물을 뱉어내고 밖으로 나왔다. 하늘이 붉게 물들어 있었다. 또다시 어디선가 매미 소리가 들려왔다. 목청을 돋우며 길게 빼는 매미의 울음소리가 내 목을 조르는 것 같았다. 나는 달리기 시작했다. 막힌 목을 뚫어줄 무언가가 필요했다. 있는 힘껏 숨을 들이마셔보았지만 나아지는 건 없었다. 잠시 말랐던 땀이 다시 흐르기 시작했고 눈은 여전히 뻑뻑했다. 아무렴

게나 눈을 비볐다. 렌즈가 눈 속에서 돌다가 결국 빠져버렸다. 흐릿한 눈을 깜박이는데 전화가 왔다.

일단 전화를 받았다. 여보세요, 했지만 또 대답이 없었다. 나는 잔뜩 긴장한 채 침을 삼켰다. 곧 수화기 저편에서 엄마야, 하는 낮은 목소리가 들려왔다. 허탈했다. 유괴범이 아니라는 생각에 안심하기도 했지만 동시에 화가 났다. 갑자기 사라져버릴 땐 언제고 거의 이십년 만에 전화라니. 늘 궁금한 게 많았다. 왜 나를 버렸는지, 지금까지 어디서 무얼 하며 살았는지 묻고 싶었었다. 그러나 지금은 아무 말도 나오지 않았다. 이미 꼬여버린 내 인생 따위를 굳이 따지고 싶지도 않았다. 지금까지는 원망해본 적이 없었는데 오늘은 모든 원망이 그녀에게로 쏟아졌다. 다 그녀 때문이라는 생각에 휩싸였다.

"전화 잘못 거셨습니다."

그 말로 끝이었다. 그래도 목에 무언가 걸린 것 같은 기분은 사라지지 않았다. 오히려 더 심해져갈 뿐이었다. 이 답답함에서 벗어나고 싶었다. 다시 전화가 걸려왔다. 나는 신경질적인 목소리로 전화를 받았다. 정나윤 어린이 보호자 되시죠? 실종아동찾기센터에서 걸려온 전화였다. 지금 정나윤 어린이를 지구대에서 보호하고 있습니다. 경찰은 전화를 바꿔주었다. 엄마, 하는 아이의 목소리를 듣자 온몸의 힘이 빠져나가는 것 같았다. 전화를 끊고 잠시 멍하니 서 있었다. 갈증이 일었다. 불안과 초조, 걱정과 혼란이 다 빠져나간 자리에는 갈증만이 남아 있었다.

무작정 근처 편의점으로 갔다. 편의점 앞에 있는 아이스크림 냉장고를 열었다. 손은 잠시 망설이듯 허공에 떠 있었다. 더는 망설이면 안돼, 나는 스크류바 하나를 꺼냈다. 그리고 무작정 달리기 시작했다. 쪼그라들었던 심장이 풍선처럼 부풀어오르는 것만 같았다. 언제 터질지 모르는 불안을 안고 계속 뛰었다. 얼마쯤 뛰다 뒤를 보았다. 나를 따라오는 사람은 없었다. 숨을 고르면서 골목길로 들어갔다. 도로에서 조금 떨어졌을 뿐인데도 큰길보다는 훨씬 조용했다. 골목길 구석에 앉아 스크류바를 뜯었다. 빨간 스크류바에 가루같이 흰 얼음이 붙어 있었다. 혀끝으로 그 얼음을 핥았다.

찬 스크류바가 혀끝에 닿는 순간, 휴대폰 진동이 울렸다. 남편이었다. 스크류바를 입에 문 채 화면을 쳐다봤다. 번쩍거리는 화면을 보다 나는 종료 버튼을 꾹 눌렀다. 휴대폰 화면 속 남편의 이름은 Good Bye,라는 글자와 함께 사라졌다. 전원이 꺼진 휴대폰을 주머니에 넣고 스크류바를 한입 크게 베어물었다.

어디선가 또다시 매미가 맹렬한 기세로 울어댔다. 이제 귀를 막을 힘조차 없었다. 매미 소리와 함께 흩어진 기억들이 내 주위를 감쌌다. 그녀의 전화와 남편의 전화, 배 속에서 찢겨진 아이와 버스에서 놓쳐버린 아이. 한낮의 지독한 햇볕과 스타벅스에서의 물 한잔. 모든 게 뒤엉켜 나를 짓누르고 있었다. 그때, 녹은 스크류바가 발끝으로 톡, 떨어졌다. 분홍색 동그라미가 발끝에서 터지자 그리로 무언가 스멀스멀 모이는 기분이 들었다. 톡, 톡 퍼져나가는 분홍색 동그라미, 달콤하고 끈적한 그 흔적. 나는 발끝으로 감각을 집중했다. 마치 전기가 오른 것처럼 발끝이 찌릿했다. 그리고 그 감각은 점차 다리 위로 오르기 시작했다. 온 정신을 모아 그 감각만을 따라갔다. 무릎을 지나 사타구니에 그 찌릿함이 전달되자 몸에 있는 모든 혈관에 빠른 속도로 피가 돌기 시작했다.

문득 그날의 그녀가 떠올랐다. 그녀의 찌푸린 표정에는 환희와 고통이 섞여 있었다. 그 기분은 어떤 건지 궁금했다. 그 생각이 든 순간, 내 몸의 틈이 열리는 것만 같은 기분이 들었다. 나는 서둘러 가까운 건물의 화장실로 들어갔다. 낡은 화장실 문은 끼익거리며 열렸다. 나는 망설임 없이 바지를 내렸다. 수치심 같은 건 느껴지지 않았다. 팬티까지 마저 내리고는 내 성기를 잠시 들여다봤다. 숨을 쉬고 싶어하는 내 성기를 손으로 더듬어 구멍을 찾았다. 어디선가 바람이 불어와 그곳으로 들어간 듯한 느낌에 잠시 몸을 떨었다.

녹아가는 스크류바를 한입 베어 먹었다. 베어문 것보다 손으로 흘러내리는 게 더 많았다. 톡, 톡 바닥에 분홍색 동그라미가 박혔다. 나는 스크류바가 잔뜩 묻은 손을 들여다보았다. 잠시 뒤 그 손으로 내 몸을 감싸안았다. 지금껏 느껴보지 못한 감각이 나를 휩싸고 돌았다. 그것은 아주 차가웠지만 안으로 갈수록 점점 뜨거워졌다. 목으로 치밀어오는 기운에 목을 뒤로 꺾었다. 참지 않고 숨을 뱉었다. 차가운 손이 점점 더 내 안으로 파고들었다. 알 수 없는 신음이 터져나왔다. 그리고 그 소리를 끝으로 세상은 온통 고요 속에 잠겼다. 톡, 톡 분홍색 동그라미가 내 안에 퍼져나가고 있었다.

바
람
의

책

내가 모래의 책을 알게 된 것은 며칠 전, 다음 달 출간을 앞둔 책의 원고 작업을 하던 중이었다. 나는 신경정신과 전문의이긴 하지만 치료는 하지 않았다. 치료보다는 연구를 하고 책을 쓰는 것이 내 적성에 맞기도 했고, 환자를 대하는 게 언젠가부터 조금 두렵기도 했다. 이번에는 강박신경증에 대한 책을 쓰고 있었다. 전문가보다는 일반인의 시선에 맞추어 쓴 쉽고 가벼운 원고였다. 열건의 케이스를 중심으로 이론보다는 실제 상황을 통해 강박신경증의 양상과 치료법을 제시하는 일이었다. 작년부터 쓰기 시작해 이제 마지막 한 챕터만 쓰면 완성이었다. 그러나 원고는 거기서 멈춰진 상태였다. 원고를 쳐다보며 계속 의미없는 문장만 썼다 지웠다 하고 있는데 전화벨이 울렸다. 대학 선배에게서 온 전화였다.

선배는 다짜고짜 환자 하나를 봐줄 수 있느냐고 물었다. 저 상담은 안하는 거 아시잖아요, 하고 거절하려는데 선배가 다급히 말을 이었다. 아는 후배인데, 사실 환자라고 하기도 좀 그래. 대충 얘기를 해보니까 강박증 같긴 한데 확신은 못하겠다. 너 어차피 책도 쓰고 있으니까 그냥 임상실험한다고 생각하고 잠깐만 봐줘, 부탁한다. 평소에 아쉬운 소리라고는 안하던 선배가 부탁이라는 말까지 꺼내자 거절하기가 어려웠다. 바쁘다는 핑계라도 댈까 싶었지만 어차피 원고는 멈춰진 상태였다. 나는 별수 없이 선배의 부탁을 들어주기로 했다.

선배와의 통화가 끝난 뒤, 오분도 지나지 않아 전화가 왔다. 정 선생님 되시죠? 김 선배 소개로 전화 드립니다, 하는 남자의 목소리는 매우 낮고 건조했다. 목소리로는 나이가 어느 정도인지 가늠할 수 없었다. 오늘 바로 찾아뵈어도 될까요? 하고 묻는 남자의 말에 나는 얼떨결에 승낙을 해버렸다. 남자는 두시간 뒤에 내 연구실로 찾아오겠다고 말한 뒤 전화를 끊었다. 나는 끊긴 수화음을 들으며 잠시 멍하니 앉아 있었다. 갑작스레 너무 많은 일이 벌어진 것 같은 기분이었다. 하지만 곧 정신을 차리고 책상 위를 내려다보았다. 참고 서적이 여기저기 제멋대로 펼쳐져 있는 책상이 마치 내 머릿속 같아 보였다. 서둘러 책상을 정리했다.

남자는 정확히 두시간 뒤에 연구실 문을 두드렸다. 벨이 있는데도 불구하고 손으로 노크하는 소리가 희미하게 들렸다. 나는 씨디 플레이어의 볼륨을 낮추고 귀를 기울였다. 다시 한번 똑똑, 하고 문 두드리는 소리에 씨디 플레이어의 전원을 끈 뒤 연구실 문을 열었다. 갈색 뿔테 안경을 쓴 각진 얼굴의 남자가 엉거주춤하게 서서 고개를 숙였다. 내가 몸을 비켜서자 남자는 가운뎃손가락으로 안경을 끌어올리며 안으로 들어왔다. 그러고는 별말 없이 소파에 앉았다. 나는 전기 포트에 물을 올렸다. 커피 괜찮죠? 하는 물음에 남자는 네, 하고 대답했다. 전화로 들었던 것보다 훨씬 더 낮고 건조한 목소리였다.

남자는 긴장한 듯 자꾸 두 손을 비볐다. 나는 남자 앞에 커피잔을 내려놓았다. 남자는 커피잔을 들었다가 놓고 손을 비비다 다시 들기를 반복했다. 불안해하실 거 없어요, 하는 말에 남자는 고개를 들어 나를 보았다. 나는 눈을 맞추고 웃어 보였다. 그리고 커피를 마셨다. 물이 좀 많이 들어갔는지 맛이 밍밍하게 느껴졌다. 남자는 다시 시선을 피하고 손을 문지르다 주먹을 쥐었다. 나는 남자를 다그치지 않고 기다렸다. 아무 말도 하지 않고 커피만 마셨는데도 시간이 지나자 어느정도 분위기가 편해진 것이 느껴졌다. 남자도 조금씩 안정을 찾아가는 듯 했다. 커피잔에 머무르던 남자의 시선이 어느 순간 나를 향했다. 하고 싶은, 아니 들어주셨으면 하는 이야기가 있습니다. 한참을 머뭇거린 뒤에 나온 말이었지만 꽤 단호한 음성이었다. 나는 고개를 끄덕인 뒤 커피잔을 내려놓았다. 커피는 아직 반 정도 남아 있었다. 남자는 몇번 헛기침을 하더니 말을 꺼냈다.

선생님, 혹시 모래의 책을 아십니까?

모래의 책? 하고 내가 갸웃하는 동안 남자는 거침없이 말을 이어갔다. 방금 전까지의 긴장하던 모습은 어디에도 없었다. 마치 다른 사람을 보는 듯한 착각마저 들었다.

모래의 책은, 아니 모래의 책보다는 제 소개를 먼저 해야겠군요. 저는 철학 공부를 하고 있는 대학원생입니다. 현재 석사논문을 준비하고 있죠. 제가 논문 주제로 잡은 건 간단하게 말하자면, 무한함에 관한 것입니다. 세계를 이루고 있는 물질은 유한합니다. 인간의 육체도 그런 유한한 물질 중 하나라고 볼 수 있겠지요. 인간 육체의 유한함은 의학의 눈부신 발전으로도 해결할 수 없는 문제입니다. 자연히 인간은 무한함에 대해 갈구하기 시작했죠. 영혼이나 정신이 무한하다고는 하지만, 저는 그것이 무한하고자 하는 인간의 소망에 지나지 않는다고 생각합니다. 아, 얘기가 길어졌네요. 지금까지 했던 얘기는 그냥 넘어가셔도 됩니다. 중요한 것은 '무한함에 대한 갈구'뿐입니다.

저 또한 무한함을 갈구하는 사람 중 하나입니다. 그래서 논문 주제도 그렇게 잡았죠. 저는 논문을 준비하면서 무한한 것이 실제로 세상에 존재할까에 대해 수없이 생각해보았습니다. 신이 있다고는 하지만 그것만으로는 충족이 되지 않았죠. 저는 무작정 도서관에서 책을 뒤지기 시작했습니다. 모르는 것이 있을 때 무작정 책을 뒤지는 것은 제 습관입니다. 그냥 책을 뒤지다보면 거기서 해답을 찾기도 하고 아니면 그 과정에서 뭔가 깨닫게 되는 일도 있곤 합니다. 그날도 그렇게 책을 뒤졌고 그속에서 아주 유명한 격언을 발견했습니다. 아마 선생님께서도 아실 겁니다. '인생은 짧다, 그러나 예술은 길다'라는 격언 말입니다. 어렸을 때부터 알고 있었던 말인데도 왠지 그날따라 뇌리에 박혔습니다. 유한한 인간이 무한한 것을 만들 수 있다면 그것은 오직 예술이라는 생각이 들었습니다.

선생님께서는 음악을 많이 들으시나요? 시나 소설은 읽으세요? 그림은 좀 보시나요? 부끄럽지만 저는 예술과는 아주 멀게 살아온 사람입니다. 공부하느라 매일 도서관에 처박혀 살면서도 과제와 관계없는 소설책은 한권도 읽어본 적 없고 그림이나 음악과는 더욱 멀리 지냈죠. 남들 다 본다는 영화도 과제가 있어야만 찾아보는 정도의 수준이었습니다. 그런 제가 막막한 예술의 세계에 발을 들여놓게 된 거죠. 처음에는 세계의 명화들을 찾아보는 것으로 시작했습니다. 지식이 짧아서인지 명화를 봐도 사실 별 감동은 없었습니다. 그다음으로는 음악을 들었죠. 클래식을 듣는 것은 어떤 면에서는 고역이었습니다. 켜놓고 오분이 안되어서 잠이 들기 일쑤였으니까요. 그리고 나서는 책을 읽기 시작했습니다. 책은 어린 시절부터 많이 읽어와서 쉬울 거라 생각했는데 그렇지만도 않더군요. 하지만 그런 와중에도 조금씩 뭔가가 생기는 것을 느꼈습니다. 잘 알지는 못하지만 마음을 뭉클하게 하는 힘 같은 거 말입니다.

그러다 한 친구에게 보르헤스의 책을 추천받았습니다. 선생님도 보르헤스는 아시죠? 아르헨티나의 유명한 작가 말입니다. 저는 얼마 전까지 보르헤스의 이름만 알고 있었지 솔직히 작품을 읽어본 적은 없었습니다. 처음 읽은 소설은 「기억의 왕 푸네스」였어요. 모든 것을 다 기억하는 푸네스라는 사람의 이야기였습니다. 그는 전

인류보다 더 많은 기억을 가진 사람이었습니다. 하지만 기억만 할 뿐 그 어떤 것도 사고하지는 못했습니다. 그는 자신의 기억을 쓰레기 하치장과 같다고 말했죠. 저는 그 소설을 읽고 한대 얻어맞은 듯한 기분이 들었습니다. 뭔지는 잘 모르겠지만 머리가 멍해지는 느낌이었어요. 그 뒤로 저는 보르헤스의 전집을 모두 읽었습니다. 이해를 한 것도 있고, 그냥 조금 알 것 같은 느낌만 드는 것도 있고, 아무리 읽어도 전혀 알 수 없는 것도 있었죠. 그러다 마침내 「모래의 책」을 읽게 된 것입니다.

남자는 여기서 잠깐 이야기를 멈췄다. 목이 말랐는지 헛기침을 하며 주위를 둘러보았다. 나는 얼른 남자에게 물 한잔을 가져다주었다. 그리고 나도 마셨다. 그저 남자의 말을 듣기만 했을 뿐인데도 목이 말랐다. 남자는 물 한잔을 쉬지 않고 들이켰다. 나는 상담을 하는 중이라는 사실도 잊고 남자의 이야기에 빠져들고 있었다. 그리 재밌지도 대단하지도 않은 이야기인데 이상하게도 빨려드는 기분이었다. 남자의 다음 말을 기다리며 반 정도 남은 커피를 한모금 마셨다. 미지근한 커피에서는 더욱 밍밍한 맛이 났다.

「모래의 책」은 아주 짧은 단편소설입니다. 소설 속에 등장하는 '모래의 책'은 처음과 끝이 없는 책입니다. 펼 때마다 페이지가 달라지고 한번 본 페이지는 다시 볼 수 없죠. 다시 말해, 무한히 변화하고 무한히 늘어나는 책인 것입니다. 주인공은 낯선 사람에게 모래의 책을 소개받고 혼란스러워하지만 일단 구입합니다. 소설에서 모래의 책의 페이지 수는 정확히 무한하다고 나와 있습니다. 시작도 끝도 없는 무한한 책. 저 역시 무척 혼란스러웠습니다. 소설을 다 읽고 나서도 모래의 책의 환상에서 벗어날 수가 없었습니다. 분명 모래의 책은 소설 속에서 등장한 것이고 소설은 허구라는 것을 알고 있는데도, 모래의 책이 현실에 존재할 것만 같았습니다.

그래서 저는 모래의 책을 찾아다녔습니다. 선생님께서는 정신과 의사이시니 저를 정신병을 가진 사람으로 생각할 수도 있겠지만 저는 멀쩡합니다. 아, 멀쩡하다는 것이 어느 한 부분 문제없이 온전하다는 것은 아닙니다. 현대인이 한두가지 정도의 정신질환을 가지고 있다는 것은 선생님이 저보다 더 잘 알고 있으시겠죠. 저도 그 정도의 가벼운 질환은 가지고 있으나 결코 치료를 요할 만큼 정신적으로 문제가 있는 건 아니라는 말입니다. 특히 모래의 책에 대해서는 아주 논리적으로 사고하고 있습니다. 이상하게도 모래의 책만 찾는다면 막혀 있던 논문이 술술 풀릴 것 같았습니다. 저에게는 그 책이 꼭 필요했습니다. 특히 무한함이라는 제 논문 주제에도 딱 맞아떨어지니 더할 나위 없이 좋았지요.

그런 마음 때문인지는 모르겠지만 아무튼 저는 모래의 책이 제 앞에 나타날 것만 같았습니다. 찾아다니면 발견하게 될 거라는 근거 없는 확신에 사로잡혔지요. 확신이라고 표현하긴 했어도 처음에는 막막했습니다. 소설의 배경인 멕시코에서부터 모래의 책을 찾아야 하나, 고민도 했습니다. 하지만 어느 순간 또 거짓말처럼 깨달음이 오더군요. 모래의 책은 제 주변에 있는 게 분명하다고 말입니다. 만약 선생님께서 어떻게 그런 생각이 들 수 있느냐고 묻는다면 딱히 할 말은 없습니다. 그러나 어쩌겠습니까? 어쨌든 저는 서울의 유명 도서관부터 돌기 시작했습니다. 마음이 급하지는 않았어요. 국회도서관과 규장각, 남산도서관 등을 돌아본 뒤에 지방으로 내려갔습니다. 부산에서 몇개의 도서관을 돌고 대구로 갔습니다. 솔직히 말해서 이때쯤에는 거의 포기하고 싶은 심정이었습니다. 대구에서 제일 큰 도서관에 갔지만 역시 모래의 책은 없었습니다. 모래의 책이 있을 거라고 생각했던 제가 한심하게 느껴졌죠.

도서관에서 나와 버스를 기다리는 동안 저는 서울로 돌아가기로 결심했습니다. 버스는 유난히 오지 않았습니다. 사람들은 조금씩 짜증을 냈고 저는 사람들 틈에 끼어서 몇번이나 결심을 뒤엎었지요. 그러다 버스가 도착했습니다. 사람들이 우르르 버스에 올랐습니다. 사람들을 피하려다 오히려 인파에 휩쓸리고 말았습니다. 그렇게 버스를 탔는데 알고 보니 반대 방향으로 가는 것이었죠. 버스는 알 수 없는 마을로 향했습니다. 그런데 이상하게도 불안한 마음은 들지 않았습니다. 사실 좀 지쳐 있었기 때문에 될 대로 되라, 하는 생각이 컸습니다. 다시 돌아나오려면 시간이 걸리겠지만 왠지 쉽게 일어설 수 없었습니다. 그렇게 가다가 버스 안내 방송에서 무슨 도서관이라는 말을 들었고 저도 모르게 그곳에서 내렸습니다. 버스 정류장 앞에는 작은 지역 도서관이 있었습니다.

꽤 오래된 도서관이었습니다. 건물 곳곳에 낡은 책 냄새가 배어 있었죠. 처음 가보는 곳이었는데도 발걸음은 거침이 없었습니다. 마치 머릿속에 내비게이션이라도 장착한 것처럼 한치의 망설임도 없이 계단을 밟아나갔습니다. 낡은 책 냄새는 점점 더 짙어지고 있었죠. 그러다 사층의 낡은 서고에 도착했습니다. 저는 자연스럽게 걸음을 멈췄습니다. 솔직히 말하면 제 의지로 그곳에 갔다고 생각하지 않습니다. 제 염원이 모래의 책을 부른 것이겠지요. 아니, 모래의 책이 저를 그곳으로 부른 건지도 모르겠습니다. 멈춰 선 곳에서 저는 눈앞에 정면으로 보이는 책을 한권 뽑아 들었습니다. 그 책을 손에 넣던 순간을 아직도 잊을 수가 없습니다. 잠들어 있던 온몸의 세포가 깨어나는 것 같은 기분이었죠.

저는 책을 훑듯이 쭉 넘겨보았습니다. 알 수 없는 문자가 책을 가득 채우고 있었습니다. 간간이 삽화가 있기도 했죠. 저는 「모래의 책」에 나온 주인공이 그랬듯 책 중간에 손을 넣고 접었다가 다시 그 페이지를 펴보았습니다. 당연히 그 페이지가 나오지 않을 것이라고 생각하고요. 하지만 페이지는 그대로였습니다. 뭔가 이상했습니다. 이것은 모래의 책이 분명한데, 내가 착각했을 리가 없는데. 혼란스러워하면서 저는 책을 몇번이나 접었다 폈습니다. 그러다 중요한 사실 하나를 깨닫게 되었습니다. 책을 여닫을 때마다 페이지가 하나씩 늘어나고 있다는 사실을요. 고요하던 심장은 점점 세차게 뛰기 시작했습니다. 보르헤스가 묘사한 것과 조금 다르기는 했지만 이 책 또한 모래의 책이었습니다. 페이지 수가 정확히 무한한 모래의 책 말입니다.

책을 빌리고 싶었지만 그 책은 대여가 불가능했습니다. 저는 책을 빌리는 대신 매일 도서관에 앉아 책을 펴봤습니다. 수차례 책을 퍼보는 동안 원래 300페이지 남짓이던 책은 어느새 600페이지 가까이로 늘어나 있었습니다. 책이 598페이지가 되는 순간, 저는 책을 완전히 덮었습니다. 이제 더이상 책을 펴보지 않아도 된다는 생각이 어디선가 날아들었기 때문이었죠. 사실 조금 두려운 마음도 있었습니다. 무엇이 두려운지는 알 수 없었지만 어쨌든 그 두려움이 저를 그곳에서 떠나게 했습니다. 저는 모래의 책을 원래 있던 곳에 놓아두고 집으로 돌아왔습니다.

열흘 이상이나 여행을 다녀왔기 때문에 논문 작업을 서둘러야 했습니다. 저는 간단히 초고라도 작성하려고 집에 돌아오자마자 컴퓨터를 켰습니다. 처음에는 수월했습니다. 이렇게 쉽게 페이지를 채워나간 적이 없었죠. 고작 몇시간 만에 꽤 많은 양의 원고를 썼습니다. 그리고 다음 날 원고를 처음부터 다시 훑어보는데 기분이 이상했습니다. 분명 내가 쓴 원고인데도 내가 쓴 것 같지 않은 문장이 너무 많았습니다. 그냥 그럴 듯한 문장들이 원고를 가득 채우고 있었죠. 저는 한줄, 한줄 필요 없는 문장들을 지워나갔습니다. 그러다보니 원고는 다시 백지가 되었습니다. 하얀 바탕 위에 커서가 깜박이는 화면을 보고 있는데 제 머릿속도 동시에 하얘지는 느낌이었습니다. 끝없는 지식을 이 안에 가둔다는 것 자체가 무의미하게 느껴졌어요. 자꾸만 모래의 책이 떠올랐습니다. 그렇게 일주일이 지났습니다. 오늘이 바로 일주일째 되는 날입니다. 누구에게 말해도 이해하지 못할 것을 알기에 말도 꺼내보지 못했습니다. 그러다보니 정말 미칠 것 같더군요. 누구에게든 말하고 싶었습니다.

남자는 거기까지 말하고 다시 물을 한잔 마셨다. 나는 어리둥절해하며 비어버린 남자의 컵을 바라봤다. 그러다 무심코 앞에 놓인 커피잔을 들었다. 식어버린 커피는 이제 밍밍한 맛조차 나지 않았다. 혀가 마비된 것처럼 아무런 맛도 느낄 수가 없었다. 나는 커피잔을 내려놓고 멍하니 책상을 응시했다. 책상 위에는 참고 서적 일곱권과 교정을 위해 뽑아둔 원고 한뭉치가 놓여 있었다. 왠지 눈앞이 흐릿해졌다. 나는 황급히 시선을 돌렸다.

남자는 빈 컵을 내려놓고 다시금 가운뎃손가락으로 흘러내린 뿔테 안경을 올렸다. 그때 남자의 휴대폰이 울렸다. 남자는 양해를 구한 뒤 문밖으로 나가 전화를 받았다. 나는 문이 닫히는 것을 보고 숨을 크게 내쉬었다. 그래도 알 수 없는 답답함은 가시지 않았다. 곧 남자는 들어와 가방을 챙기며 말했다. 급한 일이 있어서 일어나봐야겠네요. 들어주셔서 정말 감사합니다. 가능하면 다음 주쯤 한번 더 찾아뵈어도 될까요? 나는 싫다고 말하고 싶었지만 어쩔 수 없이 그러세요, 하며 웃고 말았다. 남자가 나간 뒤 푹 꺼진 소파를 보며 머리를 흔들었지만 남자의 말은 머릿속에 그대로 고여 있었다.

나는 한동안 멍하니 앉아 있다 벌떡 일어났다. 그길로 서점에 달려갔다. 남미 작가들의 책이 모여 있는 코너에서 보르헤스의 전집을 찾을 수 있었다. 전집은 모두 다섯권이었고 각 권마다 제목이 붙어 있었다. 나는 1권부터 꺼내어 맨 마지막 장을 폈다. 책을 볼

때 마지막 장부터 펴보는 것은 내 오랜 습관이었다. 마지막 장부터 시작해 엄지손가락으로 주르륵 페이지를 넘겼다. 그러면서 그 책에 실린 단편소설의 제목을 훑어보았다. 「모래의 책」은 없었다. 나는 2권을 꺼냈다. 남자의 얘기 중에 잠시 나왔던 「기억의 왕 푸네스」가 있었다. 내가 2권을 넣고 3권을 꺼내는 순간, 누군가 4권을 꺼내들고 계산대로 향했다. 나는 잠시 당황했지만 지금껏 하던 대로 목차를 확인했다. 3권에도 없었다. 나는 비어버린 4권의 자리에 비스듬하게 끼워져 있는 5권을 꺼냈다. 5권의 제목은 '셰익스피어의 기억'이었다. 맨 뒷장을 폈다. 작가의 작품연보가 나와 있었다. 나는 다른 때보다 천천히 페이지를 훑기 시작했다. 중간쯤 넘기다 손을 멈췄다. 「모래의 책」은 그 안에 있었다. 그것은 여덟 페이지밖에 되지 않는, 아주 짧은 소설이었다.

「모래의 책」은 '선은 무한한 점들로 이루어진다'라는 문장으로부터 시작한다. 소설 속 주인공은 저녁 무렵 갑자기 찾아온 손님을 맞게 된다. 손님은 가난하지만 품위 있는 모습이다. 그는 성경책을 파는 사람이라고 자신을 소개한다. 주인공은 자신에게는 성경이 필요 없다고 대답한다. 그러자 손님은 '당신이 흥미를 느낄 성스러운 책 한권'을 보여주겠다고 말한다. 주인공은 많은 사람들의 손을 거친 흔적이 역력한 책을 펼쳐본다. 그리고 손님은 주인공에게 다시는 그 페이지를 볼 수 없을 거라 단언한다. 손님의 말처럼 책은 수없이 페이지가 바뀌며 다른 모습으로 변화한다. 손님은 그 책을 '모래의 책'이라고 부른다. 책도 모래도 처음과 끝이 없기 때문에. 손님은 주인공에게 높은 값으로 책을 살 것을 요구한다. 주인공은 고민하다 그 책을 자신의 위클리프 성경책과 교환한다. 손님이 돌아간 뒤 주인공은 책을 샅샅이 살펴보지만 그것이 기괴한 물건이라는 것만을 깨닫는다. 결국 그는 모래의 책을 소유하지 못하고 구십만 권의 책이 소장되어 있는 멕시코 국립도서관에 숨겨두고 나온다.

나는 책을 읽는 동안 내 등이 너무 꼿꼿이 서 있었음을 느꼈다. 책을 덮자 척추로 찌릿한 통증이 올라왔다. 책은 덮었지만 생각은 덮어지지 않았다. 나는 그대로 계산대로 가 책을 구입했다. 연구실로 돌아와 다시 한번 「모래의 책」을 읽었다. 알 수 없는 울렁거림이 머릿속에 일었다. 멀미가 날 것만 같아 눈을 감았다. 어둠이 보였다. 눈을 더욱 세게 감았다. 어둠이 짙어지다 회백색의 얼룩이 나타나기 시작했다. 얼룩은 기이한 형태로 일그러졌다. 나는 손등으로 감은 눈 위를 세게 눌렀다. 일그러지던 얼룩은 마침내 터졌고 그 안에서 하얀 알갱이들이 나왔다. 모래처럼 흩뿌려지는 하얀 점들에 놀라 눈을 떴다. 그 순간, 남자의 말처럼 알 수 없는 깨달음이 내게도 왔다. 나는 모래의 책을 찾게 될 것이었다!

아니 모래의 책을 찾아야만 했다. 남자는 모래의 책 때문에 논문이 막혔다고 했으나 내게는 다를 것 같았다. 모래의 책을 손에 넣으면 내 안에 있는 무한한 점들이 선이 되어 그려질 것 같았다. 마음이 급했지만 일단 나는 보르헤스의 책을 들고 집으로 향했다. 조금 전보다 머리가 맑아진 느낌이 들었다. 집에 도착해 먼저 샤워를 했다. 쏟아지는 물을 맞으며 모래의 책이 어디에 있을까, 잠시 생각했지만 고민할 필요는 없었다. 그냥 언젠가 내 손에 들어오리라는 확신이 들었다. 남자가 말한 그대로였다. 그러나 곧 그 확신이 우습게 느껴졌다. 우선 모래의 책이라는 것이 정말 있다고 말할 수 없었다. 남자는 자신의 강박관념 때문에 평범한 책을 모래의 책이라고 믿어버렸을 가능성이 높았다. 나는 두 손으로 얼굴을 문질러 닦았다. 막혀 있는 원고가 문제였다. 그것만 아니라면 이런 황당한 일에 휘둘려 시간을 낭비할 필요가 없었다.

다음 날 나는 아침 일찍 연구실로 갔다. 도착하자마자 커피를 마시며 컴퓨터를 켰다. 책의 원고를 창에 띄웠다. 어떻게든 채워서 하루라도 빨리 넘겨버리고 싶다는 마음뿐이었다. 나는 서문을 소리 내어 읽었다.

강박신경증은 어떤 행동이 불합리하다는 것을 알면서도 반복하게 되는 질환입니다. 주목할 것은 강박증에 시달리는 본인이 이미 자기 행동의 불합리성을 깨닫고 있다는 것이지요. 쉬운 예를 하나 들어봅시다. A라는 사람은 방금 손을 씻고 나왔습니다. 그런데도 손이 더럽게 느껴져 다시 손을 씻죠. 세정제를 사용해 아주 공들여 손을 씻습니다. 만족할 정도로 손을 씻고 나오는 길에 A는 화장실 문고리를 잡습니다. 그 순간 자신의 손이 또 더럽혀졌다고 생각하죠. 물론 그와 동시에 이 문고리는 다시 손을 씻어야 할 만큼 더러운 것이 아니며, 자신의 손은 아직 깨끗하다는 것을 인지하고 있습니다. 그럼에도 손을 씻지 않고는 못 견디죠.

이것이 강박신경증의 기본적인 양상입니다.

초고와는 아주 많이 달라진 모습이었다. 초고를 편집부에 넘겼을 때 편집자는 미간을 좁히며 원고를 읽고는 손으로 짚어가며 말했다. 선생님, 여기 이 단어 일반인들이 아는 말로 풀어주세요. 여기도요. 그리고 여기, 여기. 바쁘게 움직이던 편집자의 손이 멈췄다. 편집자는 나를 쳐다보며 애원하듯 말했다. 선생님, 너무 어려워요. 이건 전문가 수준이잖아요. 조금만 더 쉽게 써주세요. 편집자가 돌아간 뒤, 나는 원고를 살펴보았다. 어디가 어렵고 어디가 문제인 건지 알 수 없었다. 강박적 사고(obsession)와 강박적 행동(compulsion), 세로토닌 시스템과의 연관성, 정신장애 진단통계편람(DSM-IV-TR)에 따른 진단기준 등의 구절에 빨간 줄을 그었다. 그러고 나서 사례를 바탕으로 다시 원고를 작성했다.

내가 썼고 그 뒤로도 몇번이나 손을 본 원고인데 오늘따라 낯설게 느껴졌다. 원고를 뚫어지게 쳐다보며 무엇이라도 쓰려고 자판에 손을 올렸지만 아무것도 쓸 수 없었다. 답답한 마음에 손을 얼굴로 가져가 문지르다 목 뒤를 만지고는 머리카락을 뽑았다. 나는 뽑힌 머리카락을 보고는 잠시 움직임을 멈췄다. 생각이 나지 않을 때 머리카락을 뽑는 것은 예전의 습관이었다. 이제 없어졌다고 생각했는데. 머리카락을 버리고 책장으로 눈을 돌렸다. 왠지 저기 어딘가에 내 원고와 비슷한 내용의 책이 있을 것만 같았다. 생각을 떨쳐내려고 고개를 저었지만 한번 솟아난 의심은 무성하게 자랐다. 이게 정말 내가 연구하고 쓴 원고인지, 누군가의 지식을 빌려온 것이 아닌지, 아니면 다른 책들을 보고 그저 흉내 낸 것은 아닐지. 거기까지 생각하자 더이상 앉아 있을 수가 없었다.

잠시라도 원고에서 벗어나고 싶었다. 나는 보르헤스의 책을 들고 밖으로 나갔다. 차에 올라 대학 도서관으로 향했다. 학교에 다닐 때는 도서관에 갈 일이 별로 없었는데 오히려 졸업하고 나서 많이 찾게 되었다. 책을 읽는 것은 기쁜 일이었다. 책에 있는 활자들이 내 머릿속으로 들어와 나를 채운다고 생각하면 뿌듯했다. 공부를 해서 지식을 얻는 것이 밥을 먹는 것처럼 배부르게 느껴졌다. 끝없는 지식이 때로는 바다같이 망망하게 느껴지기도 했지만 그럼에도 그것이 나를 채워간다는 믿음만은 단단했다.

도서관에 도착하자 책 내음이 끼쳐왔다. 답답하던 머릿속의 창문을 연 것만 같은 느낌이었다. 엘리베이터에서 내려 쭉 걷다가 오른쪽 코너로 돌았다. 그곳은 독일 문학 코너였다. 소설책을 많이 읽지는 않았지만 독일 문학은 좋아했다. 대학시절 전공 서적 더미에 파묻혀 공부만 하던 때에도 헤르만 헤세나 프란츠 카프카의 소설은 틈틈이 읽었다. 연구 논문만 읽기에도 바쁜 동기들은 그런 나를 외계인 보듯 했지만 상관없었다. 그래서였는지 나중에 내가 대학원에 진학해 연구자로 남겠다고 했을 때 다들 그럴 줄 알았다는 반응이었다.

나는 손가락으로 책을 훑었다. 그러다 서고의 아래에서 둘째 단, 중간쯤에서 『데미안』을 꺼냈다. 이미 열번도 넘게 읽은 소설이었지만 여기에 오면 꼭 한번씩 꺼내보게 되었다. 마지막 페이지를 펴 주르륵 넘기다 아무 곳에서나 멈췄다. 세상이 빛과 어둠으로 나누 어져 있다는 것을 알게 된 싱클레어가 빛의 세계로 돌아가려고 발 버둥치는 부분이었다. 나는 책을 덮었다. 다음 내용은 읽지 않아도 잘 알고 있었다. 이미 어둠을 경험한 싱클레어는 결코 가족들이 있 는 평화로운 빛의 세계로 돌아갈 수 없었다. 싱클레어의 방황은 대 학시절 나의 방황과도 비슷했다. 갑자기 감상적이 되는 것 같아 얼 른 책을 끼워두고 다른 곳으로 걸어갔다.

남미 문학 코너를 찾으려고 고개를 쭉 뺐지만 보이지 않았다. 영 미 문학, 독일 문학, 러시아 문학, 일본 문학, 중국 문학이 다 있는데 남미만 없었다. 어제 훑어보지 못한 보르헤스의 전집 4권이 궁금한 데, 하며 걷다보니 한번도 보지 못한 공간이 나왔다. 나름 도서관을 구석구석 다녀보았다고 생각했는데 아직도 가보지 못한 곳이 있다 는 게 놀라웠다. 나는 그곳으로 발걸음을 옮기다가 멈칫했다. 알 수 없는 불안이 발에 걸리는 기분이었다. 뒤로 돌아섰다. 하지만 반대 쪽으로는 걸어갈 수 없었다. 아니 걸어가기 싫었다. 나는 다시 몸을 돌려 그곳으로 향했다.

그곳의 책장은 무척 낡아 있었다. 왼쪽 귀퉁이는 이가 맞지 않아 약간 비뚤어졌고 그 옆의 칸막이는 무너져 있었다. 제일 아랫단에 는 책들이 엉키듯 쌓여 있었다. 그리고 오래된 나무 냄새가 났다. 그 책장은 여느 책장과는 확연히 달랐다. 나는 책장 가까이로 다가 갔다. 순간, 공기의 흐름이 미묘하게 달라졌다. 마치 다른 차원의 세계에 들어온 것만 같은 기분. 그런데도 놀랍기보다는 오히려 차분해졌다. 모든 것이 당연하게 느껴졌다. 이 미묘한 흐름에 내가 끼어든 것마저 자연스러웠다. 나는 아래에서부터 천천히 눈으로 책을 훑기 시작했다. 제일 아래, 그 위, 그 위, 그 위. 마침내 제일 윗단에 시선이 닿았다. 물 흐르듯 왼쪽에서 오른쪽으로 향하던 시선은 오른쪽 끝에서 박히듯 멈췄다. 모래의 책은 바로 그곳에 있었다.

서고의 제일 윗단, 오른쪽에서 두번째. 나는 그곳을 응시한 채 눈조차 깜박일 수 없었다. 왠지 잠깐이라도 시선을 떼면 책이 금세 사라져버릴 것만 같았다. 심호흡을 한 뒤 천천히 손을 뻗었다. 손을 뻗는 것만으로도 큰 용기가 필요했다. 손끝이 미세하게 떨렸고 그 떨림이 온몸으로 전해졌다. 나는 습관대로 책의 가장 마지막 장을 확인했다. 479라는 숫자가 새겨져 있었다. 책을 닫았다. 그리고 다시 책을 폈다. 책의 마지막 장에 있는 480이라는 숫자가 눈에 박혔다. 잘못 본 것이 아니었다. 눈을 감은 뒤 다시 책을 덮었다 폈다. 이번엔 거짓말처럼 책의 마지막 페이지 수가 481이었다. 심장이 주체할 수 없을 정도로 빨리 뛰기 시작했다. 이것은 분명, 모래의 책이었다.

솔직히 모래의 책 같은 건 없다고 생각했었다. 찾고 싶었고, 찾게 되리라는 확신이 든 것은 사실이었지만 별일 아니라고 태연하려 했다. 하지만 현실을 부정할 수가 없었다. 그 순간에도 책의 페이지는 늘어나고 있었으므로. 나는 무언가에 홀린 것처럼 모래의 책을 들고 서고를 빠져나왔다. 미묘하게 비틀린 공기의 흐름이 계속해서 내 주위를 감싸고 돌았다. 나는 책을 대출대에 올려놓았다. 혹시 대출이 안되면 어쩌지, 하는 걱정도 잠시 했지만 책은 금세 내 손에 돌아왔다. 책을 받자 조금씩 걸음이 빨라졌다. 거의 뛰듯이 걸어 차에 올랐다. 모래의 책을 보르헤스의 책 위에 올려두고 숨을 골랐다.

연구실에 도착해서 쉴 틈도 없이 모래의 책을 폈다. 정신없이 책을 여닫는 동안 처음 479페이지였던 책은 어느덧 500페이지가 넘어 있었다. 두께도 무게도 조금 달라진 건가, 하고 책을 살펴보았지만 처음에 어땠는지 기억이 잘 나지 않았다. 페이지 수가 늘어나도 책의 전체 두께는 비슷한 것 같았다. 페이지가 늘어날수록 종이가 조금씩 얇아지는 것일지도 몰랐다. 아니 어차피 그런 건 문제가 되지 않았다. 무한히 늘어나는 책이 있다는 것만으로도 이미 내가 이해할 수 있는 범위를 벗어났다. 여기서 책이 두배로 두꺼워지거나 갑자기 들 수 없을 만큼 무거워진다고 해도 크게 놀랄 일은 아니었다.

모래의 책을 읽고 싶었지만 그 안은 온통 모르는 언어로 채워져 있었다. 영어도 스페인어도 중국어도 아니었다. 아랍어 같지도 않았고 고대 로마자라고 생각할 수도 없었다. 그냥 그것은 모르는 언어였다. 읽을 수 없으니 책을 펴봐도 답답하기만 했다. 게다가 내 모래의 책에는 삽화도 없고 사진도 없었다. 오로지 알 수 없는 문자로 가득히 채워진 책이 불어난다는 것이 웬지 오싹했다. 나는 책을 덮어두고 씨디 플레이어를 켰다.

저녁때쯤 되어 출판사에서 편집자가 찾아왔다. 나는 문을 열기 전에 모래의 책 위에 참고 서적 서너권을 올려놓았다. 그리고 문

앞까지 나갔다가 다시 돌아와 세 권의 책을 더 올리고 또다른 세 권의 책을 그 앞에 쌓아두었다. 다시 한번 벨을 누르는 편집자에게 나가요, 하며 서둘러 문을 열었다. 편집자는 커다란 가방을 어깨가 처지도록 맨 모습으로 서 있었다. 들어와요, 하고 소파 쪽으로 안내하는데 소파 위에 책이 정신없이 흩어져 있는 게 보였다. 서둘러 책을 밀어내 간신히 앉을 자리를 만들어 놓고는 커피 물을 올렸다. 허둥지둥하는 내 모습을 보며 편집자는 바쁘신데 제가 괜히 왔나봐요, 하며 허벅지를 문질렀다. 편집자와 나는 출간 일정에 관한 이야기를 잠시 나누고 저녁을 먹기 위해 연구실을 나섰다.

저녁식사 후에 나는 다시 연구실로 돌아왔다. 모래의 책은 어느새 700페이지가 되어 있었다. 이제 꼭 펴보지 않아도 제멋대로 페이지가 늘어나는 모양이었다. 나는 새로 생긴 페이지를 설렁설렁 넘기며 책을 살펴보았다. 그러는 사이에 책은 800페이지에 가까워졌다. 나는 책을 편 채 창문을 열었다. 바람 때문에 책 페이지가 제멋대로 넘어갔다. 나는 홀로 넘어가는 페이지를 멍하니 지켜보았다. 그러다 깜짝 놀라 책장을 멈췄다. 내가 멈춘 곳의 페이지 속에는 아무 글자도 없었다. 그것은 오로지 페이지 수만 적힌 백지였다. 나는 심호흡을 한 뒤, 책을 덮었다가 폈다. 페이지가 하나 늘어나긴 했지만 이것 또한 백지였다.

나는 책의 맨 뒷장부터 펴서 한장씩 넘기기 시작했다. 백지 몇장을 지나 글자가 있는 페이지가 나오기 시작했다. 그런데 이상했다. 글자가 하나씩 사라지고 있었다. 마치 바람에 날리는 모래처럼. 나는 눈을 깜박였다. 손가락으로 문질러도 보았다. 그럼에도 글자는 계속해서 사라졌다. 나는 눈앞에서 사라져가는 글자를 멍하니 바라보는 것밖에는 할 수 있는 일이 없었다. 글자가 사라질수록 빈 페이지의 수는 늘어만 갔다. 나는 더이상 참지 못하고 책을 덮었다.

쿵쾅이는 심장을 누르듯 모래의 책을 꾹 눌렀다. 조심스레 다시 책을 펴보았지만 늘어나는 백지와 사라져가는 글자만 확인할 뿐이었다. 이 책을 가지고 있는 것이 두려워졌다. 보르헤스 소설 속 주인공의 기분을 알 것만 같았다. 나는 모래의 책을 바닥에 내려놓고 주변의 책을 모두 그 위에 쌓았다. 모래의 책을 가두어놓는 것처럼 그 앞에도, 그 옆에도 책을 쌓아올렸다. 그리고 도망치듯 연구실을 빠져나왔다. 서둘러 차를 타고 카오디오를 켰다. 라디오에서는 처음 듣는 노래가 나왔지만 제멋대로 따라 불렀다.

잠이 오지 않았다. 새벽이 될 때까지 뒤척이기만 했다. 전자시계의 녹색 불빛이 신경 쓰였다. 나는 일어나 그것을 꺼버렸다. 다시 누웠는데 이번에는 창문 틈 사이로 보이는 나뭇잎 그림자가 잠을 방해했다. 참지 못하고 일어나 커튼을 빈틈없이 닫았다. 정신이 가물가물 해지려는데 귓가에 윙윙거리는 소리가 들려왔다. 이불을 머리끝까지 덮었다. 그럼에도 윙윙 소리는 끊이지 않았다. 멀어질 듯 가까워지는 그 소리에 잠이 완전히 달아나버렸다. 결국 이불을 젖히고 일어나 앉았다.

창밖에는 어느새 동이 터오고 있었다. 나는 자는 것을 포기하고 컴퓨터 앞에 앉았다. 일분이라도 빨리 원고를 마무리 짓고 싶었다.

그렇게 해서 이 텅 빈 터널을 빠져나가고 싶었다. 창밖에서 들어오는 찬 공기에 몸을 움츠리며 원고를 창에 띄웠다. 지금까지 쓴 원고는 A4용지로 80장이 조금 넘었다. 나는 마지막 챕터의 소제목을 썼다. 소제목은 '당신에게도 일어날 수 있는 일'이었다. 처음 생각할 때에는 무척 마음에 드는 제목이었는데 지금 보니 썩 좋지는 않았다. 나는 그것에 괄호를 치고 그 앞에 가제,라고 적어넣었다. 그리고 예전에 써놓았던 문단을 그 뒤에 붙여넣었다.

여러분은 혹시 강박신경증을 겪어본 일이 있으신가요? 의외로 많은 사람이 가벼운 강박증을 겪고 있다고 합니다. 사실은 저도 강박신경증을 겪어본 적이 있습니다. 저는 어린 시절에 외운 것이 잘 생각나지 않으면 머리를 뽑는 습관이 있었습니다. 머리카락을 아무리 뽑아봤자 기억나지 않는다는 것을 알고 있으면서도 왠지 그렇게 하면 머리카락과 함께 그 안에 있는 생각이 딸려나올 것 같은 기분이 들었죠. 물론 커가면서는 그 버릇을 고치긴했지만 아직도 가끔 무의식중에 그럴 때가 있습니다. 이 책을 쓰면서도 몇번이나 그 일을 겪었습니다. 그러면서 이런 책을 쓸 자격이 있느냐고요? 저는 그렇기 때문에 더욱 이 책을 쓰고 싶었습니다.

조사를 몇개 수정하고 뒷내용을 쓰려는데 아무것도 생각이 나지 않았다. 나는 머리를 두어번 흔들고 엔터키를 눌렀다. 그런데 이상했다. 엔터키를 한번밖에 누르지 않았는데 페이지는 자꾸 늘어나기 시작했다. 창에 띄워놓은 부분은 그대로였지만 옆에 있는 스크롤바의 크기가 점점 작아졌다. 페이지는 끝없이 늘어나는 중이었다. 눈조차 깜박이지 못하고 무한으로 늘어나는 원고를 지켜보았다. 끝없이 내려가며 작아지던 스크롤바가 어느 순간 멈췄다. 그 대신 원고 안에 있는 글자가 바람에 날리듯 하나하나 사라지기 시작했다. 누군가 백스페이스키를 누른 것처럼 글자들은 자취를 감췄다. 비명이 나올 것 같아 입을 막고 눈을 감았다. 그러나 잠시 뒤 차가운 손을 내리고 눈을 떴을 때, 나는 변화 없이 너무나 평화로운 82페이지의 원고를 보았다.

조금 전의 환영에서 벗어날 수가 없었다. 모래의 책이 문제였다. 그 책을 잊어버려야만 했다. 나는 연구실로 차를 몰았다. 어느새 출근시간이 되었는지 도로는 차로 가득했다. 나는 운전대를 잡은 채 한곳에 시선을 모았다. 그리고 지금까지 공부했던 것들을 찬찬히 떠올리기 시작했다. 하지만 생각나는 것은 없었다. 나는 신경질적으로 머리카락 몇가닥을 뽑았다. 몇십년간 공부했던 것이 알 수 없는 구멍으로 빠져나가는 기분이 들었다. 나는 급한 마음에 허둥지둥하다 자동차 경적을 눌렀다. 주변 운전자의 시선이 느껴졌지만 앞만 보며 도로가 뚫리기를 기다렸다.

연구실에 들어서자마자 나는 쌓여 있는 책을 밀어서 무너뜨리고 모래의 책을 손에 넣었다. 그때 전화벨이 울렸다. 조용한 연구실에 퍼지는 전화벨 소리가 왠지 기괴하게 들려왔다. 끈질기게 울리던 전화벨이 툭, 하는 소리와 함께 끊기고 자동응답기 모드로 바뀌었다. 건조한 남자의 목소리가 들려왔다. 선생님, 안녕하세요. 며칠 전에 찾아뵈었던 사람입니다. 다름이 아니라 제가 갑자기 교수님과 함께 학회 참석차 출국하게 되어서 다음 주에 뵙지 못할 것 같습니다. 일정이 확실치 않아서 다음 약속을 잡는 것도 어렵겠네요. 아무튼 그날은 감사했습니다. 언젠가 기회가 있다면 식사 대접이라도 하고 싶습니다. 그럼, 안녕히 계십시오. 남자의 전화가 끊기자 자동응답기도 철컥, 하는 소리와 함께 멈췄다.

목이 말랐다. 정수기에 컵을 눌러 받치며 주위를 둘러보았다. 여기저기 널린 책에는 손때가 묻어 있었다. 특히 박사과정을 밟던 시절 보았던 전공 서적은 페이지가 너덜너덜해질 정도로 손을 탔던 것이었다. 물이 채워졌을 무렵 나는 컵을 들어 입가로 가져갔다. 가득 찬 줄 알았던 컵은 비어 있었다. 그때서야 정수기의 물통에 물이 하나도 없는 것을 알아챘다. 굳게 닫힌 모래의 책을 펴보았다. 책의 글자는 여전히 바람처럼 흔적을 감추는 중이었다. 이것은 더이상 모래의 책이 아니었다. 무한한 책이 아닌 무(無)의 책, 아무것도 담고 있지 않은 책이 되어가고 있었다.

바람의 책!

나는 황급히 차를 타고 학교 도서관으로 향했다. 주차장에 도착해 차를 되는대로 놔두고 엘리베이터를 향해 뛰었다. 위쪽으로 향하는 버튼을 눌러놓고도 몇번이나 다시 눌렀다. 엘리베이터에서 내려 바로 반환대로 달려갔다. 조용한 도서관에 내 구두 소리가 울려퍼졌다. 도서관 사서는 아직 잠이 덜 깼는지 졸린 눈으로 나를 쳐다봤다. 나는 말없이 책을 건넸다. 사서는 바코드를 기계로 찍고 책을 뒤쪽 거치대에 올려놓았다. 나는 그길로 뒤도 돌아보지 않고 도서관을 나섰다. 그러면서 원고의 마지막 장에 쓸 문장을 떠올려 보았다. 아무것도 떠오르지 않았다. 왠지 처음부터 다시 써야 할 것 같았다.

이
야
기

속
으
로

돌아보는 순간, 술집 안은 낡은 모습으로 변해 있었다. 주변 공기도 미묘하게 뒤틀린 느낌이었다. 나는 술기운 탓이라고 여기며 머리를 흔들어댔다. 눈앞이 뿌옇게 흐려졌다. 눈을 꾹 감았다 다시 떴다. 방금 전까지 비어 있던 옆 테이블에 사람들이 앉아 있었다. 너무 취해서 그들이 들어와 앉는 것도 몰랐던 것 같았다. 빈 잔에 소주병을 기울였다. 술이 반도 차지 않아 병을 내려놓고 한병을 더 시켰다. 붉은 앞치마를 두른 주인은 파란 소주병을 던지듯 놓고 갔다. 병뚜껑을 돌렸지만 열리지 않았다. 병따개로 따야 하는 병이었다. 아까도 이런 병이었나, 고개를 갸웃했다. 그때 옆 테이블 앉아 있는 사람들의 말이 들려왔다.

"안형, 파리를 사랑하십니까?"

"아니오, 아직까진. 김형은 파리를 사랑하세요?"

나는 웃음을 터뜨릴 뻔했다. 파리는 무슨, 하며 병따개를 집어들었다. *김형, 꿈틀거리는 것을 사랑하십니까? 사랑하고 말고요.* 나는 병따개로 소주를 땄다. 뚜껑이 바닥으로 굴러 떨어졌다. *꿈틀거리는 것을 사랑한다는 얘기를 하려던 참이었습니다. 들어보세요. 그 친구와 나는 출근시간의 만원 버스 속을 쓰리꾼들처럼 안으로 비집고 들어갑니다. 그리고 자리를 잡고 앉아 있는 젊은 여자 앞에 섭니다.* 나는 그 순간 이게 뭐지? 하는 생각을 했다. 분명히 내가 알고 있는 대화 같았다.

남자는 이어서 말했다. *아침의 만원 버스 칸 속에서 젊은 여자 아랫배의 조용한 움직임을 보고 있으면 왜 그렇게 마음이 편안해지고 맑아지는지 모르겠습니다.* 머릿속이 복잡했다. 무언가 떠오를 것 같으면서도 기억나지 않았다. 그때 맞은편의 남자가 다시 말을 받았다. *퍽 음탕한 얘기군요.* 그 말과 동시에 안개가 걷히듯 머릿속이 명료해졌다. 이 대화는 김승옥의 소설 「서울, 1964년 겨울」에 나오는 것이었다. 석사논문을 준비할 때 외울 정도로 읽었던 소설이었기에 틀림없었다. 이 남자들이 왜 소설 속과 똑같은 대화를 나누고 있는 건지 의아했다. 연극 연습이라도 하고 있는 건가.

난 여자의 아랫배를 가장 사랑합니다. 안형은 어떤 꿈틀거림을 사랑하십니까? 어떤 꿈틀거림이 아닙니다. 그냥 꿈틀거리는 거죠. 그냥 말입니다. 아무래도 이상했다. 연극 연습을 하는 사람들이라고 하더라도 저렇게까지 할까, 하는 생각이 들었다. 조금 전 병따개

로 딴 소주병에 눈길이 갔다. 소주 이름이 한자로 인쇄되어 있었고, 디자인도 촌스러웠다. 도대체 뭐지? 순식간에 긴장이 되며 요의가 밀려들었다. 어리둥절했지만 일단 화장실에 가기 위해 일어섰다. '안'이라는 남자가 가라앉은 목소리로 말하는 게 또다시 들렸다. *서울은 모든 욕망의 집결지입니다. 아시겠습니까?* 맞은편의 남자인 '김'이 대답했다. *모르겠습니다.*

화장실은 재래식이었다. 아무리 허름한 선술집이라고 해도 이렇게 오래전에 만들어진 것 같은 화장실을 쓰고 있는 건 처음 보는 일이었다. 술에 취해서 헛것을 보나, 하고 치부해버리기에는 이상한 게 너무 많았다. 마치 영화 세트장이나 옛날 소설 속에 들어와 있는 것만 같았다. 다시 내 자리에 돌아왔을 때도 옆 테이블 두 남자의 대화는 계속되고 있었다. *김형과 나는 서로 다른 길을 걸어서 같은 지점에 온 것 같습니다. 만일 이 지점이 잘못된 지점이라고 해도 우리 탓은 아닐 거예요. 자, 여기서 이럴 게 아니라 어디 따뜻한 데 가서 정식으로 한잔씩 하고 헤어집시다. 난 한바퀴 돌고 여관으로 갑니다.* 여관,이라는 말을 듣자 뒷목이 딱딱하게 굳는 것 같았다. 내가 소설 속에 들어와 있는 거라면, 만에 하나라도 정말 그렇다면 이제 아저씨가 등장할 차례였다. 나는 침을 삼키며 문 쪽을 쳐다봤다. 바로 그때 사십대쯤으로 보이는 사내가 들어와 그들에게 말을 걸었다. *미안하지만 제가 함께 가도 괜찮을까요? 제게 돈은 얼마든지 있습니다만……*

나는 충동적으로 그들을 따라나섰다. 사실 상황은 점점 황당해지고 있었다. 누군가의 심술궂은 장난에 걸려든 것만 같았다. 아니면 술에 취해 나 혼자 엉뚱한 상상에 빠진 건지도 몰랐다. 지금 무슨 짓을 하고 있는 건가 어리둥절해하면서도 나는 계속 그들을 뒤쫓았다. 그냥 그들을 따라가보고 싶었다.

그들은 중국요리 집으로 들어갔다. 나도 따라붙었다. 그들은 오른쪽 방으로 안내되었고 나는 바로 옆방으로 들어갔다. 벽 쪽으로 붙어 앉아 귀를 기울이자 그들의 말소리가 들렸다. 벽에 귀를 대고 있는 나를 종업원이 물끄러미 쳐다보았다. 나는 헛기침을 하며 자세를 바로했다. 무엇을 주문하겠느냐는 말에 통닭과 술을 시켰다. 그것은 소설 속에서 그들이 시킨 음식이었다. 종업원이 나가자 다시 벽 쪽으로 다가가 앉았다. 아주 또렷하다고는 할 수 없어도 그들이 하는 말이 들려왔다. *오늘 낮에 제 아내가 죽었습니다. 세브란스 병원에 입원하고 있었는데…… 네에에. 그거 안되셨군요.*

종업원이 통닭과 술을 가지고 왔지만 나는 벽에 붙어 앉아 놓고 가라는 손짓을 하곤 여전히 그들의 말에 귀를 기울였다. 닭다리를 뜯어 한입 베어물면서도 그들의 말소리를 놓치지 않았다. *아내의 시체를 병원에 팔았습니다. 할 수 없었습니다. 난 서적 외판원에 지나지 않습니다. 할 수 없었습니다. ……아내는 어떻게 될까요? 학생들이 해부 실습하느라고 톱으로 머리를 가르고 칼로 배를 째고 한다는데, 정말 그러겠지요?* 김과 안은 아무 말이 없었다. 나는 한숨을 쉬었다. 절로 한숨이 나왔다.

나는 외진 동네의 작은 헌책방에서 태어났다. 책방은 아버지의 일터였고 우리 가족은 거기 딸린 작은 방에서 살았다. 넉넉한 생활은 꿈꿔본 적도 없었다. 넉넉하게 가진 것이라고는 찾는 사람도 없는 낡은 책들뿐이었다. 나는 그 낡은 책들 속에서 자랐다. 언젠가 한번쯤은 나도 책을 내고 싶다는 생각을 했다. 작가가 되고 싶다거나 글을 쓰고 싶다고 생각한 게 아니라 막연하게 내 이름이 표지에 찍혀 있는 책을 갖고 싶다고. 글을 써보려고 샀던 첫번째 노트에 눌러 썼던 첫 문장은 아직도 기억하고 있다. 『달과 6펜스』에서 읽은 문장이었다. "삶의 전환은 여러 모양을 취할 수 있고, 여러 방식으로 이루어질 수 있다. 어떤 이들에게는 그것이 성난 격류로 돌을 산산조각 내는 대격변처럼 올 수 있을 것이다. 하지만 또 어떤 이들에게는 끊임없이 떨어지는 물방울에 돌이 닳듯이 천천히 올 수도 있다."

중고등학교 시절에는 내가 무언가를 끼적이고 있으면 사람들은 작가가 되고 싶으냐고 물었다. 선뜻 대답할 수가 없어 말을 얼버무리면 더는 묻지 않았다. 대학에서 만난 사람들은 보다 참견이 많았다. 경영학을 복수전공하는 선배는 도대체 어떻게 먹고살려고 그러느냐면서 세상의 냉정함에 대해 역설했다. 민중과 민주, 그리고 조국해방을 위해 산다던 선배는 지금은 다 같이 뛰쳐나가 목소리를 높여야 할 때라며 세상의 엄혹함에 대해 한탄했다. 문학? 그거 좋지. 낭만적이잖아, 하며 술잔을 비우는 사람도 있었고, 『해리포터』를 쓴 작가가 벌어들인 돈이 도대체 얼마냐, 하며 담배를 피우는 사람도 있었다. 나는 어떤 말도 그들처럼 거침없이 할 수가 없었다.

군대에 다녀와 복학하고 나서는 소위 말하는 스펙 관리에 온 힘을 쏟았다. 토익 점수를 따고 토플 준비를 하며 경제학 스터디를 했다. 그것을 해서 무엇이 될지는 알 수 없었지만, 어쨌든 해야 한다는 건 알고 있었다. 스터디의 장을 맡고 있는 선배는 '머스트(must)'에 '와이(why)'는 필요 없다고 입버릇처럼 말했다. 그러던 중 우연히 한 시인이 쓴 짧은 글을 읽게 되었다. 시인은 큰 사고를 겪은 뒤, 인생에서 하지 않으면 가장 후회할 일이 무엇인가에 대해 생각해보았다고 했다. 그게 시를 쓰는 일이라서 시를 썼고 등단하게 되었다고. 하지 않으면 가장 후회할 일? 당장 떠오르는 건 없었다. 내게는 죽을 뻔한 경험 같은 것도 없었다. 그래도 나는 그날부터 소설을 썼다. 졸업할 때까지 하루도 빠짐없이 써서 졸업하던 해에 소설가로 등단했다. 그러나 그날 이후 한편의 소설도 발표하지 못했다. 도대체 어떻게 먹고살려고 그러느냐는 경영학 복수전공 선배의 말이 불쑥불쑥 떠올랐다.

그들이 나가는 소리가 들렸다. 나도 서둘러 따라 나갔다. 이제 어디로 갈까, 하는 사내의 목소리가 들려왔다. 안과 김도 어디로 갈까, 하고 말했다. 나 또한 속으로 중얼거렸다. 어디로 갈까. 그들이 양품점으로 들어갔다. 나는 따라 들어가지 않고 밖에 서 있었다. 아마 그들은 넥타이를 하나씩 살 것이었다. 사내는 자신의 아내가 사주는 것이라며 무척 거들먹거릴 것이고, 안과 김은 맘에 들지는 않지만 억지로 받겠지. 그들이 양품점에서 나왔다. 내가 가게 옆으로 비켜서자 그들은 귤을 샀다. 그리고 택시를 탔다. 하지만 나는 그 자리에 그냥 서 있었다. 그들은 얼마 못 가 내릴 것이다. 어디로 가야 할지 알 수 없을 테니까.

그들이 택시에서 내리고, 조금 뒤 소방차 두대가 지나갔다. 아, 하는 순간 사내가 또다른 택시를 불러 세웠다. 이번에는 나도 그 뒤에 오는 택시를 얼른 잡아타고 그들을 따라갔다. 그들은 화재 현장에서 내렸다. 나는 조금 뒤에서 내렸다. 페인트 상점에서 시작된 불은 이제 미용학원에까지 번져 있었다. 잠시 멍하니 그 광경을 지켜보았다. 성난 불길이 미용학원의 창밖으로 치솟아올랐다. 그들은 페인트 통을 밑에 깔고 웅크리고 앉아 불구경을 하고 있었다. 나는 그들과 불타는 건물을 번갈아 쳐다봤다. 소방차는 물줄기를 쉼 없이 뿜고 있었으나 불길은 좀처럼 잡히지 않았다. 그들의 말이 들려왔다. *화재는 우리 모두의 것이 아니라 화재는 오로지 화재 자신의 것입니다. 화재에 대해서 우리는 아무것도 아닙니다. 그렇기 때문에 나는 화재에 흥미가 없습니다. 김형은 어떻게 생각하십니까? 동감입니다.*

화재는 오로지 화재 자신의 것, 화재에 대해서 우리는 아무것도 아니다. 나는 안이 한 말을 몇번이고 곱씹어 생각했다. 화재를 일으킨 사람은 분명히 어딘가에 있을 터였다. 하지만 불이 난 순간, 사람들은 모두 구경꾼이 되어버렸다. 몇걸음 뒤로 물러나 불타오르는 건물과 불길을 진압하려 애쓰는 소방관들을 보면서 가끔 혀를 찰 뿐이었다. 가슴이 답답해졌다. 심드렁한 안과 김의 뒷모습을 보는 것만으로도 숨이 막힐 것만 같았다. 저 화재는 내일 아침 신문 기사로 실릴 것이고, 활자화된 사건 한줄은 사람들에게 아무런 감흥도 가져다주지 못할 것이었다. 뒤쪽에서 누군가 사진을 찍고 있는 게 느껴졌다. 타오르는 불길을 향해 플래시가 터졌다. 나는 한발짝 물러서며 고개를 숙였다.

사내가 불길을 향해 무언가를 던졌다. 경찰이 뛰어와서 그를 붙잡으며 무엇을 던졌느냐고 물었다. 그건 지폐였다. 아내의 시체를 팔아 받은 돈. 경찰이 자리를 뜨자 안이 사내에게 말했다. *결국 그 돈은 다 쓴 셈이군요. 자, 이젠 약속이 끝났으니 우린 가겠습니다. 안녕히 계십시오.* 안과 김이 사내에게 작별인사를 하는 걸 나는 물끄러미 바라보고만 있었다. 안과 김이 돌아서자 사내는 안절부절 못하며 주먹을 꽉 쥐었다. 둘의 걸음이 조금 빨라졌고 사내는 곧 뛰어가 그들을 잡았다. 사내의 말이 들리지는 않았지만 나는 그가 무슨 말을 할지 이미 알고 있었다. 그리고 그건 지금 내가 하고 싶은 말이기도 했다.

나 혼자 있기가 무섭습니다.

사내는 안과 김에게 여관비를 구하러 어디 좀 잠시 들렀다 가자고 했다. 안과 김이 싫은 내색을 했지만 사내는 쉽게 포기하지 않았다. 꼭 받아야 할 돈이 있다고 떨리는 목소리로 말했다. 빚을 받으러 가기에는 늦은 시간이었다. 안도 나와 같은 생각이었는지 사내에게 늦었다고 말했다. 그 말에 사내는 그렇지만 가야 한다고 단호하게 대답했다. 그러면서 그들은 어두운 골목길로 들어섰다. 나도 그들을 따라갔다. 꽤 좁은 간격으로 따라붙었는데도 그들은 내 존재 따위는 신경도 쓰지 않고 골목 모퉁이를 돌았다. 어쩌면 그들에게는 내가 보이지 않을지도 모른다는 생각이 스쳤다.

마침내 사내는 어떤 집 대문 앞에 서서 벨을 눌렀다. 대문을 열고 누군가 나와 사내와 몇마디 말을 나누고는 금세 들어가버렸다. 사내만 대문 앞에 남았다. 안도 김도 사내로부터 열발짝쯤 떨어져 있었다. 그리고 나는 그보다 더 멀리 떨어져 있었다. 사내는 울음을 터뜨렸다. 울면서 월부 책값 받으러 온 사람입니다, 하는 말만 반복했다. 사내의 울음소리가 점점 더 높아졌고, 결국 울음 끝에 여보, 하는 소리가 흘러나왔다. 그런 사내를 보면서도 안과 김은 그저 멀찍이 떨어져 있을 뿐이었다. 아무도 사내의 울음을 달래주지 않았다. 나도 그를 위로해주지 못했다. 한참 뒤 울음을 그친 사내가 비척이며 안과 김 앞으로 걸어갔다. *몹시 춥군요.* 사내의 말에 나는 옷깃을 여몄다.

그들은 여관으로 향했다. 여관에 들어가자 안이 말했다. *방을 한 사람씩 따로 잡을까요?* 그 말에 나는 몸이 얼어붙는 것 같았다. *모두 한방에 드는 게 좋겠어요.* 김이 선심 쓰는 듯 말했으나 감정이 느껴지지는 않았다. 그들은 잠시 말없이 서 있었다. 서로를 마주 보지도 않았다. 나는 이때다, 싶었다. 불쑥 그들 사이로 끼어들었다. 김은 놀란 얼굴로 나를 쳐다봤고 안은 표정 변화 없이 여전히 심드렁한 얼굴이었다. 사내는 아직도 고개를 숙인 채였다.

"저, 저를 좀, 한방에 재워주시겠습니까?"

내가 말해놓고도 어이가 없었다. 나는 급하게 변명을 늘어놓기 시작했다. 잘 곳이 없는데 여관비도 차비도 없다, 오늘만 재워주면 아침에 돌아가 돈은 꼭 갚겠다, 아무 말이나 되는대로 지어냈다. 김은 경계하는 눈빛이었고 안은 귀찮다는 투로 대꾸했다. *나는 지금 아주 피곤합니다.* 그, 그냥, 잠만, 자, 자는 건데요, 뭘. 넉살 좋은 척 하며 웃기까지 했지만 말을 더듬어버렸다. 고개를 숙이고 있던 사내가 작은 소리로 중얼거렸다. *당신도 혼자 있기가 싫은 모양입니다.* 나는 괜히 크게 웃으며 말했다. 그래요, 다 같이 자요. 여관비는 내일 제가 꼭 갚겠습니다. 안은 피곤한지 더이상 대꾸도 하지 않았고 김은 어색하게 웃으며 그렇게 하죠, 하고 대답했다. 나는 그때를 틈타 여관 주인에게서 열쇠를 받았다. 그러고는 얼른 앞장서서 그들을 방 쪽으로 이끌었다. 내가 끼어들었으니 이제부터는 어떤 일이 일어날지 가늠이 되지 않았다.

방은 꽤 넓었다. 우리 넷은 무슨 약속이나 한 듯이 다들 벽을 하나씩 차지하고 기대앉았다. 옷이 부스럭대는 소리가 간간이 났다. 김이 방을 둘러보고 나서 어색하게 *화투라도 사와서 놀까요?* 하고 물었다. 내가 반갑다는 듯이 그, 그럴까요? 하고 동조하자 안은 낮은 한숨까지 쉬어가며 *나는 지금 매우 피곤합니다,* 하고 대답했다. 사내는 여전히 아무 말도 없었다. 한방에 들긴 했지만 이제부터 무엇을 어떻게 해야 할지 알 수가 없었다. 소설에 이런 내용은 없었다.

침묵이 이어졌다. 나는 방이 꼭 네 쪽으로 나누어진 것 같은 느낌이 들었다. 그것을 더이상 견딜 수 없어 일어나 말했다. 술이라도 한잔씩 하시겠어요? 제가 사오겠습니다. 김은 고개를 끄덕였지만 안은 피곤한 얼굴로 *저는 먼저 자겠습니다*, 하고 말했다. 안이 자신의 요를 깔고 이불을 펴는 동안 나는 계속 엉거주춤한 자세로 서 있었다. 그러자 조금 뒤 *그냥 자는 게 좋겠습니다*, 하는 말과 함께 김도 잘 준비를 했다. 말없이 앉아 있던 사내도 조용히 자기 몫의 이불을 폈다. 어쩔 수 없이 나도 사내 옆에 누웠다.

김이 불을 껐다. 깜깜한 방은 더 조용하게 느껴졌다. 나는 숨소리도 크게 내지 못한 채 눈만 감았다 떴다 할 뿐이었다. 잠을 자려고 그들을 따라온 건 아닌데, 하지만 더이상 무엇을 해야 할지 막막하기만 했다. 사실 내가 할 수 있는 일은 처음부터 없었는지도 몰랐다. 긴장으로 딱딱하게 굳은 어깨에 통증이 몰려왔다. 피곤했다. 안의 말처럼 나도 무척이나 피곤했다. 피곤을 깨달은 순간 잠이 쏟아지기 시작했다. 잠으로 빠져들면서 나는 생각했다. 어쨌든 함께 같은 방에 들었으니 소설에서처럼 모두가 각자에게 갇혀 죽음을 외면하는 일은 없을 것이라고.

무언가 소란한 움직임에 잠에서 깨었을 때 안은 김과 나에게 소리 낮춰 말했다. *역시 죽어버렸습니다*. 네? 하고 내가 목소리를 높이자 안은 침착하게 *화장실에서 넥타이로 목을 맨 채 죽어 있더군요*, 하고 말을 이었다. 김은 놀라는 기색 없이 *사람들이 알고 있습니까?* 하고 물었다. 안은 고개를 저었다. 김은 *자살이지요?* 하며 태연히 양말을 신었다. 나는 어떤 말도 할 수 없었다. 멍한 나를 툭툭 치며 안은 빨리 여기를 벗어나는 게 좋겠다고 했다. 김은 서둘러 겉옷을 입었다. 나도 그들과 같이 나갈 준비를 했다. 어디서 나왔는지 제법 큰 개미 한마리가 우리 쪽으로 기어왔다. 김은 개미를 피해 발을 옮겨 디뎠지만 나는 그럴 수 없었다. 그대로 서서 아내의 시체를 팔아 받은 돈을 불길로 던지던 사내를 떠올렸다. 그러나 화장실 문을 열어볼 엄두는 나지 않았다. 나는 그저 닫힌 문을 오래도록 쳐다보았다. 안이 나에게 *빨리 나오십시오*,라고 재촉했을 때에야 잊고 있었던 걸 문득 깨달은 사람처럼 허둥지둥 방을 나갔다. 방문 닫히는 소리가 유난히 크게 들렸다.

1964년 겨울, 서울의 거리는 추웠다. 목덜미에서 느껴지는 바람에 옷깃을 여몄다. 안은 심드렁한 말투로 *그럴 줄 알았습니다*, 했고 김은 약간 과장하며 *그럴 줄은 꿈에도 몰랐습니다*, 했다. 김이 나에게 *이형은 알았습니까?* 하고 물었다. 나는 저는 잘 모르겠습니다, 하고 얼버무렸다. 그러자 김과 안이 동시에 나를 쳐다봤다. 당신은 소설가이지 않습니까? 하는 표정 같았다. 나는 눈을 깜박이다 안을 향해 제가 여관비를 갚아야 하는데…… 하고 말했다. 안은 *괜찮습니다. 제가 낸 것으로 하겠습니다*, 하고 길을 걸어갔다. 새벽길을 걸어가며 안이 우리가 무척 늙어버린 것 같다는 말을 했을 때 나는 왠지 울컥했다. 안과 김은 나의 표정을 살피더니 갈림길에 이르자 작별을 고했다. 그들은 각자 두갈래 길로 나뉘어 걸어갔고, 나는 그 가운데 남아 한동안 멍하니 서 있었다.

두통으로 눈을 떴을 때, 나는 내 방에 누워 있었다. 눈에 들어오는 방의 모습이 어딘가 낯설게 느껴져 한동안 방 안을 둘러보았다. 휴대폰에 아직도 습작을 하고 있는 친구 R의 문자가 네통이나 들어와 있었다.

—아직 자고 있냐?

—너, 내가 데려다준 건 기억하냐?

—뭐? 지금도 1964년 겨울만큼 춥다고?

—술 취했으면 곱게 집에나 갈 것이지, 왜 매번 찾아와서 난동이냐?

간밤에 어떤 일이 있었는지 짐작이 갔다. 미안하다. 다음에 밥 한번 살게, 하고 답을 보냈다. 내가 보았던 안과 김, 그리고 사내와 1964년 서울의 거리가 꿈이었다고 하기엔 너무 생생하게 느껴졌지만 애써 생각을 떨쳐버리고 자리에서 일어났다. 담배를 피우기 위해 벗어놓은 외투 주머니를 뒤졌다. 주머니에서 뭔가 만져졌다. 여관에서 받았던 방 열쇠였다. 새벽에 급하게 뛰쳐나오느라 미처 반납하지 못했던 그 방의 열쇠.

어질했다. 어떻게 해석해야 할지 알 수 없었다. 나는 서둘러 「서울, 1964년 겨울」을 찾아 읽기 시작했다. 여관에 가기 전까지의 이야기는 내가 겪은 그대로였다. 모든 것이 혼란스러웠다. 도대체 어디까지가 현실이고 어디서부터가 현실이 아닌지 알 수 없었다. 몇 번이나 소설을 읽고 또 읽었다. *우리가 너무 늙어버린 것 같지 않*

습니까? 하는 안의 한숨 섞인 목소리가 되살아났다. 우리는 이제 겨우 스물다섯살이라고 말하는 김의 건조한 목소리도 들려오는 듯했다. 그리고 월부 책값을 받으러 왔다고 말하는 사내의 울먹이는 목소리도 생생하게 울렸다. 나는 머리카락을 마구 비비며 고개를 내흔들었다.

집 밖으로 나와 무작정 걸었다. 사람들과 부딪히지 않기 위해 몸을 움츠리고 빠른 속도로 걸어나갔다. 그렇게 걷다가 문득 고개를 들었을 때, 나는 종로에 서 있었다. 어제도 안과 김, 사내와 함께 걸었던 길인데 낯설게만 느껴졌다. 갑자기 늙어버린 것 같은 기분이 들었다. 바람이 몹시 차가웠다. 더이상 걸을 수가 없어 근처 술집으로 들어갔다. 소주를 시키자 주인은 병따개가 필요 없는 녹색 병을 가져다주었다. 나는 소주를 병째 들이켰다. 취기가 빠르게 올랐다. 몸이 따뜻해지자 R이 떠올랐다. 전화로 R을 불렀다. R은 왜, 또? 하고 소리를 질렀다. 그러나 한시간 뒤, 흰 와이셔츠에 남색 넥타이를 맨 채 내 앞에 와 앉았다. 나는 R의 잔에 술을 따르며 말했다.

"나 소설 그만둘 거다."

R은 대꾸도 없이 잔을 비웠다. 그리고 넥타이를 풀며 말했다. 또 그 얘기냐? 이번에는 진짜라고 말하자 R은 코웃음을 치며 내 잔에 술을 채웠다. 나는 술잔 대신 풀어놓은 R의 넥타이를 쥐고 흔들었다. 나도 이런 목줄 차고 그냥 돈이나 벌 거라고! 소설 같은 건 써봤자, 아무 소용없어. 소설은 할 수 있는 게 아무것도 없다고. 내가 횡설수설 소리를 높이자 묵묵히 듣고 있던 R이 한마디 했다.

"그럼 대체 소설이 뭘 해야 하는 건데?"

"소설이 해야 할 일? 몰라서 물어? 「서울, 1964년 겨울」너도 읽었잖아?"

R은 떨떠름한 표정을 지었다. 나는 되는대로 주절주절 말을 이었다. 소설은 말이야, 화재를 화재 자신의 것이 아닌 우리 모두의 것으로 만드는 일이지. 화재는 원래 인간이, 세상이 만들어낸 거라고. 그런데 정작 불이 나면 사람들은 그냥 모르는 척해. 자신과는 상관없는 일이라는 듯 멀리서 구경만 한다고. 소설도 그래. 내가 그렇게 계속 말을 늘어놓자 R은 내 소주잔을 빼앗으며 말했다.

"취했냐?"

취했을지도 몰랐다. 아니, 취한 게 분명할 터였다. 나는 무슨 말이든 뱉어내고 싶었다. 어제 내가 본 죽음에 대해서 이야기하고 싶었고, 그 죽음 뒤에 남겨진 쓸쓸함과 청년들의 늙어버린 얼굴에 대해서도 꺼내놓고 싶었다. 하지만 그게 무슨 의미가 있을까, 하는 생각에 말을 멈췄다. 그 얘기를 한다고 해도 아마 녀석은 딴소리를 할 것이었다. 그게 정말 내가 말하고 싶은 것인지도 확신할 수 없었다. 머릿속을 돌고 도는 생각들에 현기증이 날 지경이었다. 헛구역질이 올라왔다. 입을 막으며 숨을 참았다. 그런 나에게 녀석이 한마디 했다. 난, 그래도 너처럼 등단이나 해봤으면 좋겠다.

녀석은 만원짜리 지폐 한장을 쥐여주고 나를 택시에 태웠다. 택시 기사는 출발하며 어디로 가세요? 하고 물었다. 나는 내가 어디로 가야 할지 알 수 없었다. 내가 우물쭈물하는 사이에도 택시는 앞으로 달려갔으며 기사는 룸미러로 내 얼굴을 힐긋 봤다. 모르겠습니다. 내 말에 택시 기사는 귀찮다는 표정을 지었다. 제가 어디로 가야합니까? 그렇게 묻자 이번에는 차를 세웠다. 나는 잠시 망설였다. 어디든 가자고 말하고 싶었지만 아무 곳도 생각나지 않았다. 손에 쥐고 있던 만원을 택시 기사에게 건넸다. 기사는 천원짜리 일곱 장을 돌려주었다. 나는 잔돈을 받아들고 택시에서 내렸다.

밤늦은 시간임에도 불구하고 종로는 환했다. 2012년의 서울은 1964년의 서울과 닮아 있는 것 같으면서도 달랐다. 불빛은 환했지만 오히려 더 어두워 보였다. 택시를 잡으려고 높게 손을 쳐드는 사람, 전봇대 옆에서 속을 게워내는 사람, 알 수 없는 노래를 크게 부르는 사람, 이리저리 비틀거리는 사람, 그리고 그 사람들을 피해 앞만 보며 걷는 사람들이 한데 뒤엉켜 있었다. 그들은 모두 서로를 외면한 채 제각기 흔들리고 있었다. 어두워서 사람들의 표정은 잘 보이지 않았다. 내 모습조차 흐릿했다. 나는 그 가운데서 고개를 숙이고 걸었다. 그러다 지나가던 여자와 몸을 부딪쳤다. 여자는 소스라치게 놀라며 몸을 움츠리고 빠른 속도로 나를 앞서 나갔다. 여자의 구두 소리가 멀어져가는 것을 들으며 나는 그 자리에 멈춰 섰다. 한발짝도 나아갈 수 없었다.

그때 누군가 내 어깨를 두드렸다. 고개를 돌리자 후줄근한 양복차림의 남자가 서 있었다. 축 처진 어깨에 메고 있는 가방이 곧 흘러내릴 듯 아슬아슬해 보였다. 무슨 일이시죠? 하고 물었다. 남자는 그게, 그게 좀. 아니, 뭐, 저…… 하면서 말을 더듬었다. 그의 얼굴은 무척이나 피로해 보였다. 남자의 목에 꽉 매여 있는 넥타이를 보자 나까지 숨이 막히는 것 같았다. 내가 발길을 돌리려 하자 남자가 급히 내 팔을 잡더니 작은 소리로 말했다.

"저…… 오늘밤에 함께 있어줄 수 있으세요? 혼자 있기가 싫습니다."

남자와 나는 종로 거리를 말없이 걸었다. 어딘가 술집에라도 들어가자고 말하고 싶었지만 내가 가진 돈은 칠천원뿐이었다. 차림새로 보아서는 남자 또한 돈을 가지고 있을 것 같지 않았다. 걷는 동안 바람은 더 차가워졌다. 목덜미를 스치고 가는 날카로운 바람에 몸을 움츠리고 셔츠 깃을 세웠다. 지하도 입구에 다다르자 남자는 걸음을 멈췄다. 그리고 주머니에서 납작해진 담뱃갑을 꺼냈다. 담뱃갑 안에는 담배 두개비가 남아 있었다. 남자는 그중 하나를 나에게 건네고 나머지 하나는 자신의 입에 물었다. 손으로 가리고 라이터를 켰지만 바람이 세서 좀처럼 불이 붙지 않았다. 바람이 더욱 세게 불어왔다. 남자와 나는 그 바람 속에서 불도 붙이지 않은 담배를 물고 서 있었다.

남자와 나는 지하도 안으로 들어갔다. 지하도에는 드문드문 상자가 버려져 있었다. 남자가 상자를 펴더니 그 위에 앉았다. 나도 남자가 펴준 상자 위에 앉아 남자를 쳐다봤다. 남자는 앞뒤 없이 갑자기 말을 꺼냈다. 받을, 아니 받아야 할 돈이 있습니다. 나는 어떻게 대답해야 할지 몰라 네에…… 하며 말끝을 흐렸다. 아랑곳없이 남자는 말을 이었다. 십년 동안 일하던 회사에서 정리해고를 당했습니다. 처음에는 퇴직금을 주겠다고 했어요. 그런데 모르는 사이에 나는 회사에 막대한 손실을 입혀 스스로 퇴직한 직원이 되어 있었습니다. 참 이상한 일이지요. 더 이상한 건 제가 하지도 않은 일의 증거가 엄청 나왔다는 것입니다. 어디서부터 잘못된 것일까요. 제가 대체 무엇을 잘못한 거죠. 저는 왜, 왜…… 남자는 말을 잇지 못했다. 목소리가 떨리는 것으로 보아 우는 것일지도 몰랐다. 나는 고개를 들지 않았다.

남자는 계속해서 말을 이었다. 지난달에 딸아이가 죽었습니다. 교통사고였어요. 아침 등굣길에 차에 치여 병원으로 옮기는 중에 사망하고 말았습니다. 제가 도착했을 때는 이미 숨을 거둔 뒤였습니다. 저는 받아들일 수 없었어요. 몇시간 전까지 웃고 말하던 아이가 갑자기 죽었다는 게 믿기지 않았습니다. 남자의 말이 잠시 끊겼다. 어깨가 들썩이는 것이 보였다. 나는 그것 참 안되었군요, 했다. 안과 김의 모습이 떠올랐다. 나도 그들과 별다를 바 없었다. 무슨 말을 더 해야겠다고 생각했지만 입 밖으로 나오는 건 아무것도 없었다. 한숨조차 나오지 않았다.

남자는 목소리를 가다듬고 다시 말을 이었다. 장례를 치르고 난 뒤 아이의 방을 정리하다 일기장 한권을 발견했습니다. 딸아이의 일기는, 그건 마치, 유서 같았습니다. 학교에서 오랫동안 따돌림을 받았다는 걸 저는 그때서야 알게 되었습니다. 이 슬픔과 억울함을 어디에 호소해야 할지 몰라 그저 아이의 영정 사진만 안고 울었습니다. 경찰에 재조사를 요구하기로 결심한 날 보험회사에서 전화가 왔습니다. 아내가 아이 이름으로 들어놓은 보험이 있는 모양이더군요. 보험회사에서는 보험금 지급 절차에 대해 설명하며 사고 경위를 물었습니다. 저는 경찰에게 들었던 대로 얘기했습니다. 신호가 바뀌는 순간 미처 속도를 늦추지 못한 자동차에 부딪혔다고.

　아내와 저는 그날밤 딸아이의 일기를 태웠습니다. 어쩔 수 없었습니다. 아내와 저는 아무 힘도 없으니까요. 아내는 타들어가는 아이의 일기를 보며 소리 죽여 울었습니다. 저는 울지 않았습니다. 아니 울지 못했습니다. 마지막 장에 적힌 엄마, 아빠 미안해,라는 글씨가 재가 되었고 아내와 저는 아무 말 없이 잠자리에 들었습니다. 그러고 나서 오늘 보험회사 직원을 만났습니다. 직원은 가방에서 두꺼운 서류를 꺼내어 보여주었습니다. 약관이라고 말하며 건네주는데 글씨가 너무 작아서 보이지 않았습니다. 직원은 거기에 형광펜으로 줄을 그어가며 설명을 했습니다. 사실 그 설명들의 대부분은 알아들을 수 없는 말뿐이었습니다. 하지만 직원이 말하고자 하는 바는 분명히 알겠더군요. 보험금은 제가 예상했던 금액의 반도 되지 않는다는 사실이었습니다. 약관상 무엇이 문제가 되었고 또 무엇이 기준에 맞지 아니하며 무엇은 대상 외라고 했습니다. 어차피 그 돈은 원래 제 것이 아닙니다. 그런데도 참을 수 없이 화가 나 직원의 멱살을 잡았습니다. 참 우습지 않습니까? 제가 멱살을 잡아야 하는 대상은 바로 저 자신인데.

남자는 우습다고 말하면서도 전혀 웃지 않았다. 나도 웃지 못했다. 아내의 시체를 팔아넘기고 목을 맨 사내와 딸의 일기를 태운 남자가 겹쳐 보였다. 나는 당혹스러웠다. 서둘러 일어서며 이제 그만 들어가봐야겠습니다, 하고 말했다. 남자는 나를 따라 일어나며 말했다. 조금만 더 저랑 같이 있어주시지 않겠습니까? 남자의 말에 나는 주먹을 꽉 쥐었다. 저는 지금 무척 피곤합니다, 하고 고개를 숙이며 대꾸했다. 그러자 남자는 내 팔을 잡았다.

"그럼 같이 여관에라도 가는 게 어떻습니까? 돈은 제가 내겠습니다."

그 손을 뿌리칠 수 없었다. 왠지 당신은 소설가이지 않습니까? 하고 묻는 것 같았던 안과 김의 표정이 떠올라, 두렵지만 오늘밤은 남자와 함께 있어야 할 것 같았다. 남자와 함께 여관으로 향하면서 나는 주머니 속의 열쇠를 만지작거렸다. 열쇠의 뾰족한 부분이 손바닥을 파고들었다. 아픈 줄 알면서도 계속 열쇠로 손끝을 눌러댔다.

여관에 도착하자 남자가 물었다. 방을 따로 잡는 게 좋겠지요? 나는 그럴 필요는 없을 것 같은데요, 하고 조심스레 말했다. 남자는 순순히 그렇죠? 하고 방을 하나만 잡았다. 남자가 방문을 여는 동안 나는 주머니에서 손을 꺼내 물끄러미 들여다보았다. 손끝이 모두 벌겋게 부어올라 쓰렸다.

방구석에 앉자 피로가 몰려왔지만 잠이 올 것 같지는 않다. 뻐근한 목을 돌리는데 남자가 넥타이를 만지작거리며 욕실 쪽으로 갔다. 나는 벌떡 일어나 남자를 막아섰다. 남자가 화장실 좀…… 하고 웃었다. 나는 멋쩍게 고개를 끄덕이고 다시 방구석에 가 앉았다. 화장실에 다녀온 남자는 반대편 구석에 앉았다. 어색한 공기를 참을 수 없어 텔레비전이라도 볼까요? 하고 텔레비전을 켰다. 채널을 돌리자 재방송되는 버라이어티 프로그램과 삼류 포르노, 몇년 전 크게 인기를 끌었던 드라마들이 나왔다. 결국 어디에서도 멈추지 못하고 전원을 껐다. 방은 다시 조용해졌다. 옆방에서 여자의 신음이 들려왔다. 무언가 부딪히는 소리도 들려왔다. 남자는 헛기침을 했다. 나는 먼저 씻겠습니다, 하고 말하며 욕실로 들어갔다. 세면대 앞에 서서 물을 틀고 가만히 서 있었다. 밤이 너무 길었다. 어서 날이 밝아지길 바랐다. 그리고 남자와 나란히 여관을 나가 해장국이라도 먹고 싶었다.

나는 머리카락에 묻은 물기를 털어내며 욕실에서 나왔다. 남자는 벽에 기댄 채 졸고 있었다. 고개가 툭 떨어졌다가 위로 올라오기를 반복했다. 이불을 펴고 그 위에 남자를 조심스럽게 눕혔다. 남자는 불편한 듯 몸을 뒤척였다. 나는 남자의 넥타이를 풀어주었다. 남자는 베개에 얼굴을 묻었다. 무슨 말인가 웅얼거렸지만 알아들을 수는 없었다. 나도 그 옆에 누웠다. 잠은 오지 않았다.

방에 있는 시계의 초침 소리가 유난히 크게 느껴졌다. 그 사이로 남자의 숨소리도 들려왔다. 어젯밤 일이 떠올랐다. 사내는 내가 잠든 사이에 죽었다. 안과 김과 내가 한방에 들었는데도 사내는 죽음을 택했다. 잠시 생각을 멈추고 남자를 쳐다봤다. 남자를 어제의 사내처럼 죽게 내버려둘 순 없지, 하고 생각하다 헛웃음을 지었다. 그

건 소설 속의 일이었다. 그런 일이 이 남자에게도 일어날 리는 없었다. 그래도 왠지 꺼림칙한 마음이 가시지 않아 남자의 넥타이를 서랍 속에 숨겼다. 서랍을 닫고 주머니에 손을 넣었다. 열쇠가 만져졌다. 조금만 기다리면 아침이 올 것이었다. 마음 한구석에 도사리고 있는 불안을 애써 외면하면서도 나는 잠들지 못했다. 벽에 기대어 앉아 새벽녘까지 안간힘을 쓰며 버텼다.

눈을 뜨자 아침이었다. 나는 주위를 돌아봤다. 남자가 보이지 않았다. 불길한 예감이 들었다. 욕실로 달려갔지만 손잡이를 돌릴 수가 없었다. 문 앞에서 손잡이를 잡고 심호흡을 했다. 깊게 숨을 들이마신 다음 문을 열었다. 안에는 아무도 없었다. 남자의 구두도 보이지 않았다. 이부자리도 깨끗이 걷혀 있었다. 처음부터 남자가 여기에 없었던 것처럼 느껴졌다. 혼란스러워 멍하니 앉아 있는데 문득 숨겨둔 넥타이가 떠올랐다. 급하게 서랍을 열었다. 넥타이는 거기 그대로 놓여 있었다. 그때, 딩동, 하고 휴대폰 문자 알림이 울렸다. R의 문자였다.

─나는 네가 핑계를 찾고 있는 것 같다. 참, 어제 내 넥타이 네가 가져갔어?

강한 전류가 스파크를 일으키며 머릿속을 강타하는 느낌. 정신이 번쩍 들었다. 손에 들려 있는 넥타이가 친구의 것이라면 나는 정말 핑계를 찾느라 혼자 온갖 짓을 벌이는 한심한 인간이었다. 빨리 여관을 벗어나고 싶었다. 열쇠를 반납하러 프런트로 갔다. 주인은 잠이 덜 깬 눈을 깜박이며 열쇠를 받았다. 나는 그래도 혹시 하는 마음으로 물었다. 어제 저랑 같이 들어오신 분 언제 나가셨는지 아세요? 주인은 크게 하품을 하며 대답했다. 글쎄요, 잘 모르겠는데요. 나는 더이상 묻지 않고 여관을 나왔다.

이틀 동안의 일이 꿈같이 느껴졌다. 하지만 주머니 속에는 아직도 열쇠가 있었다. 그리고 어제 남자가 풀어놓고 간 것이라고 믿고 싶었던 넥타이도 있었다. 서울의 겨울은 차가웠다. 나는 옷깃을 여미며 걸었다. 그러다 문득 주머니 속의 열쇠를 꺼내 들여다보았다. 그리고 거리를 바라보았다. 왠지 내 손 안의 열쇠가 아버지의 헌책방 문을 열던 열쇠라는 생각이 들었다. 희한한 일이었다. 나는 앞을 향해 걸어가며 눈을 부릅뜨고 다시 거리를 바라보았다. 환경미화원들이 낙엽을 쓸고 있었다. 하이힐을 신은 여자는 휴대폰에 무언가를 입력하며 빠르게 걷는 중이었다. 조깅을 하는 남자가 가볍게 내 팔을 스치며 지나갔다. 손에 들고 있던 넥타이가 바닥에 떨어졌다. 넥타이를 주우려다 그대로 내버려두었다. 대신 주머니에 있는 열쇠를 다시 한번 만져보았다.

* 기울여 쓴 문장은 김승옥의 단편소설 「서울, 1964 겨울」을 참고하였음을 밝힙니다.
** 112면의 인용은 윌리엄 서머셋 모음 『달과 6펜스』 송무 옮김, 민음사 2000, 75면에서 발췌하였습니다.

어

제

의

콘

스

탄

체

남자가 길을 건너오기 시작했다. 신호등은 아직 빨간불이었다. 내 옆에 서 있던 중년 여자가 눈살을 찌푸리며 말했다. 위험하게 왜 저래. 경적을 울려대는 차들 사이를 헤치고 남자는 요령껏 길을 건너 내 앞에 멈춰 섰다. 나는 무슨 일이지요? 하는 시선으로 남자를 빤히 쳐다보았다. 남자도 마주 보기 부담스러울 만큼 노골적인 시선으로 나를 뚫어지게 보았다. 내가 먼저 눈길을 피하며 걸음을 내딛자 남자는 다급한 목소리로 외쳤다.

"콘스탄체!"

나는 남자를 돌아보았다. 남자는 환희에 찬 얼굴로 다시 한번 소리쳤다. 콘스탄체! 나는 고개를 갸웃할 수밖에 없었다. 콘스탄체? 콘스탄체가 뭐야? 남자의 눈길은 분명 다른 사람이 아닌 나를 향해 있었다. 남자는 다시 한번 또렷한 발음으로 그렇게 말했다. 콘스탄체! 혹시 내가 알던 사람인가 싶어 그의 얼굴을 자세히 살펴보았다. 처음 보는 얼굴이었다. 그러다 문득 '도를 아십니까'의 새로운 방식인가 하는 생각이 들었다. 하지만 그렇다고 하기에는 너무 무례했다. 그냥 미친놈이라면 조금이라도 빨리 피하는 게 나았다. 무슨 해코지를 할지 모르니 끝까지 미소는 유지한 채 나는 천천히 몸을 돌렸다. 남자는 내 등 뒤에서 큰 소리로 말했다.

"콘스탄체, 나 모르겠어? 나 모차르트라고!"

콘스탄체는 모차르트 아내의 이름이었다. 모차르트가 죽는 날까지 사랑했다는 여자. 나는 뒤를 돌아봤다. 남자는 자신감 넘치는 표정으로 두 팔을 벌렸다. 그 모습에 나는 웃음이 터지고 말았다. 그도 나를 따라 웃었다. 웃다가 눈이 마주친 순간 나는 바로 웃음을 멈추고 뒤돌아섰다. 때마침 신호등이 파란불로 바뀌었다. 서둘러 길을 건너기 시작했다. 반대편에서 오던 사람과 몸을 부딪쳤다. 그러나 미안하다는 말도 하지 않고 걷기만 했다. 등 뒤에서 그가 콘스탄체를 외치고 있었지만 돌아보지 않았다.

집에 다 와서야 휴대폰이 없어진 걸 알았다. 회사를 나설 때부터 기억을 되짚어보았다. 버스에서 내릴 때까지만 해도 분명 휴대폰은 겉옷 주머니 속에 있었다. 집에 들어가 겉옷도 벗지 않고 내 휴대폰에 전화를 걸었다. 몇번의 연결음 끝에 한 남자의 목소리가 들렸다. 휴대폰 주인인데요, 하고 말하자 남자가 대답했다. "아까 만났던 횡단보도 있죠? 거기서 지하철역으로 쭉 걷다보면 까페 있거든요. 그리로 오세요."

아까 만났던 횡단보도? 그렇다면 이 목소리는 콘스탄체를 외쳐대던 남자의 것이 분명했다. 그가 지금 내 휴대폰을 가지고 있다고? 설마 소매치기는 아니겠지. 그가 빼어난 소매치기라고 하더라도 그 정도 거리에서 휴대폰을 빼가는 것은 불가능했을 것이다. 횡단보도 근처에서 떨어뜨린 걸 우연히 주웠을까. 아무튼 제정신으로는 보이지 않는 남자가 내 휴대폰을 가지고 있다고 생각하니 꺼림칙한 기분이 들었다. 그런 남자의 얼굴은 두번 다시 보고 싶지 않았지만 나는 별수 없이 그가 있는 까페로 향했다. 까페에는 사람이 많을 테니 여차하면 소리라도 질러버리자, 뭐 그렇게 스스로를 안심시켰다.

까페에 들어서자 남자가 손을 번쩍 드는 것이 보였다. 주춤거리며 걸어가 맞은편 의자에 앉자 그가 미리 주문해둔 커피를 내 쪽으로 밀어주었다. 나는 어색하게 고개를 숙이고 커피를 마셨다.

저기…… 하고 말을 꺼내려는데 그가 먼저 내 말을 자르고 나섰다.

"나는 모차르트예요."

그러고는 내 눈을 똑바로 마주 보며 얘기를 시작했다.

"물론 믿지 않으시겠죠. 미친놈 소리 들어도 상관없어요. 아무튼 나는 모차르트예요. 당신이 믿든, 안 믿든. 당신도 알다시피 모차르트는 오래전에 죽었어요. 그건 분명해요. 그런데 내가 어떻게 모차르트냐고요? 내가 모차르트였던 건, 과거, 그러니까 나는 전생에

134

모차르트였다는 말이지요."

그의 어이없는 말에 피식, 웃음이 새어나왔다. 그의 눈빛은 너무도 진지했다. 그랬기 때문에 더욱 우스웠다.

"그래요, 당신이 모차르트인 건 그냥 그렇다고 해두죠. 내 휴대폰이나 주세요."

그는 내게 휴대폰을 건네주는 대신 내 팔을 붙잡았다.

"콘스탄체! 내가 이제야 당신을 찾아내다니!"

나는 팔을 뿌리치며 그를 쏘아보았다. 작은 키에 창백한 피부, 엷은 갈색의 머리카락을 지나 마지막으로 내 시선이 머문 곳은 유명 브랜드의 로고가 좌우로 뒤집혀 찍힌 조잡스러운 셔츠였다. 나는 휴대폰만 돌려받고 얼른 여기서 벗어나고 싶었다.

"모든 사람이 다 전생의 기억을 가지고 있는 건 아니에요. 아예 전생이 없는 사람이 훨씬 더 많죠. 전생이 있는 사람들 중에서도 전생을 기억하지 못하는 사람의 비율이 더 많고요. 자신의 전생을 기억한다는 건 정말 특별한 일이에요. 그건 몇몇 사람에게만 주어진 특권이죠. 나는 열살 때 내 전생을 자각했어요. 이쪽 사람들 중에서도 아주 빠른 편에 속해요. 그냥 어느 순간 온몸으로 깨달음이 왔어요. 믿을 수 없겠지만 정말 그랬어요. 나는 아직도 그날을 똑똑히 기억하고 있어요. 열살 생일에서 이틀이 지난 날의 아침이었죠. 이를 닦으면서 거울을 보는데 거울 속에 있는 내가 지금까지와는 다른 거예요. 그건 내가 아닌 모차르트였죠."

이제 더이상 웃음도 나지 않았다. 이런 어처구니없는 이야기를 해대는 남자와 마주 앉아 있다는 게 화가 났다. 나는 자리에서 일어섰다. 그가 따라 일어서며 말했다.

"전생의 기억을 가진 사람들의 모임이 있어요. 나 하나로는 믿지 못하겠다면 그곳에 함께 가보실래요? 물론 당신에게는 내가 그냥 미친 사람처럼 보이겠죠. 하지만 나는 이대로 당신을 놓칠 수가 없어요. 당신을 찾기 위해 오랫동안 헤매었고 이제 겨우 찾았으니까요. 당신이 전생을 자각해준다면 더 바랄 게 없겠지만 그건 누가 해줄 수 있는 일이 아니에요. 그래도 한번만 나를 믿고 내 얘기를 들어줄래요?"

그는 내 휴대폰과 함께 자신의 휴대폰 번호를 적은 쪽지를 내밀었다. 나는 말없이 쪽지를 받아 겉옷 주머니에 넣고 까페를 나왔다.

*

아침부터 비가 내리고 있었다. 부엌에서 아침 준비를 하는 엄마가 내 이름을 불러댔다. 비 오는 날이면 침대에서 기어나오는 순간까지 마음이 수없이 흔들렸다. 회사에 병가를 내고 다시 잠이나 잘까, 교통사고가 났다고 거짓말이라도 해볼까. 그날도 이런저런 핑계를 떠올리며 늑장을 부리다 아슬아슬한 시간에 집을 나섰다. 달라지는 건 없었다. 달라져서는 안되었다. 이렇게 회사 가기 싫은 날에 대해 말하면 대기업에 다니는 친구는 월차를 내면 될 거 아니냐고 무심히 대꾸했다. 하지만 직원이 넷밖에 없는 작은 회사에 월차라는 제도는 있으나 마나 한 것이었다. 비는 더 심해지지도, 더 약해지지도 않은 그 상태로 계속해서 내리고 있었다.

회사에 도착해서 내가 제일 먼저 하는 일은 걸레를 빠는 것이었다. 양 차장은 내가 입사하던 날 '별거 아니지만 누군가는 꼭 해야 하는 일'에 대해 십분간 이야기했다. 그 설교의 끝에 첫번째 예로 제시된 것이 직원들의 책상과 회의 테이블을 닦는 일이었다. 그다음에는 사장이 마실 원두커피를 내려놓아야 했다. 그것까지 해놓고 나면 양 차장에게 오늘 해야 할 일에 대해 잔소리를 들었다. 양 차장은 업무 지시라고 말할지 모르겠지만 내 귀에는 그저 잔소리로만 들렸다. 그렇게 아침 일과를 끝내놓아야 비로소 내 자리에 앉을 수가 있었다.

엑셀 파일에 빽빽이 적혀 있는 숫자들이 오늘따라 유난히 더 지루해 보였다. 더이상 참지 못하고 인터넷에 접속해 창을 작게 띄웠다. 그러고 나서 구인구직 사이트를 열었다. 작은 창에는 지금 직원을 모집하고 있는 수많은 회사가 반짝였다. 나는 스크롤바를 내리며 회사 이름을 하나하나 살폈다. 언젠가는 메인 화면에 배너가 뜨는 큰 회사에 들어가고 싶었다. 아니 한번쯤 지원서라도 써보고 싶었다. 떨어지더라도 대기업 면접을 봤는데 잘 안됐네, 하는 식으로 허세를 부려보고 싶기도 했다. 거기까지 생각하자 맥이 탁, 풀렸다. 인터넷 창을 닫고 다시 엑셀 파일에 숫자를 입력하기 시작했다.

점심을 먹은 뒤, 인스턴트커피를 마시며 자리에 앉았다. 그리고 이번에는 한글 창을 작게 열었다. 불러온 문서의 제목은 하반기 영업실적이었지만 그 안에 있는 것은 이력서였다. 나는 오후 업무가 시작되는 시간에 꼭 이력서를 수정했다. 제일 먼저 경력란을 클릭했다. 8개월 14일이라 되어 있는 것을 8개월 15일로 고쳤다. 오늘로 나의 경력은 하루 더 길어졌다. 스크롤바를 올리며 그동안 나의 경력을 살펴보았다. 동신어패럴 2개월 3일, 한림기획 4개월 18일, 커리어미디어 3개월 9일. 물론 이력서를 넣을 때는 이런 경력을 다 지웠다. 1년이 넘지 않는 경력은 오히려 마이너스가 된다는 게 일반적인 의견이었다. 때문에 이번 회사에서는 일년을 버티는 것이 나의 목표였다. 앞으로 남은 건 3개월 15일.

버티라면 못 버틸 것도 없었다. 일이 그리 고된 것도 아니었고 상사와의 트러블은 어디에 가도 있을 법한 정도였다. 또한 지금 내 스펙으로는 이직한다 해도 비슷한 정도의 회사밖에는 갈 곳이 없는 게 현실이었다. 지방 전문대를 졸업하고 이렇다 할 기술도 자격증도 없는 내가 취직할 수 있는 곳은 한정되어 있었다. 나는 한글창을 닫고 식은 커피를 단숨에 마셔버렸다. 머리를 털고 다시 엑셀 창을 열었다. 오늘도 시간은 갔다. 퇴근 십오분 전에 자리에서 일어나 직원들의 컵을 수거했다. 컵을 모아 설거지를 하는 것이 내 마지막 일과였다. 찻물이 말라붙은 컵을 닦으면 곧 퇴근이구나, 하는 기분을 느낄 수 있었다. 오늘은 운 좋게도 사장이 일찍 사무실을 나섰다.

오랜만에 정시 퇴근을 하는 덕에 다들 조금 들떠 있었다. 나는 사무실을 마지막으로 나와 일층 로비에서 혼자 살짝 기지개를 켰다. 건물을 나서며 우산을 폈는데 한쪽이 움푹 들어가 있었다. 우산을 잘못 접어두었던 모양이었다. 찌그러진 우산살을 신경 쓰며 걷다가 버스 정류장 앞에서 발을 헛디뎠다. 구두 굽이 맨홀 구멍에 단단히 끼고 말았다. 나는 주저앉아 양손으로 구두 굽을 잡아 뺐다. 그 바람에 옷은 젖고 구두 뒤축이 까졌다. 손으로 문질러보았지만 이미 벗겨진 뒤축은 보기 흉하게 구겨져 있었다. 구두를 다시 신었을 때 타야 할 버스가 정류장으로 들어섰다. 버스를 타기 위해 허둥지둥 달리다 구두가 다시 벗겨졌다. 버스는 조금도 기다려주지 않고 떠났다. 바람이 불어 비가 사선으로 내렸다. 우산을 쓰고 있어도 피하는 비보다 맞는 비가 더 많았다.

다음 버스는 한참을 기다린 뒤에야 왔다. 버스에 탔을 때는 온몸이 다 젖어 있었다. 나는 사람들의 눈치를 보며 몸을 웅크렸다. 머리에서 기분 나쁜 냄새가 나는 것 같아 신경이 쓰였다. 라디오에서는 「비 오는 거리」가 흘러나왔다. 다시 내게 돌아와줘, 기다리는 나에게로. 너만이 차가운 이 비를 멈출 수 있는걸. 생각보다 유치한 가사였네, 하는 생각에 피식 웃음이 났다. 그때 버스가 급정거했다. 나는 손잡이를 놓쳐 바닥으로 고꾸라지고 말았다. 가방이 열리며 물건들이 쏟아졌다. 휴대폰, 파우더, 손거울, 생리대가 나뒹굴었다. 급하게 물건들을 주워 담고 일어섰다. 아무렇지 않은 척했지만 무릎과 옆구리에 통증이 느껴졌다. 다음 정거장에서 문이 열리자마자 도망치듯 버스에서 내렸다.

옷은 엉망이고 기분은 더 말할 것도 없었다. 택시를 타야 할 것 같았다. 지갑에 돈이 얼마나 들었는지 보려고 가방을 열었다. 그런데 지갑이 보이지 않았다. 가방 깊숙이 손을 넣어 뒤졌지만 지갑이 손에 잡히지 않았다. 버스에서 넘어질 때 잃어버린 모양이었다. 가방 속의 물건을 모두 헤집어보아도 지갑은 없었다. 나는 바닥에 철퍽 주저앉았다. 아무 생각도 나지 않았다. 그러다 문득 카드 분실신고를 해야 한다는 생각이 들어 휴대폰을 꺼냈다. 하지만 배터리가 나간 상태였다. 빗물이 자꾸 눈으로 들어왔다. 손수건을 찾아 겉옷 주머니에 손을 넣었다. 손에 잡힌 건 어제 모차르트가 건네준 쪽지와 백원짜리 동전 두개였다.

나는 공중전화 부스를 찾아 들어갔다. 집에 전화했지만 아무도 받지 않았다. 엄마의 휴대폰으로 다시 걸었으나 음성 사서함으로 넘어갔다. 친구들을 떠올려보았다. 생각나는 친구는 몇명 있어도 전화번호를 외우고 있는 친구는 없었다. 한숨이 났다. 이런 상황에서 연락할 수 있는 데가 하나도 없다는 게 한심했다. 남은 동전은 하나뿐이었다. 나는 모차르트의 쪽지를 꺼내 들여다보았다. 평소의 나라면 그런 남자에게는 절대 전화하지 않았을 테지만.

연결음이 들리자 입술이 바짝 탔다. 모차르트의 여보세요, 하는 목소리가 들렸다. 막상 그가 전화를 받자 머릿속이 하얗게 비워지는 느낌이었다. 무슨 말을 해야 할지 망설이는 사이 그는 여보세요, 를 반복했다. 나는 가까스로 입을 열었다. "콘스탄체예요." 잠시 아무 말 없이 시간이 흘렀다. 나는 "지갑을 잃어버려서……" 하고 우물거렸다. 곧이어 모차르트가 "거기 어디예요?" 하고 물었다. 그 목소리에 나는 수화기를 움켜쥐었다. 가까이 보이는 건물을 몇개 알려주자 모차르트는 "조금만 기다려요" 하고 전화를 끊었다. 어느새 비는 그쳐 있었다.

　나는 공중전화 부스 안에 웅크리고 앉아 있었다. 몸이 젖어 추웠다. 누군가의 손이 내 머리에 닿은 게 느껴졌다. 따뜻했다. 고개를 들고 따뜻한 손을 올려다보았다. 모차르트가 거기 서 있었다. 그는 내게 손을 내밀었다. 나는 그 손을 잠시 바라보았다. 지난밤 매몰차게 뿌리쳤던 손이었다. 나는 그의 손 위에 내 손을 올렸다. 그는 가만히 내 손을 감싸쥐었다. 그 순간, 얼어 있던 몸이 스르르 녹는 듯했다. 나른한 기분으로 그의 손을 잡은 채 걷기 시작했다. 그와 손을 잡고 걷는 게 이상할 정도로 마음이 편했다. 어디로 가고 있는지 궁금하지 않았다. 그런 건 아무래도 상관없었다. 그 길에 혼자 버려져 있지 않다는 것, 누군가의 손이 내 손을 감싸쥐고 있다는 것만으로 안도했다.
　모차르트는 나를 골목으로 이끌었다. 가로등이 몇개 없는 어두운 골목으로 따라가면서도 나는 주춤거리지 않았다. 연인의 손을 잡고 걷는 기분마저 들었다. 그와 손을 잡고 돌고 돌아 들어간 골목에는 낡은 건물이 있었다. 일층에 있는 철물점은 이미 불이 꺼진 상태였다. 그는 철물점 옆으로 난 작은 쪽문을 열었다. 그러자 희미한 빛이 새어나왔다. 그는 계단을 밟아 내려갔다. 나 또한 그의 손에 이끌려 계단을 더듬거리며 내려갔다. 지하창고처럼 생긴 방 앞에는 네온사인으로 만든 작은 간판이 있었다. 중간 중간 불이 나가서 T와 S 그리고 D만이 보였다.

문을 열자 이글스의 「호텔 캘리포니아」가 흘러나왔다. Welcome to the Hotel California. Such a lovely place, 노래 사이로 그를 부르는 소리가 들려왔다. "모차르트!" 그는 손을 흔들며 대답했다. "어, 니체!" 모차르트는 내 손을 잡아올리며 소리쳤다. "드디어 콘스탄체를 찾았어!" 여기저기서 휘파람과 탄성이 터져나왔다. 나는 아주 어색하게 입꼬리를 올리며 웃어 보였다. 모차르트는 한사람씩 손가락으로 가리키며 소개하기 시작했다. "이쪽은 프리드리히 니체, 그리고 그 옆은 버지니아 울프, 또 그 옆은 갈릴레오 갈릴레이, 그 옆은 이사도라 던컨, 그리고 저는 아시다시피 볼프강 아마데우스 모차르트입니다."

이보다 더 황당한 기분은 느껴본 적이 없었다. 그때서야 내가 이상한 남자를 따라 위험한 곳까지 왔을지 모른다는 생각에 온몸이 오싹했다. 나는 침착해야 한다고, 이들을 섣부르게 자극해서는 안된다고 마음을 다잡았다. 그래, 여기서 무사히 빠져나갈 때까지 그냥 가면무도회 같은 거라고 생각하자. 가면을 쓰고 잠시 한가지 역할만 해주면 되겠지. 모차르트는 쭈뼛거리는 나를 일으켜 세우더니 말했다. "저의 연인, 콘스탄체 베버 양입니다."

나는 그들 앞에 서서 미소를 지었다. 어색해진 분위기를 풀기 위해 술을 권하고 마셨다. 그러다 어느새 그 사람들 속에서 큰 소리로 웃기까지 하고 있었다. 아무렇지 않게 니체나 이사도라의 이름을 부르기도 했다. 소란스러운 분위기 속에서 모차르트가 화장실에 간다며 일어섰다. 그러자 내 옆으로 갈릴레오가 다가왔다.

"모차르트한테 우리에 대해서 들은 적 있어요?" 나는 고개를 저었다. 갈릴레오는 내 잔에 술을 채우며 말했다. "우리는 전생을 자각한 사람들이에요. 현생은 이런 모습으로 살고 있지만 다들 화려한 과거를 가진 사람들이죠. 나도 처음에는 내 전생이라는 것을 믿지 않았어요. 부정하고 또 부정했죠. 그러다 나와 비슷한 사람들이 있다는 것을 알게 되었습니다. 제일 처음 만난 게 저와 모차르트 그리고 지금 여기에는 없지만 고갱이란 친구였죠. 우리 셋은 모임을 만들었어요. 이름은 예스터데이, 어제를 사는 사람들의 모임입니다."

나는 말없이 갈릴레오의 잔에 내 술잔을 부딪치고 그 잔을 비웠다. 갈릴레오도 자신의 잔을 비웠다. 모차르트는 자리로 돌아와 자연스럽게 내 어깨에 손을 올렸고 나는 그 손을 뿌리치지 않았다. 비틀즈의 「예스터데이」가 떠올랐다. 폴 매카트니의 담담한 목소리가 들려오는 것만 같았다. 그러고 보면 존 레논도 이 세상 어딘가에 다시 태어나서 살고 있을지 모른다는 우스운 생각도 들었다. 맞은편에 앉은 버지니아가 담배에 불을 붙였다. 그녀의 주머니가 불룩해 보였다. 버지니아 울프가 주머니에 돌을 넣고 강에 뛰어들어 자살했다는 일화가 떠올랐다. 그녀의 불룩한 주머니에 혹시 돌이 들어 있는 건 아닌지. 그런 생각을 하고 있는 나 자신이 황당해서 웃음이 났다. 그런데 자세히 보니 불룩한 것은 그녀의 몸이었다. 바지 위로 비어져나온 살이 불룩하게 솟아 있었다. 나는 괜히 민망해져 시선을 돌렸다. 모차르트는 내 어깨에 머리를 기댔다.

사람들은 저마다 큰 소리로 자신의 얘기를 떠들어댔다. 역사책이나 다큐멘터리에서나 나올 법한 얘기를 마치 자신이 겪은 양 말했다. 갑자기 갈릴레오가 내 앞으로 고개를 들이대며 인터뷰하듯 물었다. "갈릴레이 갈릴레오, 하면 제일 먼저 무엇이 떠오릅니까?" 나는 흠칫 놀라 몸을 뒤로 빼며 대답했다. "음, 그래도 지구는 돈다?" "맞아요, 다들 그렇게 대답하더라고요." 갈릴레오는 테이블을 내려치며 더욱 가까이 다가왔다. 이제 더이상 몸을 뺄 수도 없었다. 난감한 내 얼굴 앞으로 모차르트의 손이 다가왔다. 모차르트는 갈릴레오의 얼굴을 저만치로 밀어버렸다. 갈릴레오는 밀려난 상태로 말을 이었다.

"그걸 믿어요? 그래도 지구는 돈다, 그 말을 정말 내가 했을 거라고 생각하느냐고요." 내가 대답을 못하고 머뭇거리자 갈릴레오는 내 앞으로 얼굴을 다시 들이밀었다. "내가 그런 말을 했을 리가 없죠. 나는 지금도 똑똑하지만 그때는 더 똑똑했거든. 그런 내가 사람들이 다 듣는 데서 그런 말을 할 리가 없잖아요." 나는 얼떨결에 고개를 끄덕였다. 갈릴레오가 다시 테이블을 치려 할 때 모차르트는 재빠르게 그의 손을 잡아 밑으로 끌어내렸다. 나는 피식, 웃었다. 갈릴레오는 모차르트의 손을 뿌리치며 더 큰 소리로 말을 이었다.

"나는 이렇게 말했어. 그래, 지구는 돌지 않아. 돌 리가 없지. 너희의 그 아둔한 머리로 생각할 수 있는 건 고작 그 정도밖에 안되는 거야."

"저 얘기 아마 천번은 넘게 들었을걸." 버지니아는 술잔을 채우며 말했다. 이사도라는 웃으며 고개를 끄덕였다. 나는 불현듯 어째서 당신이 갈릴레오냐고, 버지니아냐고, 이사도라냐고 그들에게 따져 묻고 싶었다. 그러나 말없이 술잔만 비웠다.

모차르트는 내 어깨에 기댄 채 눈을 감고 있었다. 그새 잠이 들었는지 고른 숨이 느껴졌다. 나는 그를 가만히 쳐다보았다. 지금의 이 황당한 상황과 황당한 사람들의 이야기는 분명 어처구니없는 일이었다. 그런데 이상하게도 그를 보고 있으면 가슴속 깊은 바닥이 따뜻해지는 것 같았다. 그의 손 위에 내 손을 올려보았다. 코끝에 시큰한 느낌이 왔다. 그가 진짜 모차르트가 아니어도, 그에게 콘스탄체가 필요하다면 나를 그렇게 부르게 놔두자는 생각을 했다. 그러곤 혼자 피식, 웃은 뒤 다시 술잔을 채웠다.

그때 턴테이블에서 탱고 음악이 흘러나왔다. 갑자기 이사도라가 자리에서 일어섰다. 그녀는 뒤뚱거리며 옆에 있는 빈 테이블 위로 올라가 우아하게 인사를 하고는 춤을 추기 시작했다. 그녀의 발목은 뒤틀려 있었고, 그것 때문에 그녀의 춤은 우스꽝스러워 보였다. 하지만 나는 웃을 수가 없었다. 그녀의 얼굴은 지나치게 진지했다. 몸짓과 표정의 부조화가 그녀를 점점 더 우습게 만들었지만 춤은 계속됐다. 나는 무언가 불편함을 느꼈다. 그녀를 외면하고 싶었지만 고개를 숙이면 안될 것 같았다. 그녀가 절룩이며 스텝을 밟을 때마다 테이블은 삐걱거리는 소리를 냈다.

"당신이 우리를 비웃고 있다는 것쯤은 알고 있어." 술잔을 채우려던 손이 멈칫했다. 나는 버지니아를 향해 고개를 돌렸다. 버지니아는 툭 던지듯 말해놓고는 나와 눈도 마주치지 않았다. 그런 거아니에요, 하고 말하려다 그냥 입을 다물었다. 생각해보면 내 처지가 그들보다 나을 건 없었다. 내일을 꿈꿀 수 없는 사람들. 나는 술잔을 그녀 앞에 내밀었다. 그녀는 슬쩍 보더니 잔을 부딪쳐왔다. "당신이 우리를 경멸하든 무시하든 상관없어. 하지만 모차르트한테는 그러지 마. 저 녀석이 왜 너를 콘스탄체라고 생각하는지는 모르겠지만 아무튼 모차르트가 믿는 동안 넌 우리에게 콘스탄체야." 버지니아는 거기까지 말한 뒤 자리에서 일어나 밖으로 나갔다.

곧 탱고 음악이 끝났고 이사도라는 숨을 몰아쉬며 앉았다. 그녀는 물 한잔을 마신 뒤 기분 좋은 듯 웃었다. 버지니아의 말이 머릿속에서 자꾸 맴돌아 나는 이사도라를 제대로 쳐다보지 못했다. 어깨에 기댔던 모차르트의 고개가 삐끗하며 미끄러졌고 그가 잠에서 깨어났다. 눈을 부비는 모습이 아이 같았다. 조금 부어오른 그의 얼굴을 나도 모르게 만졌다. 모차르트는 자연스럽게 내 손바닥에 입을 맞췄다. 손바닥으로 입술의 온기가 전해져왔다. 그 온기에 기대고 싶어졌다.

"어차피 이해할 수 있는 것은 없습니다. 그러니 이해하려고 애쓰지 마세요." 어느새 내 곁으로 다가온 니체가 말했다. 특별히 대답이 필요한 말 같지는 않아 나는 가만히 그를 바라보기만 했다.

"모든 결정적인 일은 '그럼에도 불구하고' 일어납니다. 어제 당

146

신의 하루는 어땠습니까?"

니체의 말에 나는 손목시계를 보았다. 열두시 십분을 지나고 있었다. 나의 어제? 말할 것도 없이 나의 어제는 끔찍했다. 비 오는 하루를 견뎌야 했고, 회사에서 이력서나 수정하며 시간을 보냈고, 버스에서 흉측하게 넘어졌으며, 지갑까지 잃어버렸다. 하지만 '그럼에도 불구하고' 모차르트를 만났다. 모차르트는 지금 내 허리에 손을 둘러 나를 안고 있다.

다시 자리로 돌아온 버지니아가 담배 연기를 길게 내뿜으며 말했다. "여기에도 나만의 방은 없어. 시간이 흘렀으니까 좀더 살 만한 세상이지 않을까 싶었는데 모두 착각이었어." 그녀의 목소리는 차가웠다. "명성 같은 건 어차피 부질없어. 나는 그저 글을 쓰고 싶을 뿐이었는데. 지금 이곳에는 글을 써야 할 이유도, 내 글을 읽어주는 사람도, 내 우울을 받아줄 누군가도 없어." 그녀의 눈은 축축하고 슬퍼 보였다. 그런 눈을 가진 여자가 쓴 책이라면 나는 끝까지 다 읽지 못할 것 같다는 생각이 들었다.

갑자기 모차르트가 일어섰다. 그는 술잔을 높게 들고 건배를 청했다. "이런 우울한 얘기는 묻어두고 오늘은 신나게 놀자고!" 그의 제안에 이사도라와 갈릴레오는 물론이고 니체와 버지니아까지 술잔을 높이 들었다. 나도 그들 사이에 끼어 건배를 했다. 분위기는 순식간에 밝아졌다. 모차르트는 알 수 없는 노래를 목청껏 불렀고 다른 사람들은 크게 웃었다. 조금 뒤 이사도라가 엉망인 노래에 맞춰 더 엉망인 춤을 추기 시작했다. 곧 니체와 갈릴레오도 함께했다.

이상한 춤판에 눈을 흘기던 버지니아마저 일어서자 나는 엉거주춤 동참할 수밖에 없었다. 모차르트가 나에게 손을 내밀었다. 나는 아주 정중한 자세로 춤을 청하는 그의 손을 잡았다.

새벽 세시가 넘어서자 나는 슬슬 출근이 걱정되기 시작했다.

"내일 일들은 괜찮으세요?"

내가 무심코 꺼낸 말에 분위기가 한순간 가라앉고 말았다. 순식간에 무거운 침묵에 휩싸였다. 도움을 청하기 위해 모차르트를 쳐다봤지만 그도 아무 말이 없었다. 나는 어색함에 입술을 물어뜯었다.

이사도라가 서둘러 일어났다. 그녀는 인사도 없이 문밖으로 나갔다. 아무도 이사도라를 잡지 않았다. 나는 말없이 그들을 바라보고 있었다. 갈릴레오가 어색하게 웃으며 말했다. "뭐, 너무 신경 쓰지 마세요." 하지만 그 말을 하자마자 안절부절못하며 그도 자리를 빠져나갔다. 갈릴레오와 이사도라가 나간 자리를 보며 버지니아는 다시 담배 한대를 빼물었다. 그리고 나에게 물었다. "당신이 내일 할 일은 뭐지?" 나는 대답이 생각나지 않았다. 내가 머뭇거리는 사이 그녀는 담배에 불을 붙여 한입 빨고는 나를 쳐다봤다. 하지만 나는 그녀를 마주 보지 못했다. 버지니아가 연기를 뱉으며 말했다.

"집에 돌아가면 아마 나는 글을 쓸 거야. 물이 새는 옥탑방에 앉아 세숫대야에 물방울이 떨어지는 소리를 들으며 글을 쓰겠지. 하지만 그 글은 책으로 출판되지는 않을 거야. 내 컴퓨터 안에만 있다가 어느날 휴지통으로 들어가겠지. 나는 그렇게 살아. 내일은 생각하지 않아도 뻔해. 생각할 필요도 없을 정도로. 너는 우리가 돌았다고 생각하겠지. 그러는 넌 네가 제정신이라고 생각해?"

그녀는 테이블 위에 있는 구겨진 담뱃갑을 들고 일어섰다. 인사도 없이 나가는 그녀를 아무도 붙잡지 않았다. 모차르트는 고개를 떨군 채 바닥만 쳐다보고 있었다. 어쩔 줄 몰라 하는 내 앞으로 니체가 손을 내밀었다. 그는 물 한잔을 내게 건넸다. "저는 원래 펀드매니저였습니다. 대학을 졸업하고 증권회사에 입사하기까지 늘 내일을 위해서만 살아왔죠. 하지만 구조조정에서 살아남지 못했습니다. 그때부터 제 삶은 완전히 변해버렸습니다. 금방 될 줄 알았던 재취업은 늦어졌습니다. 자존심 때문에 작은 회사에 들어가지 않다가 나중에는 그런 회사에도 들어갈 수 없는 처지가 되었습니다. 그다음은 뭐 얘기하지 않아도 아시겠지요. 우리는 내일에 대해서 이야기하지 않습니다. 콘스탄체도 그 이유에 대해서는 짐작하고 있으리라 생각합니다. 다시 묻겠습니다. 우리를 만난 당신의 어제는 어땠습니까?"

그 말을 끝으로 니체도 자리를 떠났다. 모차르트는 아무 말도 하지 않았다. 둘만 남으니 정적이 더 무겁게 느껴졌다. 모차르트가 작게 내 이름을 불렀다. 콘스탄체. 그가 부르는 이름을 듣자 목으로 무언가 울컥 솟구쳤다. 뜨거운 불덩이 같은 것을 겨우 삼켰지만 그것은 내 안을 돌며 마음을 휘저었다. 나는 나의 어제를 떠올렸다. 거기서 조금씩 거슬러올라가 한달 전, 한해 전, 그리고 십년 전쯤을 떠올려보았다. 좋은 기억은 얼마 되지 않았다. 나의 어제에는 늘 작은 반지하 방과 얼룩진 일기장, 그리고 몇줄 되지 않는 이력서가 있었다.

꼭 쥔 내 주먹 위로 그의 손이 올라왔다. 나는 그의 손을 쳐다보았다. 마디가 굵고 손톱 끝은 뭉툭했다. 손등에는 자잘한 상처와 흉터가 있었고 엄지손톱은 반쯤 깨져 있었다. 나는 손을 펴 그의 손을 잡았다. 여전히 따뜻했다. 그에게 기대어 앉아 물었다. "너는 어떤 사람이야?" 그는 대답 없이 웃었다. 이상하게 그 모습이 모차르트 같다는 생각이 들었다. 그는 자신의 손을 펴서 나에게 보여주었다. 그 투박하고 거친 손이 무엇을 말하고 있는지 나는 다 알 수 없었다. 하지만 고개를 끄덕였다.

*

모차르트와 나는 밖으로 나갔다. 우리는 손을 잡고 걸었다. 어두운 골목길에는 사람 하나 지나다니지 않았다. 골목을 빠져나가자 해가 뜨려는지 하늘이 조금씩 어수선해졌다. 하늘이 조금 더 밝아져 있을 때쯤 나는 아마 회사에 출근해 있겠지. 제일 먼저 걸레를 빨아 책상을 닦을 거고 그다음에는 커피를 내릴 거야. 그 뒤엔 숫자로 가득 찬 엑셀 파일을 정리하겠지. 그러다 오후가 되면 이력서 경력란을 8개월 16일로 고칠 것이다. 모차르트가 내 손을 꼭 쥐어왔다. 모차르트와 나는 근처 지하철역으로 들어갔다. 막 잠이 깬 노숙자가 상자를 들고 역을 빠져나가고 있었다. 지하철이 다니려면 좀더 기다려야 했다. 그와 나는 개찰구를 지나 빈 역사로 갔다. 드문드문 사람들이 앉아 있었다. 두꺼운 전공 서적을 들고 졸고 있는 학생, 큰 배낭을 짊어진 할머니, 휘청거리며 소리 높여 얘기하는 중년 남자들이 눈에 들어왔다. 문득 예전에 보았던 「첫차를 타는 사람들」이라는 텔레비전 프로그램이 생각났다. 기획 의도는 열심히 살아가는 사람들을 보여주자는 것 같았는데, 한 친구는 비웃으며 말했었다. "첫차는 숙취로 헤매는 사람이 반이야." 정말 그 정도는 아닐 테지만 지금도 곳곳에 술에 취해 있는 사람들이 보였다.

졸음이 밀려들었다. 한숨도 자지 않고 밤새 술을 마셨으니 당연한 일이었다. 출근을 하려면 옷을 갈아입어야 하는데 왠지 아무런 의욕도 생기지 않았다. 모차르트는 어느새 내 어깨에 기대 졸고 있었다. 투박한 그의 손 위에 내 손을 겹쳐보았다. 첫차가 역사로 들어왔다. 지하철 안에는 의외로 사람이 많았다. 내가 잠들어 있는 시간에 이렇게 많은 사람들이 깨어 있다는 게 놀라웠다. 사람들의 눈은 어쩐지 좀 지쳐 보였다. 무거운 가방에 짓눌려 있는 것처럼 보이기도 했다. 나는 나의 더러워진 옷과 조잡스러운 로고가 붙어 있는 모차르트의 옷을 번갈아 바라봤다. 그리고 니체, 갈릴레오, 이사도라, 버지니아의 얼굴을 차례로 떠올렸다. 하룻밤에 너무 많은 사람을 만났다. 그리고 너무 많은 이야기를 들었다. 나는 모차르트의 손을 꼭 잡았다. 모차르트가 눈을 동그랗게 뜨고 나를 쳐다보았다.

"우리 내일 만나요. 처음 만났던 그 횡단보도에서."

조금 흔들리는 그의 눈을 바라보며 나는 다시 말했다.

"내일 만나자고요."

그가 고개를 끄덕였다. 나는 그를 남겨두고 지하철에서 내렸다. 집으로 가는 언덕길을 오르는데 발이 삐끗하며 구두 굽이 부러졌다. 나는 망가진 구두를 벗어 손에 들었다. 그리고 맨발로 걷기 시작했다. 발바닥이 따가웠지만 걸을 만했다.

사
자
의

침
대

—사자를 처음 본 날이 언제였죠?

　봄이었어요. 벚꽃이 다 떨어졌을 때쯤인가, 아닌가. 사월쯤이었던 것 같아요.

　—처음 본 곳은 어디였나요?

　집이요. 집에서 저녁 먹고 있었나, 아니면 치우고 누웠을 때였나. 아, 아니다. 씻고 나왔을 때인 것 같아요. 세수하고 나왔는데 뭔가 흐릿하게 보이는 거예요. 제가 렌즈를 빼면 잘 안 보이거든요. 그래서 처음엔 잘못 봤겠지 하고 별로 신경을 안 썼어요.

　—그 상황을 좀더 자세히 말해주세요.

　그러니까 그날 저녁에 밥을 먹으면서 뉴스를 보고…… 맞다, 그날 저녁 내내 텔레비전에서 뉴스가 나왔어요. 네, 그랬던 것 같아요.

*

    텔레비전을 켜자, 화면 가득히 검은 바다가 넘실거렸다. 고무줄이 늘어난 바지를 쭉 당겨 입으면서 채널을 돌렸다. 채널을 바꿔도 비슷비슷한 화면이 이어졌다. 리모컨을 던져두고 휴대폰을 확인했다. 수신된 메시지는 없었다. 퇴근길에 남자친구인 명에게 문자를 보냈지만 명은 아직 그것을 읽지 않고 있었다. 나는 휴대폰을 아무 데나 내려놓고 머리를 묶었다. 평소 같으면 그러고 나서 바로 욕실로 갔겠지만 유난히 배가 고팠다. 그래서 화장도 지우지 않고 작은 상에 몇가지 반찬과 밥을 차렸다.

    텔레비전에서는 계속 같은 뉴스가 반복되고 있었다. 습관처럼 텔레비전을 켜놓아도 눈길을 잘 주지 않았는데 그날은 이상하게도 시선이 머물렀다. 숟가락질이 점점 느려지다 결국 멈췄다. 밥이 반 넘게 남았지만 더이상 먹히지 않았다. 상도 치우지 않고 멍하니 텔레비전만 쳐다봤다. 그러다가 목이 메는 느낌에 물을 마셨다. 왠지 물조차 잘 넘어가지 않았다. 마른 눈이 뻑뻑하게 당겨왔다.

    욕실에 들어가 렌즈를 빼는데 눈물이 떨어졌다. 이상할 정도로 뚝뚝, 떨어져내렸다. 세면대에 고개를 파묻고 세수를 하기 시작했다. 눈이 편안해질 때까지 몇번이고 물로 씻어냈다. 긴 세수를 마치고 나왔을 때 내 눈은 붉게 충혈되어 있었다. 핏발이 선 눈을 문지르며 화장대 앞에 앉았는데 거울 안에 희끄무레한 물체가 보였다.

그것은 커다란 솜뭉치 같기도 하고 뿌연 구름 같기도 했다. 눈을 비비던 손을 내리고 거울 가까이로 다가갔다. 미간을 좁히며 초점을 맞췄을 때 나는 숨을 흡, 들이키며 동작을 멈췄다. 거울 속에 있는 건 하얀 사자였다.

너무 놀라 튕기듯 거울에서 멀어졌다. 그런데 안경을 쓰고 다시 보자 거울 안에는 눈을 동그랗게 뜬 나밖에 없었다. 그냥 헛것을 본 거였나. 나는 마음을 가라앉히고 얼굴에 스킨, 로션을 발랐다. 그러는 동안에도 유심히 거울을 들여다봤지만 사자 같은 건 보이지 않았다. 허탈함에 웃음이 나왔다. 화장대에 앉은 채 계속되는 뉴스 속보를 봤다. 출렁이는 검은 바다를 보는 것만으로도 속이 답답해지는 기분이었다. 일찍 잠자리에 들려고 침대 쪽으로 몸을 돌렸다. 그러나 침대로 다가가지도 못한 채 굳어버렸다. 온몸이 하얀 털로 뒤덮인 사자가 침대 위에서 나를 노려보고 있었다.

사자의 금빛 눈동자가 일렁였다. 사자는 크르릉, 낮게 울며 숨을 내뱉었다. 그러고는 하얀 털을 곤두세운 채 앞발로 이불을 짓이겼다. 나는 다시 고개를 돌려 거울을 쳐다봤다. 거울에는 나만 비춰졌다. 그래, 잘못 본 거야. 눈을 감고 천천히 호흡을 골랐다. 요즘 너무 피곤해서 그런 거겠지, 사자라니 말도 안돼. 그렇게 중얼거리며 마음을 다잡았다. 그리고 천천히 눈을 떴다. 사자는 여전히 사라지지 않은 채 침대 위에서 나를 내려다보았다. 사자의 갈기는 헝클어져 있었고 숨은 거칠었다. 내 이불을 밟고 선 사자의 앞발이 금방이라도 내 어깨를, 가슴을 할퀼 것만 같았다.

사자와 나는 움직이지 않고 서로를 쳐다봤다. 사자의 눈을 똑바로 마주 볼 수는 없어서 나는 사자의 갈기와 발, 꼬리에 번갈아 가며 시선을 두었다. 당장이라도 눈을 감고 등을 돌리고 싶었지만 그것조차 힘들었다. 그저 박힌 듯 서서 가만히 사자를 응시할 수밖에 없었다. 사자의 앞발과 등 근육이 움찔거릴 때마다 내 발과 등도 따라서 움찔거렸다. 나를 노려보던 사자가 먼저 시선을 거뒀다. 그러고는 그대로 앉아 침대의 주인이라도 되는 듯 아무렇지 않게 몸을 묻었다. 그때서야 나도 맥이 풀려 바닥에 주저앉았다. 도대체 왜, 어디서 사자가 나타난 것인지. 혼란스러운 마음을 다잡고 숨을 내쉬었다. 이성적으로, 논리적으로, 상식적으로 생각해보기 위해.

갑자기 내 침대 위에 나타난 사자가 현실일 리 없었다. 그렇다면 환영? 하지만 눈앞의 사자는 너무도 실재 같았다. 당장이라도 자리를 박차고 뛰어오를 것 같은 튼튼한 다리와 나 같은 건 순식간에 뜯어놓을 것 같은 날카로운 이빨은 인터넷에서 본 사진과는 달랐다. 게다가 어떤 다큐멘터리에서도 보지 못했던, 깊이를 알 수 없는 눈빛은 나를 움츠리게 했다. 그렇듯 사자는 무심한 모습이었지만 방심하면 금방이라도 공격할 것만 같은 야생의 눈으로 주위를 둘러봤다. 이곳에 있는 유일한 사냥감인 나는 숨도 잘 쉴 수 없었다.

사자가 환영이라면 만져지지 않겠지. 영화에서처럼 내 손이 사자의 몸을 그냥 통과할 거야. 그래도 사자를 만질 용기는 나지 않았다. 가까이 다가갈 용기조차 없었다. 나는 최대한 사자와 먼 곳에 웅크려 앉았다. 먼 곳이라고 해봤자 사자 앞이나 마찬가지였다. 원룸인 내 집에서 도망칠 만한 공간은 애초에 없었으니까. 옷장에서 세탁해두었던 여름용 이불을 꺼냈다. 이불을 덮어도 한기가 느껴졌지만 이게 최선이었다. 피곤한데 잠은 오지 않았다. 온통 사자에게 곤두선 신경이 잠을 막았다. 나는 언제 나를 덮칠지 모르는 사자에게서 시선을 떼지 못하고 있었다.

이런 나와는 달리 사자는 당당히 내 침대를 차지하고 누웠다. 왜 하필 침대인지. 나는 사자에게 하루의 피곤을 털어낼 침대를 빼앗겼다는 생각에 한숨을 내쉬었다. 침대는 내가 웅크리지 않고 등을 맘껏 펼 수 있는 유일한 공간이었다. 그곳을 내어주고 방구석으로 밀려난 내 모습이 초라했다. 사자는 처음에는 나를 의식하는 듯했지만 곧 신경도 쓰지 않고 몸을 늘어뜨렸다. 그러고는 텔레비전을 봤다. 무언가 알아듣기라도 하는 듯 집중하면서. 나는 조심히 일어나 불을 껐다. 사자는 아무런 미동도 없었다. 텔레비전도 끄고 싶었지만 상황이 어떻게 달라질지 몰라 그대로 두었다. 그렇게 쉼 없이 뉴스가 이어지는 텔레비전과, 텔레비전을 보는 사자와, 그런 사자를 보는 내가 서로의 꼭짓점에서 움직이지 않은 채 밤을 지새웠다.

새벽녘 사자가 잠든 것을 확인하고 나도 모르게 까무룩 잠이 들었다. 눈을 떴을 때는 서둘러 출근을 준비해야 하는 시간이었다. 나는 바쁘게 몸을 놀리면서도 잠든 사자를 깨우지 않기 위해 노력했다. 큰 문제없이 밤을 넘겼다고 해서 갑자기 사자가 두렵지 않은 건 아니었다. 나는 여전히 사자와 최대한 멀리 떨어져서 화장을 하고 옷을 입었다. 화장대가 침대 앞에 있어 그쪽으로 다가가지는 못하고 가방 안에 있던 것으로만 화장을 마쳤다. 굳은 어깨가 뻐근하고 눈도 뻑뻑했으나 출근이 반가웠다. 얼른 이곳에서 벗어나고 싶었다. 잠든 사자를 힐끔거리며 발소리를 죽이고 집을 빠져나갔다.

회사에서 일하는 동안에도 나는 사자 생각을 멈출 수가 없었다. 컴퓨터 모니터를 쳐다볼 때에도 사자가 등 뒤에서 나를 지켜보는 것 같아 몇번이나 뒤를 돌아봤다. 불안함이 극에 달해 계속 자리에 앉아 있지 못하고 돌아다니는 나를 동료가 이상하게 쳐다봤다. 그래도 나에게 불만을 말하는 사람은 없었다. 그날은 모두가 다 수선스러웠다. 어제의 뉴스가 오늘도 이어지고 있었고 비슷한 화면이 텔레비전과 인터넷에서 떠나지 않았다. 사람들은 누구나 그 앞에 서서 혀를 찼고 어떤 사람은 간혹 울기도 했다. 나는 그들 안에 섞여 사자를 떠올렸다. 사자의 날선 발톱과 하얀 털과 헝클어진 갈기를. 내 침대에 앉아 가만히 뉴스를 쳐다보던 그 눈빛을.

퇴근시간이 다가오자 두근거림은 한층 강해졌다. 이대로 집에 가기 싫었지만 달리 갈 곳도 없었다. 동료들이 다 퇴근하는 동안 할 일도 없으면서 업무 파일을 뒤적거렸다. 십분마다 시간을 확인하던 것이 오분, 이분, 일분 단위로 짧아져갔다. 휴대폰을 꺼내 아무 버튼이나 막 누르다 아직도 명이 메시지를 확인하지 않은 것을 알았다. 나는 곧바로 명에게 전화를 걸었다. 신호음이 이어질 뿐 명의 목소리는 들리지 않았다. 종료 버튼을 누르고 문자를 보냈다. 무슨 일이야, 왜 연락이 안돼?

삼십분을 넘게 기다렸지만 아무 연락이 없었다. 가끔 연락이 끊기는 경우가 있긴 했지만 왠지 기분이 이상했다. 평소와는 다른, 훨씬 멀어진 듯한 느낌. 명의 집에 찾아가보려고 서둘러 가방을 챙겼다. 그런데 나오면서 시계를 보고 멈칫했다. 이미 아홉시가 넘어 있었다. 회사에서 명의 집까지는 한시간이 넘게 걸렸다. 그리고 명의 집에서 우리 집까지 또 한시간. 내일 출근도 걱정되고 어제 잠도 제대로 자지 못한 탓에 걸음이 망설여졌다. 나는 포기하고 일단 집으로 갔다.

집 앞에 서자 어제의 떨림이 되살아나는 기분이었다. 나도 모르게 오싹해지는 몸을 감싸고 문 앞에 잠시 서 있었다. 그러나 언제까지 이러고 있을 수는 없었다. 내 집에 들어가면서 이렇게 시간을 끄는 내가 우스웠다. 심호흡을 하고 문을 열었다. 사자는 여전히 내 침대 위에 앉아 있었다. 현관에 있는 나를 잠시 쳐다보다 아무렇지 않게 시선을 돌렸다. 사자의 시선은 텔레비전 뉴스를 향했다. 출근할 때에도 끄지 못한 텔레비전을 온종일 보고 있던 모양이었다.

나는 사자를 의식하며 옷을 벗고 화장을 지웠다. 그리고 나서 사자와 함께 뉴스를 봤다. 뉴스의 오른쪽 구석에 있는 숫자가 어제와는 조금 달라져 있었다. 두번째 칸에 있는 290이라는 숫자를 멍하니 쳐다봤다. 화면은 어두웠고 화면 안의 사람들은 분주하게 움직이는 것 같았지만 달라지는 건 없었다. 작은 보트가 바다 위를 달리다 섰고 몇명의 잠수부가 바다 쪽으로 누우며 물속으로 들어갔다. 그 장면을 보자 명이 떠올랐다. 어쩌면 명이 저곳에 있을지도 모르겠다고. 내일은 꼭 명의 집에 가봐야겠다고.

아침에 일어났을 때 나는 이불도 덮지 못하고 웅크린 채였다. 편히 누이지 못한 몸을 쭉 펴자 관절에서 우두둑거리는 소리가 났다. 그 소리에 사자가 나를 돌아봤다. 내 침대에 누워 나를 눕지도 못하게 하는 사자를 쳐다보기도 싫었다. 사자는 아직도 나를 할퀼 듯이 공격적인 눈빛으로 쳐다봤다. 나는 이제 피하지 않고 사자 앞에 마주 설 수 있었다. 하지만 등을 돌릴 만한 배짱까지는 없었다. 침대에서 나를 보는 사자를 힐끔거리며 출근 준비를 했다. 그리고 문을 열면서 사자에게 한마디를 던졌다. 오늘밤에는 네가 없었으면 좋겠어. 사자의 크르릉거리는 소리가 들렸다. 모른 척 문을 닫았다.

퇴근을 하자마자 나는 명의 집으로 가는 버스를 탔다. 회사에서도 몇번이나 전화를 걸고 문자를 남겼지만 명에게서 연락은 없었다. 꽉 막혀 있는 도로 위에서 다시 명에게 문자를 보냈다. 지금 너희 집으로 가고 있어. 대화창 안에는 읽지 않음 표시만 이어졌다. 어디 있어? 연락 좀 해. 무슨 일 있어?로 이어지는 대화창 아래에 내 침대 위에 사자가 있어, 하고 입력했다. 하지만 송신 버튼을 누르지 못하고 지웠다. 사자는 왜 나타났을까,라고도 입력했지만 그것 역시 지워버렸다. 그러는 동안 명의 집 앞 버스 정류장에 도착했다.

오르막길을 천천히 올라 명의 맨션 앞에 섰다. 원룸이라고는 하지만 거의 고시원이나 다름없는 곳이었다. 작은 방이 다닥다닥 붙어 있는 복도를 지나 307호 앞에 섰다. 예전에 명에게서 받았던 열쇠를 꺼내 열쇠구멍에 넣었다. 달칵, 소리와 함께 잠금장치가 풀렸다. 그런데 이상하게 손잡이를 돌리기가 싫었다. 목덜미를 스치는 공기가 서늘했다. 어깨가 바짝 굳고 무릎이 툭 꺾였다. 나는 주저앉지 않으려 무릎에 힘을 주고 버텼다. 그러고는 손잡이를 돌려 문을 열었다. 항상 들리던 끼익거리는 소리가 유난히 크게 느껴졌다.

집에 들어서자마자 나는 왼쪽 벽부터 확인했다. 평소처럼 스킨스쿠버 장비가 쌓여 있었다. 그것을 보자 불안했던 숨이 안도의 숨으로 바뀌었다. 멀리 간 건 아니구나. 주인도 없는 방에 앉아 다시 명에게 문자를 보냈다. 지금 너희 집에 와 있어. 넌 언제 올 거야? 이번에도 명은 문자를 읽지 않았다. 추운 날도 아니었는데 한기가 느껴졌다. 어디선가 바람이 새어드는 것 같았다. 이미 닫혀 있는 창을 다시 열어 꼼꼼히 닫고 자리에 앉았다. 너무 조용한 게 불안해 텔레비전을 켰다. 텔레비전에서는 아직도 뉴스가 이어지고 있었다. 뉴스를 피해 다른 채널로 돌렸다.

처음부터 끝까지 채널을 다 돌렸는데도 볼 만한 게 없었다. 나는 평소에는 보지도 않는 버라이어티 프로그램에 채널을 멈추고 방을 둘러봤다. 스킨스쿠버 장비는 기울어진 상태로 온 벽면을 차지하고 있었다. 산소통은 엷게 먼지를 뒤집어쓴 채 구석에 서 있었고 호스는 둘둘 말린 채 그 위에 올려져 있었다. 잠수용 슈트는 구겨져 있었고 오리발은 그 위에 비뚤게 놓여 있었다. 그것을 보는 동안 안도감이 다시 불안감으로 옮겨갔다. 바다도 아니라면 대체 어디에 간 건지.

명은 항상 바다 속에 있고 싶어했다. 바다에 들어가면 자신을 괴롭히는 모든 소음이 사라져서 좋다고, 그 고요한 곳에서 자신의 숨결에만 집중하는 게 좋다고 했다. 명은 집안 사정이 나빠지기 전까지는 스킨스쿠버를 즐겼지만 집이 어려워지고는 한번도 바다에 들어가지 못했다. 대신 편의점을, 수산물시장을, 술집을 전전했다. 신용불량 상태가 된 뒤로는 취업도 어려워져 이곳저곳 떠돌면서 아르바이트를 했고, 그렇게 하루하루를 버텼다. 그러면서도 스킨스쿠버 장비는 팔지 않았다. 이 작은 방에는 어울리지 않는 물건인 것을 알면서도, 매일밤 장비 옆에서 새우잠을 자면서도.

나는 명을 이해할 수 없었다. 아니 이해하기 싫었다. 그래도 대놓고 불만을 이야기한 적은 없었다. 다투기가 귀찮았다. 명은 늘 고단한 얼굴이었고 나는 그 얼굴과 마주하는 게 힘들었다. 몇번이나 헤어지자는 말을 하려다 참았다. 참는 이유는 때마다 달랐다. 어떤 날은 명이 일찍 잠들어서 참았고, 다른 날은 명이 모처럼 만에 웃어서 참고, 또다른 날은 명이 감기를 앓아서 참았다. 이유야 여러가지였지만 감정은 대부분 연민으로 모아졌다. 나는 명이 불쌍했다. 그러나 헤어지지 않는다고 해서 내가 명과의 사랑을, 미래를 아꼈던 것은 아니었다. 나는 명의 불행을 등졌다. 명의 아픔을 보듬으려 하지 않았고 삶의 고단함도 이해하려 하지 않았다. 그냥 변화하기 귀찮아 그 자리에 있었을 뿐이었다.

텔레비전에서 웃음소리가 들려왔다. 나는 문득 정신을 차리고 생각을 멈췄다. 그러고 보니 명의 집에 찾아온 것이 무척 오랜만이었다. 언제 명과 마지막으로 만났더라, 하고 날을 되짚어봤지만 잘 기억나지 않았다. 일주일 전이었는지 한달 전이었는지조차 확실치 않았다. 휴대폰에서 명의 마지막 메시지를 찾았다. 이주 전에 받았던 내일은 안될 것 같아,가 마지막이었다. 메시지 창을 물끄러미 보다가 고개를 돌렸다. 그런데 먼지 낀 창에 하얀 사자가 언뜻 비쳤다. 정신없이 방을 둘러보았지만 이 방에 있는 건 나 하나였다. 나는 서둘러 밖으로 나갔다. 철컥, 문이 잠기는 소리가 좁은 복도를 울렸다.

집에 도착해 문을 열자 사자가 보였다. 나는 놀라지도 겁먹지도 않고 안으로 들어갔다. 사자가 겉옷을 벗는 나를 물끄러미 쳐다봤지만 관심 두지 않았다. 너무나도 피곤했다. 사자만 없다면 씻지도 않고 당장 침대에 누워 잠들고 싶었다. 뻑뻑해진 눈을 마구 비볐다. 눈 안에서 돌던 렌즈가 바닥으로 떨어졌다. 줍지 않고 나머지 렌즈도 마저 뺐다. 눈앞이 흐릿했다. 뿌연 눈으로 내 방을 둘러봤다. 안경을 끼는 것조차 귀찮아 그대로 바닥에 누웠다. 사자는 어제와 다른 나를 이상하게 쳐다보는 것 같았다. 그래도 상관없었다. 사자가 뛰어내려와도, 와서 나를 밟고 할퀴어도 일어나기 싫었다.

그대로 잠이 들었다 깼다. 시계는 새벽 세시를 가리키고 있었다. 제대로 이불을 펴고 자리에 누웠지만 잠이 오지 않았다. 사자는 자는 건지 아무 기척도 없었다. 나는 자는 사자의 새하얀 털을 바라봤다. 그런데 하얀 사자 뒤로 내려앉은 어둠에서 다른 것들이 떠올랐다. 매일 뉴스에 나오는 검은 바다, 먼지가 쌓인 채 낡아가는 스킨스쿠버 장비, 거뭇하게 그늘지던 명의 얼굴. 사자가 보이지 않는 쪽으로 돌아누웠다. 그런데도 생각이 멈추질 않았다. 아무래도 다시 잠들기는 틀린 것 같았다. 별수 없이 텔레비전을 켰다. 늦은 시간인데도 뉴스 속보는 이어졌다. 채널을 돌리자 드라마와 쇼 프로그램 등의 재방송이 이어졌다. 나는 본 적 없는 드라마에 채널을 맞췄다.

드라마 속 여주인공은 화를 내고 있었다. 왜 화를 내는 건지는 알 수 없었다. 여자는 소리를 지르고 물건을 던지고 매서운 눈으로 화면을 응시하다, 울어버렸다. 여자가 부러웠다. 나도 여자처럼 막무가내로 감정을 털어내고 싶었다. 화를 내고 발을 구르고 소리 내어 울면서. 그러나 무엇을 털어버리고 싶은지는 몰랐다. 사자가 깼는지 몸을 들썩였다. 앞발로 얼굴을 몇번 문지르고는 일어나 섰다. 그러곤 머리를 흔들어 갈기를 정리했다. 하얀 털들이 공중으로 흩날리다 금세 제자리를 찾았다. 사자는 나를 쳐다봤다. 나는 처음으로 시선을 돌리지 않고 사자를 곧게 마주 봤다. 어둠속에서 사자의 눈은 빛났다. 마치 눈물이 맺혀 있는 것처럼.

사자는 낮게 크르렁거리고는 침대 아래로 뛰어내렸다. 사자가 침대를 벗어난 건 처음이었다. 내가 없는 낮에는 어떤지 모르지만 적어도 내가 보는 앞에서 사자가 움직인 적은 없었다. 사자의 매끈한 다리가 한걸음, 한걸음 뻗어 방을 가로질렀다. 발톱이 바닥에 부덮히는 소리가 들렸다. 나는 다가오는 사자를 보면서도 그대로 있었다. 사자는 여전히 공격적인 눈빛으로 나를 내려다봤으나 나는 사자가 예전처럼 두렵지 않았다. 저 앞발로 내 어깨를 할퀴면 피가 뚝뚝 흐르겠지. 피는 이불 위로 떨어지다 곧 바닥으로 흐를 것이고 쓰러진 내 밑으로 고일 거야. 아마 사자의 하얀 털에도 묻겠지. 나는 붉게 물든 사자의 앞발을 상상하면서도 사자를 피하지 않았다. 그런데 사자는 그냥 나를 볼 뿐이었다. 움직이지 않는 나를 한참 쳐다보다가 내 주위를 천천히 맴돌았다. 그리고 다시 침대 위로 돌아갔다. 그렇게 사자와 나는 거리를 두고 각자의 자리에서 뒤척였다.

그러다 잠이 들었다. 일어났을 때는 거의 지각에 가까운 시간이었다. 나는 사자 따위는 신경도 쓰지 않고 빠르게 머리를 말리고 옷장을 열었다. 오늘은 중요한 회의가 있는 날이었다. 정장을 꺼냈는데 소매에 이상한 갈색 얼룩이 묻어 있었다. 다른 재킷을 찾았으나 보이지 않았다. 지난주에 세탁소에 맡겨두고 찾아오지 않은 게 기억났다. 어쩔 수 없이 얼룩 묻은 재킷을 입었다. 나오며 물티슈로 몇번을 문질렀는데도 얼룩은 지워지지 않았다. 신경질적으로 소매를 걷고 지하철역으로 뛰어들어갔다.

회사에서도 정신이 없었다. 사자고 뭐고 떠올릴 만한 시간이 일초도 없었다. 회의는 생각보다 길었고 사원들이 무언가를 발표할 때마다 부장은 인상을 찌푸렸다. 나는 고개를 숙이고 소매 끝 갈색 얼룩만 쳐다봤다. 나에게 하는 말이 아닌데도 어깨를 좁히고 등을 구부렸다. 그건 사회생활을 하면서 자연스럽게 밴 습관이었다. 나는 싸움이 싫고 갈등이 싫고 큰 소리가 싫었다. 그래서 네, 네,로 일관하며 모든 것이 조용히 지나가기를 바랐다. 바람 부는 곳에서 몸을 웅크리고 주저앉으면 바람은 그렇게 내 등을 지나쳤다. 그러고 나면 어디서, 왜 바람이 불어왔는지 잊었다.

일 이렇게 엉망으로 할 거야? 과장의 날카로운 말과 함께 서류가 내 앞으로 던져졌다. 나는 쪼그려 앉아 흩어진 서류를 모았다. 이 바람도 언젠가는 지나갈 것이었다. 그러니까 크게 실망할 것도, 속상할 것도 없었다. 팀원들이 모두 퇴근한 뒤까지 결재서류를 수정했다. 일을 끝내자 열시가 넘어 있었다. 뻐근한 어깨를 두드리며 회사에서 나왔다. 봄인데도 이상하게 공기가 찼다. 다시 몸을 웅크리고 지하철역을 향해 빠르게 걸었다. 그러다 구두 굽이 미끄러지면서 발목이 꺾였다. 나는 악, 소리를 내며 주저앉았다. 지나치던 사람들 몇몇이 시선을 주기는 했지만 다가오지는 않았다. 누군가 몇 발짝 뒤에서 괜찮아요? 하고 물었고 나는 고개도 들지 않고 네, 하고 대답했다.

다행히 아주 삔 것은 아닌지 디딜 만했다. 나는 절뚝거리며 지하철을 탔다. 명이 보고 싶었다. 받지 않을 것을 알면서도 전화를 걸었다. 전원이 꺼져 있다는 메시지가 흘러나왔다. 종료 버튼을 누르려다 휴대폰을 떨어뜨렸다. 휴대폰이 바닥을 구르는 동안에도 고객님 전화의 전원이 꺼져 있다는 메시지가 반복되고 있었다. 나는 문자를 보냈다. 왜 휴대폰 껐어? 읽지 않은 문자가 쌓여갔다. 나 발목 다쳤어. 읽지 않음. 오늘 과장한테 혼나고. 읽지 않음. 넌 지금 어디에 있니? 읽지 않음.

집에 도착해 아픈 발목을 감싸고 주저앉았다. 구두를 벗어버리고 욱신거리는 발목을 주물렀다. 습관처럼 텔레비전을 켰다. 검푸른 바다와 뿌연 등대, 분주한 사람들, 간신히 떠 있는 뱃머리가 차례로 보였다. 눈은 텔레비전에 두고 손은 계속 발목을 주물렀다. 아무리 주물러도 아픔은 줄어들지 않았다. 오히려 더해갔다. 나는 주무르던 손을 멈추고 울었다. 어제 봤던 드라마의 여주인공처럼 화를 내고 발을 구르고 소리를 지르면서. 그때 하얀 사자가 내 곁으로 다가왔다. 사자는 우는 나를 쳐다보다 내 옆에 앉았다. 나는 사자에게도 텔레비전 뉴스에도 시선을 주지 않고 그저 울기만 했다.

눈이 퉁퉁 부을 때까지 울고 나자 개운했다. 울어서 벌겋게 된 얼굴이 우스워 픽, 하고 웃었다. 눈물이 묻은 손과 얼굴이 끈적거렸다. 나는 욕실로 들어가 오래도록 몸을 씻었다. 혹시라도 내 몸 어딘가에 묻어 있을 눈물까지 다 닦아내고 싶었다. 긴 샤워를 마치고 나왔을 때 사자는 욕실 앞에 앉아 있었다. 내가 나오자 나를 기다리기라도 한 듯 몸을 일으켰다. 더는 사자가 두렵지 않았다. 나는 사자에게 눈길도 주지 않고 화장대 앞에 앉았다. 그런데 거울 안에 있는 건 내가 아닌 사자였다. 눈을 몇번 깜박였다. 뿌연 시야 사이로 얼굴이 엉망인 내가 보였다. 나는 한숨을 내쉬며 기초 화장품을 순서대로 하나하나 챙겨 얼굴에 발랐다. 다 바르고 나서 잘 스며들도록 두 손으로 얼굴을 감싸 눌러주었다. 사자는 어느새 침대 위로 올라가 나를 빤히 쳐다보고 있었다.

불을 끄고 텔레비전도 껐다. 순식간에 어두워진 방에서 사자의 눈이 빛났다. 그것을 보고도 나는 아무렇지 않게 침대 쪽으로 다가갔다. 사자가 경계하는 눈빛으로 나를 봤다. 사자의 눈을 무시하고 이불을 걷었다. 사자에게서 내 침대를 되찾아야만 했다. 사자가 놀라서 몸을 움찔, 하는 것이 보였다. 개의치 않고 베개와 이불의 먼지를 털어낸 뒤 내 자리에 누웠다. 당황한 사자는 이러지도 저러지도 못하고 몸을 쭈뼛거렸다. 그러다가 어색하게 내 옆에 누웠다. 사자와 나는 좁은 침대에서 서로를 등지고 잠을 청했다. 조금만 뒤척여도 서로를 의식하며, 살짝 부스럭거리는 소리에도 신경을 곤두세우며.

다음 날 아침 사자는 불편한 자세로 자다 깨서 나를 쳐다봤다. 토요일이었기에 나는 일어나지 않고 베개에 얼굴을 파묻었다. 사자는 침대 밑으로 내려갔다. 그러나 멀리 가지는 않고 계속 주위를 맴돌았다. 덕분에 잠이 깬 나는 침대에 앉아 사자를 내려다봤다. 사자와 나의 위치가 바뀌자 왠지 어색했다. 이불을 끌어다 덮고 텔레비전을 켰다. 주말 오전인데도 뉴스가 이어졌다. 사자는 어느새 텔레비전 앞으로 다가가 무언가 진지한 표정으로 뉴스를 보고 있었다. 나는 금세 채널을 돌렸다. 사자가 무언가 애원하는 듯한 눈빛으로 나를 봤지만 시선을 피했다.

어제 삔 발목을 천천히 돌려봤다. 조금 욱신거리기는 했어도 부기는 가라앉아 있었다. 일어나 창문을 열었다. 밀려드는 바깥 공기에 막힌 숨이 트이는 느낌이었다. 헝클어진 머리를 대충 올려 묶고 커피를 내렸다. 집안에 가득 차는 커피 향에 기분이 좋아졌다. 텔레비전을 끄고 오랜만에 음악을 틀었다. 데이비드 가렛의 바이올린 연주곡이었다. 한가로운 토요일 오전, 커피와 음악과 느슨해진 공기가 나를 편안하게 감쌌다.

그런 내 앞으로 사자가 다가왔다. 문득 명이 떠올랐다. 오랜 시간 사귀던 연인이 사라졌는데, 지금 어디에 있는지 알 수도 없는데 내가 이렇게 편안해도 될지. 뉴스 안의 사람들은 아직도 울고, 소리치고, 슬퍼하고, 화내고 있는데 텔레비전을 꺼도 될지. 그런 나의 흔들리는 눈빛을 아는지 사자는 좀더 가까이 다가왔다. 왜 이러는데? 사자에게 말을 걸었으나 돌아오는 대답은 없었다. 내가 뭘 잘못했는데? 다시 한번 물어도 사자는 나를 빤히 쳐다보기만 할 뿐이었다.

몸을 일으켜 밀린 설거지를 했다. 개수대에 쌓인 그릇을 깨끗이 닦고 음식물 쓰레기를 비닐에 넣어 묶었다. 그러는 동안 사자는 내내 나를 따라다녔다. 나는 그런 사자에게 눈길을 주지 않고 청소를 했다. 이불을 털고 빨랫감을 세탁기에 넣고 욕실 물청소를 하는 동안에도 사자는 내 곁을 떠나지 않았다. 주인을 따르는 강아지처럼 내 뒤를 밟았다. 쪼그려 앉아 욕실 구석을 솔질하다 잠시 눈이 마주치면 사자는 반가워했다. 욕실에서 샤워를 할 때는 그 앞에 앉아 기다리다가 내가 나오면 자연스럽게 화장대 앞으로 함께 걸어갔다.

이상했다. 내가 외면하려 할수록 사자는 내게 따라붙었다. 나는 그런 사자가 부담스러웠다. 공격적인 눈빛으로 나를 할퀴려 할 때보다 어쩌면 지금이 더 고통스러운 것 같았다. 사자와 멀어지고 싶었다. 사자는 내가 자신을 바라봐주길 바라는 것처럼 보였다. 나는 반대로 억지로라도 사자를 잊고 내 일상으로 돌아가길 원했다. 저 멀리서 일어나는 일에 등을 돌리고 내 앞에 떨어진 일에만 집중하고 싶었다. 그렇게만 살아도 피곤했다. 매일 업무에 시달렸고 때때로 데이트도 귀찮았다. 어떤 때는 만나고 싶지 않은 사람들이 있는 자리에 나가 억지웃음을 지어야 했고 부당한 일 앞에서도 고개를 조아려야 했다. 내 일만으로도 벅찼다. 그러니까 사자가 아무리 나를 바라봐도 나는 더이상 사자에게 내 침대를 빼앗길 수 없었다.

저녁 무렵에는 명에게 문자를 보냈다. 지금 뭐 해? 여전히 명의 답신은 없었다. 나는 어느새 읽지 않는 문자에도 익숙해졌다. 문자를 더 보내려 했으나 딱히 생각나는 말이 없었다. 휴대폰 자판 위를 어색하게 맴돌던 손은 결국 종료 버튼을 눌렀다. 모든 것이 다 귀찮아 침대에 누웠다. 사자가 침대 위로 올라왔지만 나는 사자를 밀어내고 침대를 혼자 차지했다. 사자는 침대 옆에 엎드려 나를 올려다봤다. 그러나 내가 계속 눈길을 주지 않자 곧 고개를 숙이고 꼬리를 늘어뜨렸다.

며칠이 지나면서 일상은 빠르게 제자리를 찾았다. 나는 어느새 사자의 존재에도, 명의 부재에도 익숙해졌다. 뉴스에 매일 등장하는 뱃머리마저 삼켜버린 바다를 봐도 별다른 감정이 일지 않았다. 회사에 가도 사자나 명은 떠오르지 않았고 집에 돌아와도 마찬가지였다. 습관처럼 보내던 문자를 보내지 않게 되는 데는 긴 시간이 필요하지 않았다. 내 몸은 자연스럽게 일상으로 돌아갔다. 나는 집 안에 있을 때에도 사자를 잊었다. 사자가 정말 없었던 건지 희미해 졌던 건지, 아무튼 잘 보이지 않았다. 사자 생각을 전혀 하지 않다 가 불쑥 나타난 사자에 놀라기도 했다. 그러나 그것도 오래가지 않 았다.

집에 돌아와 옷을 갈아입고 화장을 지우고 밥상을 차렸다. 그러 는 동안 사자는 한번도 보이지 않았다. 나는 별달리 이상하게 여기 지 않고 밥을 먹었다. 텔레비전 뉴스에서 서울의 미세먼지 농도를 우려하는 기사가 나왔고 그다음으로는 부동산 시세가 떨어져 하 우스 푸어를 양산하고 있다는 기사가 이어졌다. 내일의 날씨를 기 상캐스터가 전하고 난 뒤 뉴스 끝머리에 스케치 영상으로 합동분 향소가 비쳐졌다. 줄줄이 늘어선 영정 사진과 그 밑에 놓인 흰 국 화를 보면서 나는 마지막 한숟가락을 깨끗이 비웠다. 언제 온 건지 사자가 옆에서 서성였다. 그러다 몸을 늘어뜨리고 주저앉았다. 꼬 리와 갈기가 축 쳐져 있었다. 하얗고 탐스럽던 털도 색이 바랜 것 같았다. 그러나 나는 금세 눈길을 거두고 상을 치웠다.

정리를 끝내고 침대에 엎드려 영어 책을 폈다. 다음 주에는 진급 시험이 있었다. 이번 시험을 잘 치러야 대리 승진이 가능했다. 휴대 폰으로 영어 듣기를 하며 문제를 풀었다. 오랜만에 하는 공부가 몸 에 익지 않아 틀린 문제가 많았다. 그래도 콧노래를 부르며 문제풀 이를 이어나갔다. 그러다 메시지 알림 소리에 영어 듣기를 멈췄다.

문자는 회사 선배가 소개해준 남자에게서 온 것이었다. 선배가 대기업에 다니는 대학동기를 소개해주겠다고 장난처럼 말했는데 정말 내 번호를 알려준 모양이었다.

안녕하세요, 민희 소개로 연락드립니다. 그 메시지를 보고 나는 안녕하세요,를 입력한 뒤에 웃음 이모티콘을 붙였다가, 막상 보내려니 너무 가벼워 보일 것 같아서 다시 지웠다. 그래도 이대로 보내기는 너무 딱딱해 보이는 것 같아 물결 표시를 붙였다. 그러고 나서 송신 버튼을 누르자 남자에게서 바로 답신이 왔다. 남자는 자연스럽게 농담을 섞어가며 내 프로필 사진을 칭찬했다. 나는 적당히 웃어넘기며 대화를 이어갔다. 처음이지만 말이 잘 통하는 상대인 것 같았다. 남자도 그렇게 느꼈는지 바로 만날 약속을 잡았다. 토요일 저녁 여섯시, 강남역. 나는 엎드려 있던 몸을 발딱 일으켜 다이어리에 스케줄 표시를 했다. 그런 내 모습을 사자가 지켜보고 있었다.

사자의 금빛 눈동자가 일렁였다. 사자는 크르릉, 낮게 울며 숨을 내뱉었다. 사자를 처음 봤던 날이 떠올랐다. 그때도 저런 눈이었지, 하다 고개를 저었다. 그때는 좀더 공격적인 야생의 눈이었다. 이제 사자는 더이상 나를 잡아먹을 듯한 눈으로 쳐다보지 못했다. 오히려 내가 사자를 매섭게 쳐다봤다. 사자의 눈은 빛을 잃고 가라앉았다. 나는 사자의 눈 속에서 명의 그늘진 얼굴을 보았고, 생명을 삼키고도 태연한 바다를 보았고, 그 앞에서 변명만 늘어놓던 사람들의 번들거리는 입술을 보았다. 일렁이는 사자의 눈은 더 많은 것을 내게 쏟아놓으려 했다. 명이 말도 없이 떠나버린 이유와 바다 밖 사람들이 덮어두고 있는 진실을. 나는 등을 돌렸다.

다시 침대로 돌아와 영어 문제집을 마저 풀었다. 조금 전보다 정답률이 훨씬 높아졌다. 이 정도면 시험은 무리 없이 통과할 것 같았다. 나는 문제집에 크게 동그라미를 치며 노래를 흥얼거렸다. 그러는 동안 사자는 내 침대에 올라올 엄두를 내지 못하고 계속 주위만 맴돌고 있었다. 잘 시간이 되어 불을 끄고 침대 가운데에 등을 펴고 누웠다. 사자는 침대 위로 올라왔지만 마땅히 누울 자리가 없어 결국 밑으로 내려갔다. 사자는 바닥에 엎드린 채 강아지처럼 끙끙댔다. 그래도 나는 아랑곳없이 눈을 감았다.

*

—잠시 쉬었다 가겠습니다. 녹화 테이프 좀 갈게요. 그리고 다시 한번 말씀드리지만 인터뷰 자료는 연구 목적으로만 쓰일 테니 안심하세요.

—네, 그런데 무슨 연구라고 하셨죠?

—그날 이후 변화를 겪은 불특정 다수를 인터뷰하고 있습니다. 더 자세한 설명이 필요하신가요?

—아뇨, 됐어요. 그건 그렇고 앞으로 얼마나 더 걸리나요?

—금방 끝날 거예요. 그 뒤로 남자친구의 연락은 없었습니까?

—남자친구요? 누구, 명 말인가요? 지금 다른 사람을 만나고

있어서 누군가 했어요. 아, 제가 쓸데없는 말을 했네요. 아무튼 연락은 없었어요. 아니 있었을지도 모르죠. 제가 얼마 전에 휴대폰 번호를 바꿨거든요. 그래서 잘 모르겠어요. 아마 없었겠지요.

—사자는 계속 보이나요?

—보였다 안 보였다 해요. 진짜 없는 건지 제가 눈치를 못 채고 있는 건지는 모르겠지만요.

—확인차 다시 한번 묻겠습니다. 사자를 처음 본 날이 언제였죠?

—그날이었어요, 방송국마다 밤새 똑같은 뉴스 속보가 나던 그날 말이에요.

—그날이 며칠인지 기억하세요?

—사월 중순이었는데, 15일이었던가, 16일이었던가.

—잊고 계셨군요.

—아니에요, 그냥 헷갈린 거예요. 그럴 때 있잖아요. 바쁘게 살면 기억이 뒤죽박죽되기도 하고요. 정말 잊은 건 아니에요. 잠시 깜박할 수도 있죠, 다들 그렇잖아요? 그런데 실험 참가비는 언제 주신다고 하셨죠?

울 음 터

아기는 오늘도 울지 않았다. 말간 눈을 깜박거리며 그 작은 손으로 내 손가락을 꼭 말아쥘 뿐이었다. 다음 달이면 돌을 맞는 이 남자아기는 잘 울지 않았다. 정확히 말하자면 울지 못했다. 생후 삼개월, 고열로 성대에 염증이 생겼고 그 뒤로 목소리를 잃었다고 했다. 나는 아기 가까이로 다가갔다. 아기에게서 우유 냄새가 났다. 오물거리는 아기 입술 사이로 침이 흘러나왔다. 어느새 다가온 엄마가 아기의 침을 손수건으로 닦아내고는 아기에게 우유병을 물렸다. 아기는 배가 고팠는지 오물거리는 입으로 우유병을 열심히도 빨아댔다. 나는 아기의 볼을 두드려보았다. 처음 봤을 때보다 살이 올라 통통해져 있었다. 뽀얗게 부풀어오른 볼이 꼭 연두부 같았다. 옆으로 새는 우유를 닦기 위해 엄마가 아기에게서 우유병을 잠시 빼앗았지만 아기는 여전히 울지 않았다.

아기는 그렇게 우유병을 빨다가 잠들었다. 잠투정도 없이 곤히 잠든 아기 옆에서 엄마는 작은 옷들을 개고 있었다. 지원아, 서랍장에서 지수 손수건 좀 가져와. 나는 플라스틱 서랍장을 열어 손수건을 꺼냈다. 아기의 이름은 이번에도 지수였다. 엄마는 처음 위탁모가 되었을 때부터 성별에 관계없이 모든 아기들을 지수라고 불렀다. 자기 이름이 따로 있는 아기도 엄마 품 안에서는 지수가 되었다. 지금 잠든 아기는 열세번째 지수였다. 어릴 때는 엄마에게 왜 아기 이름이 지수인지 묻기도 했지만 엄마는 항상 얼버무리며 넘겼다. 크고 나서는 어렴풋이 짐작 가는 바가 있어 묻지 않았다. 아무튼 그 때문에 우리 집에는 항상 지수가 있었다.

열세번째 지수는 육개월 전, 우리 집에 온 엄마의 마지막 위탁아였다. 그러니까 아기는 열세번째 지수이자 마지막 지수가 되는 셈이다. 이제 돌이 가까워지고 있는데 아직도 지수의 입양 가정은 정해지지 않았다. 엄마는 걱정하면서 동시에 안도했다. 열세번째 지수는 엄마에게 처음부터 특별했다. 소리 없이 울었기 때문이었다. 소리 없이 울던 아기는 매번 지쳐 잠들기 일쑤였고 언젠가부터 잘 울지 않게 되었다. 배가 고파도 기저귀가 축축해도 상처가 나도 지수는 울지 않았다. 엄마는 많이 우는 아기보다 울지 않는 아기를 더 힘들어했다. 지수의 소리 없는 울음을 놓치지 않기 위해 종일 지수 곁에서 맴돌았다.

나는 울지 않는 지수가 신기했다. 울려보고 싶어서 볼을 꼬집기도 하고 먹던 우유를 빼앗아보기도 했지만 지수는 잠시 칭얼댈 뿐 울지 않았다. 심지어 칭얼댈 때에도 숨만 조금 가빠질 뿐 아무 소리도 나지 않았다. 울지 않았기에 안아서 달래줄 일이 적었고 당연히 친해질 기회도 적었다. 그래서 반년이나 지났는데도 나는 열세번째 지수와 서먹했다. 피곤한 엄마를 대신해 어쩔 수 없이 안아줘야 했던 예전 지수들과 열세번째 지수는 확실히 달랐다.

멍하니 잠든 지수를 쳐다보고 있는데 휴대폰 알람이 울렸다. 갑자기 쏟아지는 큰 진동에 지수가 뒤척이며 눈을 비볐다. 엄마는 반사적으로 지수의 가슴을 토닥이며 내게 눈을 흘겼다. 나는 얼른 일어나 휴대폰을 찾아 들었다. 화면에는 '책 반납' 세글자가 반짝이고 있었다. 방으로 들어가 책상 위에 쌓여 있는 책 몇권을 가방에 넣고 학교로 향했다. 도서관에 책을 반납하고 또 몇권을 빌려 나와서 가방은 다시 터질 듯했다. 정리하려고 세미나실로 들어갔는데 재희가 공부 중이었다. 재희는 노트북에 시선을 고정한 채 내게 잠시 고갯짓을 했다. 조용히 앉아 최대한 소리 죽여 책을 정리하는데도 생각보다 큰 소리가 났다. 재희가 노트북 너머로 나를 힐끔거리는 게 느껴졌다. 서두르다 결국 가방을 떨어뜨렸다. 지퍼를 닫지 못한 가방에서 책이 쏟아져나왔고, 그 순간 재희와 눈이 마주쳤다. 재희는 어이없다는 듯 웃으며 안경을 벗었다. 그러고는 피곤한지 눈가를 누르며 말했다.

"잠깐 얘기 좀 할래?"

나는 왜? 하고 되물었다. 재희와 나는 대학동기에 대학원까지 함께 다녔지만 지금껏 제대로 된 대화를 나눠본 적이 없었다. 재희는 무심히 말했다. 그냥. 재희의 말에 그냥? 하고 되물었지만 재희는 고개만 끄덕이고는 자리를 정리했다. 이상하고 어색했으나 딱히 거절할 상황도 아닌 것 같아 재희를 따라나섰다. 재희는 자연스럽게 학교 밖 까페 '베리'로 들어갔다. 동의도 구하지 않고 무턱대고 들어가는 재희에게 한마디 하고 싶었지만 타이밍을 놓쳐서 그저 따라 들어갈 수밖에 없었다. 자리에 앉자 재희는 메뉴판을 펴지도 않은 채 난 레모네이드, 넌? 하고 물었다. 나는 무거운 가방을 픽, 소리가 나게 내려놓으며 아이스 아메리카노, 하고 대답했다.

레모네이드와 아메리카노가 각자의 앞에 놓이자 재희는 서두도 없이 말을 뱉었다. 나 아기 가졌어. 놀랐지만 아닌 척하며 말을 받았다. 축하할 상황은 아니지? 재희는 웃었다. 당연히 아니지, 지워야 할 아이니까. 나는 이런 이야기를 하면서도 당당한 재희에게 어떤 반응을 보여야 할지 난감했다. 재희는 학부를 졸업하고 바로 대학원에 진학했다. 학부 때부터 박사과정까지 밟는다는 얘기를 습관처럼 해왔기에 당연한 수순이었다. 나는 그때 기업 입사를 선택했다. 반년 동안 수십개의 공채시험에 떨어진 뒤 다행히 이름 있는 대기업에 취직했다. 그러나 좋았던 건 한달 남짓이었다. 남들 보기에 좋은 직장이 내게 지옥으로 보이기 시작하자 더이상 버틸 수가 없었다. 사람들은 모두 반년 만에 그만둔다는 나를 말렸고 부모님은 화까지 냈다. 그래도 별수 없었다.

회사를 그만둔 봄, 얼른 다시 입사를 준비해야 한다는 주변의 협박 같은 권유 속에서 갈피를 잡지 못하던 나는 대학원 진학을 택했다. 잠시 몸을 피할 곳이 필요했다. 그곳에서 일년 반 만에 더 강해진 재희를 만났다. 재희는 자신의 목표를 향해 거침없이 돌진하고 있었다. 박사과정까지 마치려면,으로 시작되던 주요 레퍼토리는 교수직을 따내려면,으로 바뀌었고 조교까지 맡으며 학교에 머물렀다. 늘 당당하고 때로는 과한 열정을 보였기에 당연히 주변에는 적이 많았다. 모 교수와 내연의 관계라는 소문과 잠자리를 댓가로 성적을 받는다는 소문은 끊이지 않았으나 재희는 흔들리지 않았다. 내게 도피처였던 학교가 재희에게는 전쟁터나 마찬가지였다. 사람들이 흔히 흘리는 뒷이야기의 총구는 자주 재희를 겨누었고 나도 그들 사이에 몇번 끼기도 했다. 그런데도 나는 재희가 싫지 않았다. 아니 별 관심이 없었다.

　더이상 무슨 말을 해야 할지 몰라 나는 커피잔만 내려다봤다. 침묵이 어색했다. 남자친구도 동의한 거야? 하고 어렵게 말을 꺼냈다. 재희는 빙긋 웃으며 말을 이었다. 나 남자친구 없어. 사실 누구 애인인지도 몰라. 검사했을 때 육주 됐다고 해서 달력 찾아봤는데 그 주에 섹스한 사람만 해도 셋이야. 그때 엄청 취해서 기억도 잘 안 나고, 그중에 연락하는 사람도 없고. 나는 어색하게 웃었다. 재희의 당당함과 자유로움이 슬쩍 부럽기도 했고 황당하기도 했다. 딱히 받아칠 말이 없어 피식 웃는데 그 뒤에 나온 재희의 말은 더이상 나를 웃지 못하게 만들었다.

　아무튼 그게 중요한 게 아니고, 다음 주에 중절수술하기로 했는데 네가 거기 같이 가줬으면 좋겠어. 컵을 들던 손에서 힘이 빠졌다. 나는 컵을 놓치듯이 내려놓고는 멍한 얼굴로 재희를 쳐다봤다. 재희는 아직도 웃고 있었다. 이런 얘기를 하면서 어떻게 웃을 수가 있는지 이해가 되지 않았다. 왜 하필 나야? 내가 힘없이 물었다. 우린 친한 것도 아니잖아, 너 다른 친구 없어? 같은 불필요한 말은 억지로 삼켰다. 재희는 똑바로 눈을 맞춘 채 내게 대답했다. 너는 남의 일에 관심 없으니까 소문 안 내고 해줄 것 같았어.

재희의 말에 허탈한 웃음이 새어나왔다. 조금 전과는 다른 의미로 힘이 빠졌다. 나는 얼음이 녹아 묽어진 커피를 한모금 마시고는 말을 이었다. 남의 일에 관심 없으니까 안해줄 거 같진 않았고? 재희는 고개를 끄덕거렸다. 안해줄 거 같기도 했지, 그래도 소문은 안 낼 거 아냐. 사실 그냥 누군가한테 말하고 싶었어. 안해줘도 돼. 갑자기 이런 부탁하는 거 아무래도 좀 이상하지? 재희는 정말 괜찮다는 듯 웃어 보였다. 그 웃음 때문이었는지 아니면 숨겨져 있던 측은지심이 튀어나온 건지 모르겠지만 나는 알았어, 하고 대답해버렸다. 재희가 담담하게 말했다. 고맙다. 나는 별거 아니라는 투로 덧붙였다. 수술 날짜랑 병원 위치 알려줘.

재희와 헤어지고 집에 돌아오자 드물게도 지수가 보채고 있었다. 엄마는 지수를 업고 엉덩이를 두드리며 방을 돌다 나를 보고는 반색했다. 나는 두 팔 가득 들었던 책을 내려놓고 지수를 받아 안았다. 지수에게서 우유 비린내가 났다. 엄마는 지수의 엉덩이를 토닥이던 손으로 자신의 허리를 두드렸다. 애가 속이 안 좋은지 낮에 먹은 우유를 다 토해냈어. 말썽도 한번 없던 애가 칭얼거리기 시작하니 끝도 없다. 엄마의 말을 들으며 나는 지수의 등을 쓸어내렸다. 작은 아기의 온기가 손을 통해 전해졌다. 눈을 비비며 칭얼대던 지수는 점점 고개를 숙였다. 그러다 곧 잠들었다. 잠든 지수를 이불 위에 눕히고 옆에 따라 누웠다. 방금 전까지 품 안에 가득하던 온기가 금세 식었다.

지수의 가슴을 토닥이며 재희를 생각했다. 아니 재희 안에 있을 작은 아기를 생각했다. 팔주면 어느 정도 크기일까. 지수를 토닥이던 손을 꽉 쥐었다. 이 정도 크기쯤 되려나, 하다 고개를 저었다. 아무래도 이건 너무 큰 것 같아. 나는 잠시 두리번거리다 책장에서 유아 상식에 관한 책을 꺼냈다. 임신 팔주 정도면 배아기가 끝나고 태아기가 시작된다는 문장이 눈에 들어왔다. 태아의 크기, 하고 중얼거리며 손으로 글씨를 따라 읽다 멈춘 곳에는 31~42밀리미터라는 숫자가 씌어 있었다. 그 뒤에 5그램이라는 숫자도 이어졌다. 나는 물끄러미 내 손을 쳐다보다 오므린 지수의 손을 쳐다봤다. 저 작은 손만 한 또다른 아기. 한참 쳐다보던 지수의 손을 끌어다 손가락을 하나씩 펴고 말랑한 손바닥을 만져보았다. 지수는 뒤척이며 내 손가락을 꾹 감싸쥐었다.

지수 입양 얘기는 아직 없어? 엄마는 내 물음에 고개만 가로저었다. 그러고는 지수 곁에 앉아 손수건으로 지수의 땀과 침을 닦아주었다. 나는 나른한 기운에 눈을 천천히 깜박이며 엄마에게 물었다. 엄마는 지금까지 입양하고 싶었던 적 한번도 없었어? 엄마는 가벼운 말투로 대답했다. 왜 없어, 데려올 때마다 내가 입양하고 싶지. 나는 고개를 끄덕이며 지수 옆에 누워 무거운 눈을 감았다. 네가 애기야? 왜 초저녁부터 자려고 해. 엄마의 핀잔을 들으면서도 도무지 눈꺼풀을 들어올릴 수가 없었다. 지수의 쌔근거리는 숨소리와 낮은 텔레비전 소리, 그리고 엄마의 밥 짓는 소리가 점점 멀어졌다.

　며칠 뒤 나는 약속한 병원 앞에서 재희를 기다렸다. 재희는 양팔에 가방을 하나씩 들고 계속 땀을 닦으면서 걸어왔다. 내 앞에 서자마자 오래 기다렸느냐는 형식적인 인사말도 없이 내가 들고 있던 아이스 아메리카노를 가리키며 나 그거 좀 마셔도 돼? 하고 물었다. 내가 커피를 건네자 뚜껑을 열고 단숨에 거의 반이나 비웠다. 얼음까지 씹어 먹는 재희를 보며 나는 임신한 여자가 저래도 되나, 하다가 곧 고개를 저었다. 재희는 반쯤 남은 아메리카노를 뚜껑도 제대로 닫지 않은 채 다시 내게 주었다. 나는 뚜껑을 바로 닫으며 재희를 따라 병원으로 올라갔다.
　병원은 조용했다. 산부인과, 하면 떠오르는 귀여운 아기 사진이나 배부른 임산부들은 보이지 않았다. 재희가 조그맣게 귓속말을 했다. 여기 중절수술하는 사람들이 꽤 많이 찾아오는 데라고 하더라. 그 말을 듣고 나는 대답 대신 침을 꿀꺽 삼켰다. 접수처에 있던 간호사가 예약하셨어요? 하고 묻자 재희가 네, 하고 대답하며 간호사 앞으로 걸어갔다. 나는 몇걸음 떨어진 곳에서 재희의 배를 쳐다봤다. 아무렇지도 않은 배 안에 31~42밀리미터 생명이 있다는 게 믿기지 않았다.

간호사가 높은 목소리로 임재희 씨, 하고 불렀다. 재희와 나는 접수대로 다가갔다. 접수대에는 한장의 서류가 놓여 있었다. 재희는 내게 볼펜을 건네며 보호자란을 가리켰다. 내가 보호자란에 사인을 하자 간호사가 서류를 챙겨들고 따라오라며 앞서 걸었다. 재희는 들고 있던 가방 중 큰 것을 내게 건네며 나가서 기다려, 하고 말했다. 나는 말없이 재희의 가방을 들고 재희가 수술실에 들어가기 전에 먼저 병원에서 나왔다. 내 가방에 재희의 가방, 거기다 반쯤 남은 아메리카노 컵까지 들고 있으려니 어깨가 내려앉는 기분이었다. 나는 길가 쓰레기통에 아메리카노를 던져버리고 길을 건넜다. 바로 눈에 띄는 커피 전문점에 들어가 습관처럼 아이스 아메리카노를 시키려다 멈칫했다. 하지만 한참 동안 메뉴판을 들여다봐도 시킬 만한 것은 없었다. 주문하시겠어요? 하는 종업원에 말에 나는 어쩔 수 없이 또 아이스 아메리카노요, 하고 말았다.

까페 안에는 대화를 나누는 사람들보다 혼자 노트북을 보고 있는 사람이 훨씬 더 많았다. 나는 아무것도 보고 있지 않은 스스로가 어색해 괜히 스마트폰을 만지작거렸다. 포털 사이트에 접속해 기사들 제목을 훑어보고 일주일 날씨를 검색해보고 메시지함을 체크했다. 재희에게 길 건너 커피 전문점에서 기다린다는 문자까지 보내고 나자 할 일이 없었다. 가방을 뒤져보았지만 하필 오늘따라 읽을 만한 책 한권 가져오지 않았다. 하릴없이 주위를 두리번거리다 재희가 준 가방을 쳐다봤다. 무거웠던 걸로 봐서 아무래도 책이 들어 있는 것 같은데.

나는 지퍼에 손을 올리다 멈칫했다. 다른 사람의 가방을 허락도 없이 열어도 되나 싶어 망설여졌다. 하지만 결국 참지 못하고 열어버렸다. 그래, 잠시 책만 읽을 건데 뭐. 재희의 가방 속에서는 다양한 종류의 책들이 나왔다. 한국어 문법, 한국 현대 희곡의 이해, 향가 문학 연구, 구비 문학의 전승. 대체 요즘 무슨 공부를 하고 있는 중인지 연관성이라고는 국문학 하나밖에 없는 책들이 줄줄이 이어졌다. 책을 정리해 넣으려고 가방을 다시 열자 맨 밑에 깔려 있던 책 한권이 보였다. 손때가 묻어 거뭇거뭇한 책은 박지원의 『열하일기』였다. 그것을 보자, 몇년째 내 책장 구석에 꽂혀만 있는 『열하일기』가 떠올랐다.

나는 책을 펴보았다. 안에는 메모가 빽빽이 들어차 있었다. 페이지 곳곳에 형광색으로 줄이 쳐져 있었고 밑에는 깨알 같은 글씨로 메모가 되어 있었다. 메모는 그 구절에 대한 설명이기도 했고 그냥 감상이기도 했다. '물을 건널 때면 모두 몸이 떨리고 앞이 캄캄하여, 낯빛을 잃고 하늘을 우러러 가만히 목숨을 빌지 않은 자가 없었다'라는 구절에 줄이 쳐져 있고 그 밑으로 악천후를 무릅쓴 강행군으로 연암 일행은 중원을 통과해 연경으로 향한다,라는 메모가 적혀 있는 식이었다. 중원이니 연경이니 하는 말들이 익숙하지 않아 고개를 갸웃하고 슬렁슬렁 페이지를 넘기다가 연필로 휘갈기듯

써놓은 메모에 손을 멈췄다.

그곳에 가보고 싶다. 그곳에 가면 나도 한바탕 울 수 있을까.

나는 보면 안되는 것을 본 것만 같아 서둘러 책을 덮었다. 테이블 위에 어지럽게 놓여 있던 다른 책들 밑으로 『열하일기』를 끼워 다시 가방에 넣었다. 그러고는 시켜놓고 한모금도 먹지 않아서 가득 차 있는 아메리카노를 벌컥 마셨다. 찬 기운에 입안이 얼얼했지만 그대로 삼키고 시계를 봤다. 수술이 얼마나 걸리는지 묻는 것을 깜박했다는 생각이 스쳤다. 스마트폰을 켜 검색해볼까 하다 그냥 내려놓았다. 그런 검색어를 입력하는 것 자체가 버겁게 느껴졌다. 다시 주변을 두리번거렸다. 사람들은 조금 전과 다름없이 저마다 노트북에만 시선을 박고 있었다.

다이어리를 꺼내 한동안 이런저런 메모를 하고 있는데 위로 그늘이 졌다. 고개를 들자 재희가 불편한 듯이 약간 다리를 끌며 맞은편에 앉았다. 나는 잘 끝났어? 하고 물으려다 입을 닫았다. 무슨 말을 해야 할지 알 수 없었다. 재희는 그런 나를 신경 쓰지 않고 덥다, 하고 말했다. 나는 엉거주춤 일어나 뭐 시원한 거라도 마실래? 하고 물었다. 재희는 고개를 저으며 다른 부탁을 했다. 미안한데 우리 집까지 같이 가줄래. 이쯤에서 헤어지고 싶었지만 결국 고개를 끄덕이고 말았다. 그래, 하는 김에 조금만 더. 나는 재희의 걸음에 맞춰 속도를 늦추며 걷다 문을 열어주고 얼른 길가로 나가 택시를 잡았다.

택시 안에서 재희는 꾸벅꾸벅 졸았다. 나는 자꾸만 떨어지는 재희의 고개를 어깨에 얹어놓고 슬쩍 재희의 배를 보았다. 달라진 건 없었다. 5그램의 생명은 눈에 보이지 않는 곳에 있다가 더이상 찾을 수 없는 곳으로 사라져버렸다. 택시에서 내려 몇분간 언덕길을 올라 재희의 원룸으로 들어섰다. 일곱평 정도 되어 보이는 방 안은 어수선했다. 그런데 그 어수선함이 내 방과는 조금 달랐다. 내 방에는 옷가지들과 가방이 정신없이 놓여 있는 경우가 많은데 재희의 방에는 수많은 책과 프린트들이 널려 있었다. 재희는 들어와 앉으라고 손짓하며 서둘러 책들을 대충 쌓아 구석으로 밀어놓았다.

작은 방에 둘이 마주 앉아 있는 건 어려웠다. 어색한 침묵을 이기지 못해 내가 헛기침을 하자 재희는 텔레비전을 켰다. 의미없이 텔레비전에 시선을 두며 시간을 보냈다. 방송되던 프로그램이 끝나고 광고가 나왔다. 이제 가도 되겠지, 하는 생각에 일어나려는데 재희가 들릴 듯 말 듯한 목소리로 말했다. 배고프다. 바깥은 이미 어두워지고 있었다. 어차피 이렇게 됐으니 오늘은 친절봉사하려는 마음으로 저녁이나 해먹자, 하고 일어섰다. 재희가 어기적거리며 따라 일어나려는 걸 막고 냉장고 문을 열었다. 뭐 먹고 싶어? 재희에게 묻자 재희는 굳이 일어나 싱크대 찬장에서 네모난 상자 하나를 꺼냈다. 삼분 만에 완성되는 인스턴트 미역국이었다.

미역국과 몇가지 마른 반찬이 간단히 놓인 식탁에 재희와 나는 마주 앉았다. 대학동기라고는 해도 그다지 친하게 지내지 않았기에 이렇게 단둘이 밥을 먹는 건 처음이었다. 조용한 방 안에 달그락거리는 소리가 간간이 울렸다. 인스턴트 미역국은 생각보다 맛이 좋았다. 재희는 천천히 밥그릇을 비워나갔다. 나도 재희의 속도에 맞춰가며 밥을 먹었다. 식사를 마치고 나자 상을 치우기도 전에 재희는 담뱃갑을 꺼냈다. 침대 밑에 놓아둔 라이터로 불을 붙이고 연기를 길게 뱉어냈다. 진짜 담배 맛있다, 이게 얼마나 피우고 싶었는지. 싱글거리며 담배를 피우는 재희에게 나도 모르게 뾰족한 소리가 나갔다. 어차피 지울 건데 그냥 피우지 그랬어. 재희는 내 말투는 신경 쓰지 않는지 아무렇지 않게 대답했다. 그러게, 피워도 되는데 왠지 기분이 그렇더라고. 이렇게 오래 금연해본 거 처음이야.

담배 두대를 이어서 피운 재희는 그대로 바닥에 누워 중얼거렸다. 몸이 가벼워진 기분이야, 편하다. 재희의 들뜬 목소리가 맘에 들지 않았다. 재희의 배 속에 있었던 31~42밀리미터, 5그램의 생명은 이제 더이상 재희의 발목을 잡지 않았다. 아니 잡을 수 없었다. 나는 무심하게 툭 던지듯 재희에게 물었다. 너는 모성이 없냐? 재희는 별거 아니라는 투로 대꾸했다. 없긴 왜 없어, 단지 모성보다 이성과 지성이 강할 뿐이지. 재희의 목소리가 좀 떨렸던 것도 같지만 더이상 생각하고 싶지 않았다. 나는 서둘러 재희의 집에서 나왔다.

집에 돌아와 책상에 앉았다. 내 책상 위에도 재희의 방처럼 책과 프린트들이 정신없이 쌓여 있었다. 나는 아무 책이나 뒤적거리다 책장에서 『열하일기』를 꺼냈다. 『열하일기』는 아버지가 처음으로 내게 사준 책이었다. 내가 반대를 무릅쓰고 대학원 진학을 결정했던 날, 술 취한 아버지가 비틀거리며 내 방에 들어왔다. 아버지는 두꺼운 책을 내 책상에 내려놓고는 말했다. 우리 문중에서 제일 똑똑한 사람이 박지원이라서 네 이름도 그렇게 지었다. 그러니까 공부 열심히 해라. 나는 그 두 문장이 '그러니까'라는 접속사로 이어질 수 있는지 생각하다 대답할 타이밍을 놓쳤다. 아버지는 나갔고 책은 남았다. 그렇게 『열하일기』는 내 책장에 자리 잡았다.

나는 빳빳한 『열하일기』를 처음으로 펼쳤다. 『열하일기』는 연암 박지원이 조선의 사신인 팔촌형 박명원을 따라 청나라를 방문하면서 쓴 기행문이었다. 박지원은 사신단의 일행이기는 했지만 실제 사신의 역할을 맡지는 않았기에 여행 중 자유롭게 돌아다니며 보고 들은 것들을 기록했다. 사신단이 조선을 떠나 청나라 연경에 닿기까지의 이야기는 예상 외로 재미있었다. 나는 자리에 꼼짝 않고 앉아 책을 읽어나갔다. 그러다 재희의 메모가 있었던 부분을 읽게 되었다. 박지원이 요동 벌판에 다다랐을 때의 이야기였다.

요동 벌판은 끝없이 이어진 넓은 땅이었다. 조선에서 벗어나본 적이 없는 박지원은 그런 장관을 처음 봤을 터였다. 그는 그 벌판에서 하나의 깨달음을 얻는다. '나는 오늘에야 처음으로 인생이란 본래 의지할 데가 없이 하늘을 이고 땅을 밟은 채 떠돌아다니는 존재임을 알았다'라는. 그러고 나서 말을 세우고 사방을 돌아보다 이렇게 말한다. "아, 참 좋은 울음터다. 한바탕 울어볼 만하구나." 그 말을 이해하지 못한 일행 중 하나가 그게 무슨 말이냐 묻자, 그는 인간이 가지는 칠정이 모두 울음을 자아낸다고 대답한다. "기쁨, 노여움, 즐거움, 사랑, 미움, 욕심이 사무치면 울게 되지. 무엇보다 답답하고 울적한 감정을 풀어버리는 것으로 소리쳐 우는 것보다 더 빠른 방법은 없네" 하고.

드넓은 벌판 앞에서 한바탕 울어볼 만하다는 박지원의 말에 나는 고개를 끄덕였다. 그리고 그곳에 가면 울 수 있을까, 하고 묻던 재희의 메모를 떠올렸다. 또 담배를 피우며 모성보다 이성과 지성이 강할 뿐이라던 재희의 모습도 떠올렸다. 하지만 곧 고개를 흔들어 생각을 밀어냈다. 다시 책을 읽으려고 집중하는데 밖에서 엄마가 나를 불렀다. 그대로 책을 펼쳐놓은 채 문을 열었다. 엄마는 운동 다녀올 동안 지수 좀 봐, 하고는 밖으로 나갔다. 나는 아기용 침대에 잠들어 있는 지수를 물끄러미 바라보았다.

갑자기 전화벨이 울렸다. 얼른 뛰어가 전화를 받았다. 지원이 오랜만이다, 하고 인사를 건네는 건 아동복지센터의 이 실장이었다. 엄마가 없다는 내 말에 이 실장은 지수 입양처가 정해져서 말이야, 하고 말을 이었다. 내가 반색하며 그래요? 하고 묻자 이 실장은 조금 가라앉은 목소리로 대꾸했다. 그런데 좀 문제가 있어. 아니 문제라고 하기에도 좀 그렇네. 주저하며 말을 돌리는 이 실장에게 무슨 일이냐 묻자 그녀는 말하면 안되는데, 하면서 말꼬리를 흐렸다. 저 정도면 다 넘어온 셈이었다. 이 실장은 일은 잘하지만 수다스러워서 가끔 안해도 될 말을 해버리는 경우가 있었다. 나는 다시 한번 재촉하듯 물었고 이 실장은 마지못해 너만 알고 있어야 돼, 하고 입을 열었다.

아무래도 해외 입양을 해야 할 것 같아. 그 말에 나는 순간 멍해졌다. 이 실장은 더이상 머뭇거리지 않고 내가 묻지도 않은 얘기까지 털어놓았다. 원래 장애아들은 국내 입양 잘 안되잖아. 게다가 남자아이고. 그래서 여기저기 알아봤는데 미국에서 연락이 왔더라고. 피츠버그 쪽에 산다는데 남편은 미국 사람이고 부인이 한국계야. 한국인 3세라는데 한국말은 못하는 것 같아. 남편이 그쪽에서 교수 하면서 돈을 좀 잘 버나보더라고. 아직 확정된 건 아닌데 이번 주말에 아이 보러 한국 들어온대. 보고 잘되면 바로 데리고 들어갈 것 같기도 하고. 아무튼 그래서 모레 두시까지 센터로 지수 데려와야 해. 엄마한테 말 전해줘, 내일 다시 전화할게.

전화를 끊고도 한참을 그대로 서 있었다. 최근 몇년간은 국내 입양이 늘고 있어 그래도 조금은 기대했는데. 이 실장의 말대로 아이의 아빠가 피츠버그의 대학교수이고 엄마가 한국계라 국적이 다른 아이를 품어 안을 수 있다면 여기서 자라는 것보다 나을 수도 있겠지. 하지만 그게 다일까. 세상에 나오자마자 외따로 떨어져 지내다 내가 태어난 땅에서 멀어지는 것이 아이에게 과연 좋은 일인지. 나는 지수의 작은 손을 잡았다. 멀어질 것 같아서, 이렇게 가까이 있는데도 갑자기 너무나 멀어진 것 같아서 손을 놓을 수가 없었다.

엄마는 해외 입양 이야기를 듣고도 그냥 고개를 끄덕일 뿐이었다. 무언가 예견하고 있었던 것처럼 담담히 받아들였다. 평소와 다름없이 지수의 우유병을 삶고 지수의 작은 옷을 개고 지수의 가슴을 토닥였다. 그러다가 문득 그 피츠버그라는 데가 살기 좋은 데냐? 하고 물었다. 나는 나도 잘 몰라, 하고 대답했다. 피츠버그, 생경한 그 단어를 소리 내어 입 밖으로 뱉어보았다. 방에 들어가 낡은 대백과사전을 펼쳤다. 피츠버그는 펜실베이니아주에 속해 있는 상공업 도시였다. 제철 산업이 번성해 철강 도시로 불리기도 한다는 구절을 읽고는 책을 덮었다. 어떤 설명을 읽어도 내게는 그저 잘 모르는, 먼 도시에 지나지 않았다.

엄마는 아침 일찍 이 실장과 통화를 하고는 분주하게 움직였다. 이제껏 집에 있던 지수가 떠나기 전날이면 엄마는 늘 하루 종일 바빴다. 사실 아기의 짐이라고는 우유병 몇개와 옷 몇벌밖에 없는데도 그것들을 챙기느라 하루를 다 썼다. 나는 잠이 덜 깬 채 아침밥을 먹다 재희의 전화를 받았다. 재희는 자꾸 이래서 미안한데 부탁 하나만 들어줄 수 있어? 하고 물었다. 재희의 목소리가 심하게 잠겨 있어서 도저히 거절할 수 없었다. 자신의 집으로 와달라는 말에 나는 알았다며 전화를 끊었다. 어느새 내게 다가온 지수가 내 손에서 휴대폰을 빼앗으려고 손을 뻗고 있었다.

나는 휴대폰 대신 손을 주었다. 지수는 내 손가락을 입으로 가져갔다. 오물대는 입술의 감촉이 손끝에 느껴졌다. 나는 지수 앞에 앉아 눈을 맞췄다. 지수는 내 눈을 피하지 않고 가만히 쳐다봤다. 너 멀리 가야한대, 내 말에 지수는 두번 눈을 깜박였다. 나는 미국 한번도 못 가봤는데 너는 좋겠다, 그 말에는 생긋 웃는 것으로 대답했다. 가는 거 좋아? 이번에는 물고 있던 내 손을 놓았다. 나는 침에 젖은 손가락을 닦지 않고 그대로 있었다. 지수가 옹알이하듯 입술을 움직였다. 아무 소리도 들리지 않을 걸 알면서도 지수 가까이 얼굴을 갖다댔다. 지수의 작은 손이 내 뺨 위로 포개졌다. 그 온기에 나는 나가야 한다는 것을 잊고 한참동안 앉아 있었다.

재희의 집 앞에서 벨을 눌렀지만 기척이 느껴지지 않았다. 몇번이나 벨을 누르다 손으로 문을 두드렸다. 쿵쿵거리는 소리가 복도를 울렸다. 전화를 하려고 휴대폰을 찾는데 갑자기 문이 열렸다. 나는 왜 이렇게 늦게 열어, 하고 불평하다 멈칫하고 말았다. 어디가 아픈 건지 그대로 현관에 주저앉아버리는 재희를 부축해 침대에 눕혔다. 재희는 잘 나오지 않는 목소리로 미안,이라고 말했다. 어디가 아프냐고 묻자 그냥 몸살이지 뭐, 하고 힘없이 대답하는 모습에 한숨이 났다. 재희는 침대 맡에 놓인 두툼한 서류 봉투를 내게 건넸다. 오늘까지 교수님한테 드려야 하는 자료인데 몸이 이래서 너 불렀어. 나는 봉투를 받아들며 그냥 갖다주기만 하면 돼? 하고 물었다. 과사무실에 갖다주면 서류 줄 텐데 그거 받아서 다시 여기로 와줘. 귀찮은 일이었지만 나는 그냥 고개를 끄덕였다.

과사무실에 도착하자 익숙한 얼굴의 후배가 나를 반겼다. 무슨 일로 왔어요? 하고 묻는 후배에게 재희가 준 서류 봉투를 건넸다. 후배는 봉투를 받아서 확인하며 의아한 듯이 나를 슬쩍 쳐다봤다. 확인을 마치고 서랍에서 서류 한장을 꺼내 봉투에 넣어주며 재희 언니 무슨 일 있어요? 하고 물었다. 나는 고개만 가로저었다. 후배는 빠르게 말을 뱉었다. 며칠 동안 계속 안 보이던데. 날마다 학교에서 살던 사람이 이상하잖아요. 그런데 언니 재희 언니랑 친했어요? 몰랐네. 더 이어질 말이 피곤해서 나는 저번에 재희 언니가,로 시작하는 후배의 말을 잘랐다. 미안, 좀 바빠서. 그 말만 남겨두고는 서둘러 과사무실을 벗어났다.

재희의 집에 도착해 거의 던지듯 서류를 내밀었다. 재희는 추천서라고 적힌 서류를 확인하고는 빙긋 웃었다. 몇시간 전보다는 얼굴이 나아져 있었다. 고마운데 그냥 보낼 수는 없다며 나를 잡아두고 중국 음식을 시켰다. 음식을 기다리는 동안 나는 쌓여 있는 책들을 둘러보다 너는 왜 공부해? 하고 재희에게 물었다. 재희는 글쎄, 하고 말을 고르다 교수 되려고 하는 거겠지, 하고 가볍게 말을 이었다. 그러고는 나에게 너는 왜 하는데? 하고 되물었다. 몰라, 몰라서 물어본 거야. 내 대답에 재희는 피식 웃었다. 그때 벨이 울렸다.

재희는 배달된 음식을 바닥에 쭉 늘어놓고 랩을 벗겼다. 방 안이 순식간에 음식 냄새로 가득 찼다. 입술에 까만 짜장을 묻히며 음식을 먹는 재희를 물끄러미 쳐다보다 또다시 사라진 5그램의 생명이 떠올랐다. 나는 갑자기 구토가 올라오는 기분에 젓가락을 내려놓았다. 짜장면이 수챗구멍에 엉킨 머리카락처럼 보였다. 왜 안 먹어? 하는 재희의 물음에 해서는 안될 말이 역한 음식처럼 튀어나왔다. 지울 아이를 왜 임신했어? 이번에는 재희가 젓가락을 내려놓았다. 재희와 나 사이에 어색한 침묵이 내려앉았다. 후회했지만 이미 뱉어버린 말은 재희 앞에 떨어져 있었다.

재희는 내 물음에 대답하지 않고 대신 다른 걸 물었다. 왜 내가 수술 보호자로 너를 선택했는지 알아? 나는 아무 말도 하지 않았다. 재희는 음식 그릇을 옆으로 밀어놓으며 말을 이었다. 우리 동기 중에 박사과정까지 올라온 건 나밖에 없어. 너는 내가 여기까지 어떻게 올라왔는지 대충이라도 아는 사람이고. 너도 알잖아, 공부한다고 하면 그냥 쉽게 산다고 생각하는 사람들. 게다가 원치 않는 임신까지 했으니 나를 어떤 눈으로 볼지 뻔하지. 이런 일 생길까봐 그렇게 피임을 열심히 했는데 한순간에 당했어, 우습게도. 너는 나를 매정하다고 생각할지 모르지만 나는 내가 잘못했다고 생각하지 않아. 아이 때문에 내 인생을 망칠 수도 없고 나 때문에 아이 인생을 망칠 수도 없어.

무언가 말하고 싶었지만 아무 생각도 떠오르지 않았다. 그래도 이대로 끝낼 수는 없어 억지로 말을 끌어내 풀어놓았다. 낙태 말고 다른 방법은 없었어? 재희는 내 말에 길게 한숨부터 내쉬었다. 우리나라 아직 낙태 금지야. 그런데 합법적인 낙태가 하나 있어. 성폭력에 의해 생긴 아이는 지울 수 있거든. 그래서 성폭력 상담센터에 찾아갔어. 술에 취해서 원치 않는 관계를 맺었다, 사실 그 정도 술에 그렇게 취할 리가 없는데 약을 탔을지도 모르겠다. 뭐, 완전히 거짓말은 아니지. 그렇게까지 해서 아이를 지웠어. 그 아이를 배속에 두고는 하루도 살기 싫었거든. 처음 산부인과 갔을 때 두세달밖에 안된 태아는 언제든지 유산될 수 있다는 말을 들었어. 그런데도 수술해달라고 했어. 무거워서, 그리고 무서워서.

나는 말없이 물을 마셨다. 왠지 물조차 잘 넘어가지 않았다. 무언
가 뾰족한 것이 목에 걸려 있는 것처럼 느껴졌다. 재희와 나 사이
에서 음식이 볼품없이 식어가고 있었다. 재희는 불어서 못 먹게 된
짜장면을 젓가락으로 뒤적거렸다. 그러다 젓가락을 놓고 고개를
숙였다. 머리카락이 흘러내려 재희의 얼굴을 가렸다. 나는 먼저 갈
게, 하고 말한 뒤 가방을 챙겨 일어섰다. 재희는 나를 잡지 않았다.
돌아서 나오는데 구석에 아무렇게나 놓인『열하일기』가 눈에 들어
왔다. 자연스럽게 떠오르는 재희의 메모를 머리에서 지우며 구두
를 신었다. 왼쪽 발이 자꾸만 미끄러졌다. 몇번 발을 밀어넣다 결국
뒤축을 구겨 신고 밖으로 나왔다. 닫히는 문 사이로 재희의 웅크린
등이 보였다.

구두를 고쳐 신고 길을 걸었다. 나에게는 옳고 그름을 가릴 능력
도 없었고 더 중요한 것을 골라낼 능력도 없었다. 그런데 이상하게
도 그 순간 지수가 보고 싶었다. 지수의 작은 손을 잡고 온기를 느
끼고 싶었다. 서둘러 집으로 갔다. 집에 도착하자마자 쿵쾅거리며
들이닥쳐 지수를 향해 손부터 뻗는 나를 엄마가 의아하게 쳐다봤
다. 아랑곳없이 지수를 안으려는 나에게 엄마는 손부터 닦아, 하고
말했다. 손을 닦고서야 지수를 품에 안았다. 지난달보다 훨씬 무거
워진 것 같았다. 엄마, 지수 몸무게가 몇이야? 10.6킬로그램. 무겁
네. 그럼, 무겁지. 지수의 손이 내 뺨을 만졌다. 너도 5그램이던 때
가 있었겠지. 그때는 가벼웠는지, 아니면 그때도 너는 누군가에게
무거웠던 건지.

열세번째 지수와의 마지막 날, 엄마는 허리를 삐끗해 끙끙대며 파스를 붙였다. 별수 없이 지수를 안는 건 내 몫이 되었다. 엄마는 지수의 손장난을 받아주며 마지막으로 지수를 끌어안았다. 나는 지수를 안기 위해 아기띠를 매면서 엄마에게 물었다. 왜 아이 이름을 지수로 지었어? 오랜 시간 묻지 못했던 말이 떨어지자 엄마는 잠시 동작을 멈췄다. 지수는 네 언니 이름이야. 그러고는 지수를 아기띠 안에 넣어주며 말을 이었다. 내 배 속에서 죽은 아이 태명이 지수였어. 왜 그렇게 됐어? 내 물음에 엄마는 지수를 토닥이며 대답했다. 그때는 단지 바쁘고 힘들어서라고 생각했는데 그게 다는 아니었겠지. 그 말을 끝으로 엄마는 다시 바쁘게 움직이며 지수의 짐을 챙겼다.

엄마는 내 왼쪽 어깨에 지수의 짐을 메어주었다. 우유병과 옷, 손수건 등이 들어있는 짐은 생각보다 무거웠다. 매일 메고 다니는 내 책가방보다 훨씬 더 무거웠다. 큰길로 나가 택시를 잡았다. 오늘따라 도로의 차들이 유난히 빠르게 달리는 것처럼 느껴졌다. 택시에 타자 엄마는 아기띠를 풀어 지수를 품에 안았다. 그러고는 평소처럼 지수에게 바깥 풍경을 보여주며 이야기했다. 저건 나무고 저건 자동차야. 지수도 자동차 좋아하지? 붕붕 하는 거. 지수는 소리 없이 고개를 끄덕거렸다. 손가락으로 차창 밖을 가리키기도 했다. 택시 기사는 그런 지수를 보며 아이가 참 순하네요, 하고 말했다. 엄마는 환하게 웃으며 네, 정말 순해요, 하고 답했다. 나는 지수와는 반대쪽 창을 쳐다봤다.

창밖의 사람들은 모두 바빠 보였다. 신호등이 바뀌자마자 뛰는 한 무리의 고등학생, 각진 가방을 들고 지나치려는 버스를 잡아 타는 남자, 높은 굽을 신고도 한번 삐끗하지 않고 빠르게 걷는 여자. 나는 끊임없이 움직이는 사람들을 보다 눈을 감았다. 신호가 바뀌고 택시가 달려나갔다. 나 또한 거리의 사람들처럼 쉴 없이 움직이고 있었다. 목적지를 향해서 계속 달려가고 있었다. 어딘가에 도착하면 또다시 가야 할 어딘가를 향해 눈을 돌렸고 숨 고를 틈도 없이 출발했다. 다음 목적지는 늘 이번 목적지보다 더 멀고 더 험한 곳에 있었다. 그래도 멈출 수는 없었다.

택시가 센터 앞에 멈추자 엄마는 지수를 내 품에 안겨주었다. 나는 지수를 받아 안고 센터로 들어갔다. 이 실장은 현관까지 나와 지수를 반겼다. 오는 길에 차는 안 막혔는지, 지수가 보채지는 않았는지, 우유는 언제 먹고 기저귀는 언제 갈았는지 등을 묻는 이 실장에게 엄마는 하나하나 대답해주며 걸음을 옮겼다. 이 실장은 고개를 끄덕이다 엘리베이터 앞에 멈춰 섰다. 문이 열린 엘리베이터를 타지 않고 엄마를 붙잡으며 목소리를 낮춰 말했다. 지금 위에 입양할 분들이 와 있어요. 아, 미국에서 온다던. 그 피 뭐였더라, 피…… 하고 말을 잇지 못하는 엄마를 대신해 내가 말을 이었다, 피츠버그. 응 그래, 피츠버그.

이 실장은 문이 닫히는 엘리베이터를 신경 쓰지 않고 말을 이었다. 원래는 주말에 오기로 되어 있었는데 아이 빨리 보고 싶다면서 오늘 왔지 뭐예요. 오늘 당장 데려간다거나 그런 건 아닌데 아무튼 그렇게 됐어요. 나는 밑으로 흘러내리는 지수를 다시 받쳐 안았다. 지수가 손을 뻗어 무언가를 만지고 싶어했다. 지수의 손끝이 닿는 곳에는 엘리베이터의 버튼이 있었다. 나는 지수가 만질 수 있도록 한걸음 앞으로 다가갔다. 지수는 작은 손으로 엘리베이터 버튼을 눌렀다. 뾰족한 끝이 위로 향해 있는 버튼에 빨간 불이 들어왔다. 그 불빛을 보고 지수는 고개를 돌려 나와 눈을 맞추고는 웃었다.

엘리베이터에 타서도 지수는 5라는 버튼을 스스로 눌렀다. 낡은 엘리베이터는 조금씩 덜컹거리며 오층으로 올라갔다. 문이 열리자 금발 머리의 외국인 남자가 기다리고 있었다. 남자는 나를 보고, 아니 지수를 보고 웃었다. 그 옆에는 적갈색 머리의 여자가 지수에게서 눈을 떼지 못하고 있었다. 나는 나도 모르게 지수를 안은 팔에 힘을 줬다. 지수가 답답한지 몸을 틀었다. 이 실장은 미국인 부부에게 간단하게 엄마와 나를 소개했다. 남자가 엄마에게 손을 내밀어 악수를 나누는 동안 여자는 지수에게 손을 내밀었다. 지수는 잠시 경계하는 눈길로 여자를 쳐다보다 내민 손을 잡았다. 지수의 손을 만지작거리던 여자는 마침내 지수에게 두 팔을 길게 뻗었다.

여자의 집요한 눈길을 외면하지 못하고 지수는 여자에게 안겼다. 안은 팔이 불편한지 입을 삐죽거렸지만 울지는 않았다. 여자는 지수의 이마에, 볼에, 머리에 입을 맞췄다. 서툰 손길이 지수를 불편하게 만들었지만 지수는 여전히 울지 않았다. 곧 울 것 같은 얼굴을 하고도 잘 참아냈다. 그런 지수 때문에 오히려 울고 싶어진 건 나였다. 나는 지수에게서 등을 돌리고 목구멍으로 넘어오는 울음을 삼켰다. 마음속으로 지수에게 말을 건넸다. 싫으면 싫다고 해.

엄마가 수속 서류를 쓰는 동안 나는 더이상 참지 못하고 건물 밖으로 나갔다. 문득 박지원의 『열하일기』에서 본 구절이 떠올랐다. '나는 오늘에야 처음으로 인생이란 본래 의지할 데가 없이 하늘을 이고 땅을 밟은 채 떠돌아다니는 존재임을 알았다.' 그 구절을 조금 바꿔도 좋을 것 같았다. 나는 오늘에야 처음으로 인생이란 본래 의지할 데가 없이 그저 막다른 길에 서 있는 존재임을 알았다,라고. 그늘진 거리를 돌아보았다. 바쁜 사람들 속에서 나는 혼자 멈춰 있었다. 지수를 쓰다듬던 엄마의 아련한 눈이 떠올랐다. 그리고 추천서를 꼭 쥐고 있던 재희의 고집스러운 눈도 떠올랐다. 마지막으로 아무것도 모르는 지수의 말간 눈을 떠올렸다. 박지원의 울음터가 드넓은 요동이었다면 나의 울음터는 더이상 나아갈 길이 없는 바로 이곳이었다. 그러나 이곳에서는 아무도 울지 않았다. 그래도 나는 그대로 길 한가운데 주저앉아 울어버렸다.

하
우
스

오늘도 집에는 엄마가 없었다. 잠에서 깨어난 동생이 눈을 비비며 나왔다. 현관문을 닫으며 엄마는? 하고 물었다. 동생은 여전히 눈을 비비면서 고개를 젓더니 곧이어 누나, 배고파, 하고 말했다. 나는 부엌으로 들어갔다. 동생이 그 뒤를 졸졸 따라왔다. 냉장고를 열었지만 먹을 게 없었다. 개수대에는 그릇이 잔뜩 쌓여 있었다. 물에 담가놓지도 않은 그릇에는 음식찌꺼기가 빽빽하게 굳어 있었다. 동생은 누나아, 하고 말끝을 늘이며 내 옷자락을 잡아당겼다. 나는 잠시 그대로 서 있다가 동생의 손을 잡았다. 그리고 신발도 미처 신지 못한 동생을 끌고 밖으로 뛰쳐나갔다.

하우스를 향해 무작정 걸었다. 동생의 신발 끄는 소리가 거슬렸지만 멈추지 않았다. 얼마 못 가 동생의 신발이 벗겨졌다. 맨발인 동생은 저만치 떨어진 신발을 보며 훌쩍거렸다. 나는 신발을 가져와 동생에게 신겨주며 뚝! 하고 눈을 부릅떴다. 울음을 삼키는 동생이 안쓰러웠지만 어쩔 수 없었다. 그대로 주저앉아 울고 싶은 건 바로 나였다.

　동생의 눈물을 대충 닦아준 뒤 다시 하우스를 향해 걸어갔다. '하우스'는 사설 도박장이었다. 열두살, 내 또래 중에 하우스라는 말이 그런 뜻으로도 쓰이는 것을 아는 아이는 드물 것이다. 아무리 많아도 한 반에 열명은 넘지 않을 것이고, 설사 안다고 해도 나처럼 실제로 하우스에 가본 아이는 거의 없을 것이다. 하지만 나는 하루에도 몇번씩 엄마를 찾기 위해 하우스에 드나들었다.

　골목으로 들어서자 사오층 정도의 낡은 빌라들이 다닥다닥 붙어 있었다. 팔을 뻗으면 닿을 수 있을 정도의 간격으로 마주 보고 있는 창문이 여럿이었다. 어떤 창문에서는 왁자지껄한 웃음소리가 흘러나왔고 또 어떤 창문에서는 먼지떨이가 불쑥불쑥 나타났다 사라졌다. 그리고 세운빌라 103호의 열린 창문 틈새에서는 담배 연기가 새어나왔다. 엄마가 있는 하우스였다. 빌라 귀퉁이에 붙어 있는 '세'라는 글자에서 'ㅣ'는 떨어져 나간 지 오래였기에 동생은 그것을 서운빌라라고 읽었다.

　나는 동생의 손을 고쳐 잡으며 곧장 세운빌라로 갔다. 빌라 입구에 서서 동생에게 잠깐만 기다려, 하고 말했다. 동생은 불안한 눈치이긴 했지만 고개를 끄덕였다. 여기 가만히 있어야 돼, 하고 다시 한번 동생에게 당부했다. 그리고 계단을 내려가 103호 앞에 서서 심호흡을 했다. 말이 103호지, 반지하라서 일층 같은 느낌은 전혀 들지 않았다. 투박한 모양의 벨은 이미 고장난 지 오래였다. 나는 주먹을 쥐고 철제문을 두드렸다. 세게 두드리지 않았는데도 쾅쾅 소리가 울렸다. 문을 열고 나온 사람은 하우스 주인인 백씨 아줌마였다. 백씨 아줌마는 폭탄 맞은 것 같은 머리를 손으로 매만지며 나왔다. 들어오라는 듯 문을 열어주었지만 나는 그 자리에 박힌 듯이 서서 크게 팔을 휘두르며 화투장을 던지고 있는 엄마를 노려보았다.

엄마가 하우스에 발을 들여놓은 것은 약 일년쯤 전이었다. 처음에 엄마는 옆집 아줌마가 자꾸 가자고 해서 한번 따라가본 것뿐이라고 말했다. 나는 그때까지만 해도 하우스를 '어른들의 놀이방' 정도로 생각하고 있었다. 늘 집에서 심심해하던 엄마가 재밌게 놀 곳을 찾은 게 다행이라는 생각까지 했었다. 하우스에 다녀온 엄마는 활기가 넘쳤다. 전에는 찾아볼 수 없던 모습이었다. 나는 그런 엄마가 좋았다. 엄마는 하우스에서 딴 돈으로 나에게 피아노를 사주기까지 했다. 하지만 엄마가 하우스를 좋아하면 할수록 집안은 엉망이 되었다. 이제, 학교를 마치고 돌아오면 집에서 나를 반겨주던 엄마는 없었다. 열두살짜리 딸과 여섯살짜리 아들이 있는 집에 더이상 엄마는 없었다.

하우스에는 엄마를 포함해 다섯명의 사람이 있었다. 가끔 아저씨가 끼어 있기도 했는데 오늘은 모두 아줌마였다. 아줌마들은 군용 담요를 한장씩 차지하고 앉아 있었다. 약속이나 한 듯 한결같이 무릎 한쪽을 세우고 그 위에 팔을 받치고 있는 모습들이었다. 그들이 모두 한심하다는 생각을 하며 나는 엄마를 불렀다.

그때, 그사이를 못 참고 내려온 동생이 하우스 안으로 뛰어들어갔다. 백씨 아줌마는 재현이 왔네, 하며 동생의 머리를 쓰다듬고는 활짝 웃으며 빨대 꽂은 요구르트를 내주었다. 동생은 아무 거리낌 없이 요구르트를 받아먹었다. 백씨 아줌마는 나에게도 요구르트를 내밀었지만 나는 못 본 척 고개를 돌렸다. 그러자 백씨 아줌마가 다시 한번 요구르트를 내밀었다. 나는 손으로 그것을 탁! 쳤다. 백씨 아줌마는 픽, 웃으며 돌아섰다. 담배 연기가 자욱한 곳에서 동생은 기침 한번 하지 않고 엄마 곁에 앉아 있었다.

판에 끼지 않는 백씨 아줌마는 멀찍이 떨어져 텔레비전을 봤다. 별 재미도 없는 개그 프로그램을 보며 유난히 깔깔거렸다. 왼손 검지에 큰 금반지를 낀 한 아줌마는 판이 잘 풀리지 않는지 백씨 아줌마에게 텔레비전 좀 꺼! 하고 꽥 소리를 질렀다. 백씨 아줌마는 눈을 흘기며 볼륨을 줄였고 금반지 아줌마는 패를 뒤집으며 앓는 소리를 냈다. 곧 판이 끝났고 담요 위로 순식간에 돈이 오갔다. 그 틈에 백씨 아줌마는 뚜껑을 연 박카스를 하나씩 돌렸다. 엄마는 재빠르게 박카스 한병을 비우고 다시 패를 들었다.

잠시 현관에 버티고 서 있던 나는 밖으로 나왔다. 빌라 입구에 앉아 발로 땅을 툭툭 찼다. 그러면서 땅바닥 이곳저곳을 살폈다. 역시 계단 구석에 아직 불씨가 살아 있는 담배꽁초가 있었다. 나는 꽁초를 집어 필터 부분을 깨끗하게 닦았다. 붉은 립스틱 자국이 다 없어지지는 않았지만 상관없었다. 나는 담배꽁초를 입술로 문 채 힘껏 빨아들였다. 징, 하고 머리가 울렸다. 연기를 내뱉자 시야가 흐려졌다. 연기는 금세 사라졌다. 하지만 내 가슴속은 더욱 답답했다. 연기가 실타래처럼 뭉쳐 가슴속에 남아 있는 것만 같았다.

해는 점점 기울어갔다. 곧 아빠가 올 시간이었다. 나는 하우스로 다시 들어가 엄마의 옷소매를 잡았다. 엄마는 귀찮다는 듯 내 손을 툭 쳐내고 화투패만 쳐다봤다. 내가 보기엔 그저 비슷비슷하게 생긴 붉은 그림을 엄마는 무슨 대단한 명화라도 보는 것처럼 진지하게 봤다. 나는 다시 엄마의 옷소매를 끌어당겼다. 엄마는 내가 말을 꺼내기도 전에 잠깐만 기다려, 하면서 패를 뒤집었다. 찰싹, 소리가 나게 부딪힌 화투 두장은 곧 엄마 앞으로 옮겨졌다. 엄마 앞에 나란히 겹쳐놓은 화투장들은 현란하고도 촌스러웠다. 한자가 씌어진 화투장을 손가락으로 건드리자 엄마는 짝, 소리가 나게 내 손등을 때렸다. 나는 손등을 문지르며 엄마가 고, 하고 외치는 소리를 들었다.

이번 판이 끝이라던 엄마는 패를 섞으며 한판만 더, 하고 바쁘게 손을 움직였다. 나는 화투판을 엎어버리고 싶었다. 하지만 그뿐이었다. 손으로 담요 끝을 꼭 쥐었다. 결국 옆에 있는 라이터 하나를 몰래 주머니에 챙겨넣고 밖으로 뛰쳐나갔다. 동생이 얼른 내 뒤로 따라붙었다. 나는 금방이라도 울어버릴 것 같은 얼굴로 계단을 올라오는 동생을 쳐다보았다. 동생은 왼쪽, 오른쪽의 신발을 바꿔 신고 나오고 있었다. 내가 다가가자 내 옷자락에 얼굴을 마구 문질렀다. 그 느낌이 부담스러워 당장 떼어놓고 싶은 마음이 들었다. 그러나 그것도 역시 할 수 없는 일이었다. 동생을 안고 계단에 앉아 엄마가 나오기만을 기다렸다. 날이 어둑해지자 동생은 내 품에서 잠이 들었다. 나는 속으로 저런 건 엄마도 아니야, 하고 수없이 욕을 해대며 입안 가득 침을 모아 뱉었다.

엄마가 하우스에서 나왔을 때는 해가 완전히 진 뒤였다. 엄마는 잠든 동생을 업고 부지런히 걸어갔다. 내가 따라오는지 확인도 하지 않고 앞만 보고 걸었다. 이미 아빠가 집에 도착했을 시간이었다. 나도 엄마를 따라 걷다가 골목 입구에 있는 세탁소 입간판 앞에 우뚝 서버렸다. 집에 가기 싫었다. 집에 들어가면 어떤 일이 빌어질지 뻔했다. 그럼에도 내가 할 수 있는 건 아무것도 없었다. 뒤를 돌아보았다. 집 반대편의 골목은 고요했다. 그러나 그쪽으로 발을 내딛을 수 없었다. 동생이 문제였다. 엄마와 아빠가 싸우는 동안 혼자서 공포에 떨고 있을 동생이 그려져 앞서 가는 엄마를 향해 발걸음을 재촉했다.

역시 집 안으로 들어선 순간부터 아빠는 소리를 질러댔다. 뜻도 알 수 없는 욕을 하며 엄마를 윽박질렀다. 엄마는 고개도 들지 못하고 부엌으로 들어갔다. 어깨를 움츠리고 설거지를 하는 엄마를 향해 아빠는 계속 욕을 퍼부었다. 동생은 울었다. 아빠의 고함이 커질수록 동생의 울음도 커졌다. 나는 화살이 우리 쪽으로 돌려질까 두려워 동생의 입을 틀어막고는 방 안으로 끌고 갔다. 문을 닫고도 계속되는 아빠의 고함이 듣기 싫어 귀를 막았다. 하지만 집 안을 쩌렁쩌렁 울리는 아빠의 목소리에서 벗어날 수는 없었다.

다행히 저녁식사 시간은 조용했다. 네 식구가 식탁에 둘러앉았지만 어느 누구도 말을 꺼내지 않았다. 동생도 고개를 들지 않고 엄마가 얹어주는 반찬에 밥만 삼키고 있었다. 실수로 그릇에 숟가락 부딪히는 소리만 나도 아빠는 눈을 치켜떴다. 나는 아빠의 밥그릇만 지켜봤다. 저 그릇이 비워져야 이 지옥 같은 식탁 앞에서 벗어날 수 있었다. 넘어가지 않는 밥을 억지로 삼키며 울음을 참았다. 울음을 참는 건 자주 해봐서 이제 나에게 너무도 쉬운 일이었다. 어쩌면 나는 이미 우는 법을 잊어버렸는지도 몰랐다.

마침내 아빠의 밥그릇이 비워졌다. 아빠는 숟가락을 던지듯 내려놓고 일어났다. 엄마는 돌아선 아빠의 등을 향해 눈을 흘겼다. 동생은 고개를 들었다. 나는 숟가락 가득히 밥을 떠서 입안으로 밀어넣으며 엄마를 노려보았다. 엄마가 하우스에서 조금만 일찍 일어났으면 될 일이었다. 그렇다고 이 모든 불화에 대해 엄마만 탓할수는 없었다. 화가 났지만 그냥 자리에서 일어나 내 방으로 들어가버렸다.

아침 일찍 일어나 집을 나섰다. 제일 먼저 학교에 도착해서 빈교실의 문을 열고 들어가는 건 내가 가장 좋아하는 일이었다. 그래서 나는 매일 아빠보다도 먼저 일어나 학교에 갔다. 오늘도 역시교실은 비어 있었다. 나는 교실을 쭉 둘러본 뒤 내 자리에 앉았다. 가방과 사물함에 있는 교과서를 꺼내어 시간표 순서대로 정리해

서랍에 넣었다. 빈 가방을 책상 옆 고리에 걸어놓고는 책을 읽었다. 지난달에 독서왕 상품으로 받은 것이었다. 이미 두번 읽었지만 새 책이 없었기에 또 읽는 수밖에 없었다. 책을 읽는 동안 반 아이들은 하나둘씩 교실로 들어왔고 어느새 교실은 시끌벅적했다. 나는 책을 덮어두고 친구들과 모여 어제 본 드라마 이야기를 했다. 물론 드라마를 보지는 못했지만 함께 이야기를 하는 건 별로 어렵지 않았다. 적당히 고개를 끄덕이며 알고 있는 척하는 건 나에게 익숙한 일이었다.

갑자기 교실 앞쪽이 유난히 소란스러웠다. 짓궂은 남자아이들이 반장인 성훈이의 발을 밟으려고 난리였다. 나와 친구들은 하던 얘기를 멈추고 그쪽을 돌아봤다. 무리에서 힘겹게 빠져나온 성훈이가 우리 쪽으로 왔다. 그 뒤로 남자아이들이 우르르 따라붙었다. 성훈이는 싱글거리며 말했다.

"오늘 내 생일파티 하니까 너희도 다 와."

파티 장소는 패밀리 레스토랑이었다. 모여 있던 아이들은 모두 탄성을 질렀다. 나만 빼고 모두 기뻐하는 얼굴이었다. 나는 최대한 어른스럽게 축하한다는 말을 건넸다. 성훈이는 웃으며 너도 파티에 꼭 오라고 대답했다. 아이들은 그 레스토랑에서 파는 음식이 맛있다는 얘기를 해댔지만 나는 그런 건 상관없었다. 그저 파티에 갈 수 있기만 하면 좋을 것 같았다. 친구들은 성훈이 선물 뭐 살까, 하며 즐거워했지만 나는 아무 말도 하지 않았다.

하루 종일 파티 생각밖에 할 수 없었다. 어떻게든 가고 싶었지만 아무래도 안될 것 같았다. 집에는 동생이 혼자 있을 것이었다. 엄마는 동생을 재워놓고 또다시 하우스에 가 있을 게 분명했다. 나마저 없으면 동생은 정말 혼자였다. 그래도 한번쯤 눈을 꾹 감고 가볼까, 하는 생각이 들었다. 그러나 금방 그럼 동생은 어떡해? 하는 마음이 앞섰다. 수업시간에도 좀처럼 집중을 하지 못하고 같은 생각만을 계속 반복했다.

마침내 하교시간이 다가왔다. 파티는 다섯시라 시간이 조금 남아 있었다. 나는 동생을 엄마에게 맡기기로 결심했다. 어차피 하우스에서도 잘 자고 잘 먹는 동생이니 상관없을 것 같았다. 친구들과 한시간 뒤에 만날 약속을 하고 서둘러 집으로 뛰어갔다. 예상대로 엄마는 집에 없었다. 동생은 깬 지 얼마 되지 않았는지 눈도 제대로 뜨지 못하며 내 품에 안겨왔다. 나는 습관적으로 팔을 뻗어 동생의 등을 토닥였다. 동생이 다시 잠들 것처럼 눈을 감으며 입을 오물거렸다. 이대로 동생을 재워두고 나가는 게 나을까, 생각하다가 고개를 저었다. 깨어났을 때 내가 없으면 동생은 온 집을 휘저으며 울 것이 뻔했다. 그러다 혹시 아빠가 오기라도 하면 큰일이었다. 동생은 잠결에 자꾸 내 가슴으로 얼굴을 묻었다. 몽우리가 맺힌 내 가슴은 동생이 누를 때마다 아팠다.

어느새 시간은 네시에 가까워져 있었다. 더이상 지체할 수 없어 동생을 깨웠다. 동생은 잠투정도 하지 않고 고분고분 일어났다. 동생을 데리고 하우스로 걸어가면서도 갈등은 심했다. 하지만 파티를 포기할 수 없었다. 그런데 골목 입구에 다다르자 이상한 기운이 느껴졌다. 주위가 소란스러웠다. 몇몇 사람이 한곳을 기웃거리며 쳐다보고 있었다. 나는 동생의 손을 꼭 잡고 골목 안으로 들어갔다. 하우스 앞에 경찰차가 있었다. 싸이렌 소리는 나지 않았지만 차 위에 달린 붉은 등이 정신없이 번쩍거리고 있었다. 나는 침을 삼키며 좀더 가까이 다가갔다. 동생은 내 다리에 몸을 찰싹 붙인 채 나를 따라왔다.

빌라 안쪽으로 수많은 사람이 오르락내리락 거렸다. 103호의 문은 활짝 열려 있었다. 경찰이 내 앞을 막아섰다. 얘들아, 여기 들어오면 안돼. 별거 아닌 말인데 나도 모르게 움찔하고 멈춰 섰다. 돌아서며 승합차 쪽을 쳐다봤다. 차창에 백씨 아줌마가 어른거렸다. 놀라서 동생의 손을 꽉, 움켜쥐었다. 동생이 아프다며 손을 비틀어 빼려고 했다. 나는 동생의 손을 더욱 세게 끌어당기며 주변을 둘러보았다. 조금 뒤 경찰이 문을 활짝 열고 승합차에 올라탔다. 나는 숨까지 참으며 그 안을 빠르게 살폈다. 엄마는 없었다. 불안한 눈길로 하우스를 다시 들여다봤다. 거기에도 엄마는 없었다. 일단 안도의 한숨이 나왔다. 그러나 불안함이 완전히 사라지지는 않았다.

나는 골목 밖으로 나왔다. 큰길의 공중전화 상자로 들어가 생일 파티에 같이 가기로 한 친구에게 전화를 했다. 오늘 피아노 학원 때문에 아무래도 못 갈 거 같아, 미안해. 친구는 그래도, 하며 말을 이으려 했다. 나는 미안하다는 말만 하고 전화를 끊었다. 목구멍에서 울음이 밀려나왔지만 삼켜냈다. 집에도 전화를 걸어보고 싶었지만 왠지 두려웠다. 집에 엄마가 없으면 어쩌지? 두려움을 가라앉힐 시간이 필요했다. 동생을 데리고 피시방으로 들어갔다. 동생은 눈을 반짝이며 컴퓨터 게임에 집중했다. 나는 한사람이 앉을 자리에 동생과 끼어 앉아 동생이 하는 게임을 멍하니 보고만 있었다. 엄마에 대한 걱정과 지금쯤 시작되었을 생일파티가 번갈아가며 머릿속을 가득 메웠다.

별수 없이 어두워지기 전에 집으로 향했다. 나는 집 앞에서 잠시 그대로 서 있었다. 현관문 손잡이를 돌리지 못하고 안에서 나는 소리에만 집중했다. 무슨 소리가 나는 것 같기도 하고 아닌 것 같기도 했다. 동생이 답답했는지 내 손을 치우고 손잡이를 돌렸다. 문은 너무도 쉽게 열렸다. 그리고 엄마는 너무나도 아무렇지 않은 표정으로 집에 있었다. 동생은 엄마에게 달려갔지만 나는 그 자리에 서 있었다. 왜 이렇게 늦게 왔어? 하고 묻는 엄마의 말에 아무 대답도 하지 못했다. 안심이 되기는 했다. 그러나 이상하게도 화가 치밀어 올랐다. 엄마와 동생을 외면하고 방으로 들어갔다. 문을 잠그고 주저앉았다. 마음이 진정될 때까지 그렇게 앉아 있었다. 문밖에서 나를 부르는 동생의 목소리가 들려왔지만 대꾸하지 않았다.

잠시 뒤, 나는 피아노 앞에 앉았다. 흰 건반 위에 두 손을 나란히 올려놓았다. 처음 피아노를 쳐보는 사람처럼 도와 레를 힘있게 눌렀다. 무언가 치고 싶었지만 아무것도 떠오르지 않았다. 심지어 「학교종」같이 쉬운 곡의 음계조차 기억나지 않았다. 결국 일어나 의자 밑에서 피아노 소곡집을 꺼냈다. 내가 가진 유일한 피아노 책이었다. 몇달 전 화가 난 아빠가 피아노 책을 모두 찢어버렸는데 다행히 소곡집 하나가 피아노 의자 속에 남아 있었다. 소곡집을 펼치며 나는 문득 그때 아빠가 왜 화를 냈는지, 왜 하필이면 내 피아노 책들을 찢어버렸는지 생각해보았다. 기억은 가물거리기만 했다. 사실 그런 건 애써 기억할 필요도 없었다. 아빠는 무조건 화를 내는 사람이니까.

소곡집을 넘겨보다가 첫 장을 폈다. 책에는 마흔곡의 악보가 들어 있었지만 내가 칠 수 있는 건 1번 곡밖에 없었다. 아빠가 준 피아노 학원비까지 엄마가 하우스로 가지고 가서 나는 학원을 그만둬야 했다. 아빠에게는 한동안 피아노 학원을 다니는 척해야 했지만. 어쨌든 그때가 새로 산 소곡집의 1번을 겨우 뗐을 무렵이었다. 혼자서라도 다른 곡을 쳐보고 싶었지만 연습할 시간이 없었다. 내가 피아노 앞에만 앉으면 동생은 보챘고, 아빠는 엄마가 학원비를 하우스에 가지고 간 사실을 다시 들먹이며 화를 냈다.

소곡집의 1번 곡은 「즐거운 나의 집」이었다. 처음 그 곡을 배울 때 선생님은 내게 말했다. 더 경쾌하게 쳐야지, 즐거운 나의 집 느낌이 나도록. 나는 선생님의 말을 이해할 수 없었다. 그러나 선생님이 시범으로 보여준 연주는 정말 경쾌했다. 연주는 손으로 하는 게 아니라 마음으로 하는 거라던 선생님의 말이 맞는 모양이었다. 그 때문에 나는 경쾌하지 못한 즐거운 나의 집을 쳤고 그마저도 제대로 배우지 못한 채 학원을 그만뒀다.

다음 날 교실 안은 성훈이의 생일파티 얘기로 북적였다. 나온 음식 중 제일 맛있는 것은 퀘사디아였고, 성훈이의 엄마는 여배우처럼 예뻤고, 성훈이가 선물로 받은 것은 삼십만원짜리 무선 조정 헬리콥터였다는 이야기가 정신없이 이어졌다. 친구들은 나를 보며 아쉬운 눈빛을 했다. 너도 왔으면 좋았을 텐데. 친구의 말에 나는 아무렇지 않게 거짓말을 했다. 아니야, 나는 피아노 콩쿠르 준비하느라 바빴어. 맞다, 콩쿠르하면 꼭 보러 갈게. 나는 고개를 끄덕이며 꼭 오라는 말을 덧붙였다. 거짓말은 아무래도 상관없었다. 아이들은 이런 이야기를 금방 잊어버렸다. 만약 잊지 않는다 하더라도 취소됐다는 식으로 대충 얼버무리면 그만이었다. 나에게 있어 중요한 건 사실 여부가 아니었다.

학교에서 나는 공부도 잘하고 피아노도 잘 치는 모범생으로 통했다. 친구들과 잘 지내고 선생님에게서 예쁨을 받았다. 학급 임원으로 뽑히는 것은 어렵지 않았지만 굳이 나서지는 않았다. 사람들은 내가 부끄러움을 많이 타서 그런 줄로만 알고 있었다. 그거면 됐다. 우리 집의 그늘은 학교까지 와서 나를 괴롭히지는 않았다. 집만 없으면 나는 완벽했고 그것으로 충분했다. 학교에서는 「즐거운 나의 집」을 경쾌하게 연주하는 척도 할 수 있었다.

그러나 학교에서 보내는 시간은 짧기만 했다. 오늘도 마지막 종소리가 울리자 아이들은 환호를 했지만 나는 어깨를 늘어뜨렸다. 그래도 서둘러 집으로 달려갔다. 동생은 깨어 있었다. 이미 한바탕 울었는지 눈가가 빨갛게 부은 채 나에게 안겨왔다. 나는 당연한 것처럼 동생을 안아주었다. 그리고 또다시 동생의 손을 잡고 엄마를 찾아나섰다.

새 하우스를 찾는 건 쉬웠다. 내내 엄마를 찾아다녔더니 이제 대충만 봐도 골라낼 정도였다. 세운빌라는 어제 걸렸으니 한동안은 쓰지 않을 것이었다. 나는 세운빌라가 있는 골목을 잠시 기웃거리다가 그 옆 골목으로 들어갔다. 이곳에 사는 사람이 아니면 어디가 어딘지 알 수 없을 정도로 골목들은 비슷비슷했다. 나는 다닥다닥 붙어 있는 창문들을 기계적으로 확인하며 걸었다. 그렇게 골목을 두어개쯤 지나쳐 한 빌라 앞에 멈춰 섰다. 반지하방의 활짝 열린 창문 근처에 담배 냄새가 심하게 퍼져 있었다. 빌라 현관에는 고딕체로 '그린아트빌라'라고 적혀 있었다.

계단 밑을 노려봤다. 역시 반지하방의 문은 열려 있었지만 아이보리색의 발이 쳐져 있어 안이 보이지는 않았다. 나는 동생을 세워두고 계단 밑으로 내려갔다. 숨을 죽이고 내려갔지만 기웃거릴 필요도 없었다. 너무도 익숙한 엄마의 갈색 슬리퍼 한짝이 문밖으로 나와 있었다. 발을 들추자 엄마가 보였다. 지난번에 봤던 금반지 아줌마도 옆에 있었다. 엄마는 내가 온 것을 힐끔 확인하고 다시 판에 열중했다. 옆방에서 자다 나온 듯한 아저씨가 벌겋게 핏발 선 눈으로 나를 쳐다봤다. 징그러웠다. 나는 그대로 돌아섰다.

빌라 현관으로 올라서자 동생이 저만치서 놀고 있는 게 보였다. 또래 아이들과 흙장난을 하고 있었다. 나는 계속 놀고 있으라고 동생에게 손짓을 했다. 동생은 가끔씩 돌아보며 내가 있는지 없는지 확인했다. 그럴 때마다 나는 반갑게 웃으며 손을 흔들어주었다. 동생은 안심이 되었는지 어느 순간부터 나를 돌아보지 않았다. 나는 한번 더 엄마에게 내려가볼까 하다가 징그러운 아저씨를 떠올리며 그만두었다.

대신 땅바닥에 담배꽁초가 있는지 찾아보았다. 두개가 눈에 띄었다. 그중 긴 것을 집어들고 현관 계단에 앉았다. 주머니에서 라이터를 꺼낸 뒤 필터를 대충 손으로 문지르고는 불을 붙였다. 그러고 나서 힘껏 빨았다가 연기를 내뱉었다. 하지만 항상 그랬듯 가슴속에 연기가 남아 있는 느낌이었다. 나는 담배꽁초를 집어 던지고 손바닥으로 가슴을 문질렀다. 몽우리가 유난히 아팠다. 내 가슴속 몽우리는 어쩌면 담배 연기가 뭉쳐진 것일 수도 있다는 생각이 얼핏 들었다.

왠지 오늘은 엄마를 기다리고 싶지 않았다. 나는 흙 묻은 동생의 손을 턴 뒤, 꼭 잡고 집으로 향했다. 동생은 흙장난을 더 하고 싶었는지 유난히 보챘다. 다리가 아프다고 우는소리를 하는 동생을 업었다. 여섯살치고는 작고 마른 편이이었지만 그래도 무게가 상당했다. 그 무게감은 동생이 더이상 아기가 아님을 말해주고 있었다. 그러나 내게는 아직도 아기 같기만 했다. 사실 왜 이렇게 내가 동생을 챙기는지 나로서도 이해가 잘 되지 않았다. 동생을 통해 대리만족을 느끼는 것도 아니었다.

내가 동생을 봐주지 않으면 엄마가 하우스에 가지 않을까? 하는 생각을 하며 집으로 돌아왔다. 칭얼거리는 동생을 달래기 위해 퍼즐 맞추기 놀이를 했다. 나는 동생이 퍼즐을 맞춰나가는 것을 멍하니 바라보았다. 로봇의 다리와 팔이 서서히 맞춰질 때쯤 휑한 집을 돌아봤다. 분명 다 제자리에 있는데도 아무것도 없는 것 같았다. 퍼즐 조각이 얼마 남지 않자 동생은 그제야 환한 표정으로 나를 봤다. 나는 습관적으로 동생의 머리를 쓰다듬으며 칭찬했다. 잘했어. 그때 밖에서 큰소리가 들렸다. 무언가 부딪치는 소리가 난 뒤 곧이어 아빠의 고함소리가 들려왔다. 짧았지만 확실히 아빠의 소리였다. 나는 재빨리 퍼즐을 부숴 상자 속에 몰아넣고 동생의 손을 잡았다. 아빠의 고함소리가 점점 가까워지고 있었다.

아빠는 엄마의 머리채를 휘어잡고 집에 들어왔다. 엄마는 억눌린 신음을 냈고 아빠는 욕을 퍼부었다. 내가 너 하우스에 한번만 더 가면 죽여버린다고 했지! 집이 무너질 것만 같은 큰 소리였다. 엄마는 머리채를 잡힌 채 이리저리 휘둘려졌다. 나는 눈살을 찌푸렸지만 눈을 감지는 않았다. 대신 동생의 얼굴을 내 가슴 쪽으로 돌려 끌어안으며 두 손으로 귀를 막아주었다. 그러다 아빠의 시선이 멀어진 사이 방 안으로 데리고 들어갔다. 아빠의 욕설과 엄마의 울음, 그리고 물건들이 부딪치고 깨지는 소리가 또다시 집 안을 울렸다. 동생이 내 가슴으로 더욱 파고들어 몽우리가 아팠지만 나는 한동안 꼼짝 않고 그대로 서 있었다.

집 안은 전쟁터였다. 아빠의 고함은 총소리 같았다. 고함은 날카롭게 집 안 곳곳을 울렸다. 가끔 폭탄이 터지는 것처럼 무언가 부서지는 소리가 났다. 유리가 깨지고 선반이 무너지는 소리, 그 가운데서 엄마는 도망 다녔다. 엄마의 정신없는 발걸음 소리에 내 심장도 정신없이 뛰었다. 발걸음 소리가 점점 내 방으로 다가왔다. 나는 동생을 끌어안고는 그대로 주저앉아 고개를 파묻었다. 계속해서 가까워지던 그 소리는 어느 순간 뚝, 멈췄다. 조심스레 고개를 들었다. 그때 바로 문 앞에서 엄마의 비명이 들려왔다. 문에 무언가 부딪히는 소리가 쿵쿵 들려왔다. 닫혀 있는 문이 크게 들썩였다. 그러나 나는 문을 열고 나가서 아빠를 말리지 않았다.

오늘따라 싸움이 길었다. 나는 바들바들 떨고 있는 동생에게 이불을 덮어주며 생각했다. 엄마의 도박이 아빠의 폭력을 부른 것일까. 아니면 아빠의 폭력이 엄마의 도박을 부른 것일까. 사실 무엇이 먼저인지가 중요한 것은 아니었다. 어쨌든 엄마의 도박과 아빠의 폭력은 점점 더 심해지고 있었으며 우리 모두를 불행하게 만들었다. 나는 막연히 엄마와 아빠의 이혼을 떠올렸다. 둘 중 누구와 살거냐고 물으면 어떻게 대답하지. 솔직히 말하면 아무와도 함께 살고 싶지 않았다. 동생과는 함께 살고 싶은지 내 자신에게 되물었지만 그것도 망설여졌다.

그 난리 속에서 나는 동생에게 책을 읽어주었다. 몸을 바들바들 떨던 동생을 내 무릎 위에 앉혔다. 동생은 내 말에 귀를 기울이며 안정을 되찾았다. 완전히 책에 몰입해 웃기까지 했다. 두껍지 않은 그림책 한권을 다 읽었을 때, 나는 바깥이 조용해진 것을 느꼈다. 이제 문을 열어야 하나, 고민이 되었다. 아빠가 나가버린 것 같기도 했지만 아닐 수도 있었다. 나는 책을 덮고 방 밖에서 무슨 소리가 나는지 집중했다. 동생도 덩달아 가만히 있었다.

그때 벌컥 문이 열렸다. 문 앞에는 엄마가 서 있었다. 엄마는 마구 헝클어진 머리에 붉게 부어터진 얼굴을 하고 있었다. 유리조각을 밟았는지 발에서는 피가 흐르고 있었다. 옷의 단추는 거의 다 뜯겨나갔고 왼쪽 팔소매도 반쯤 찢겨 있었다. 동생은 엄마에게 안기려다 멈칫했다. 엄마는 이글거리는 눈으로 나를 쏘아봤다. 눈빛이 매서웠다. 나는 엄마가 왜 그런 눈으로 나를 보는지 알 수 없었다. 엄마는 다짜고짜 나에게 욕을 퍼부었다. 야, 이년아! 너는 엄마가 죽어도 이렇게 방 안에만 처박혀 있을 거지? 내가 죽어도 끝까지 모른 척할 거지? 그렇게 나를 한동안 몰아세운 엄마는 울음을 터뜨렸다. 한번 터진 울음은 멈추지 않고 통곡으로 이어졌다. 나는 아무 말 없이 엄마의 통곡을 들었다. 그리고 한참 뒤 엄마가 주춤하는 사이 동생을 방 밖으로 밀어내고 문을 잠갔다.

나는 무언가에 홀린 듯 피아노 앞에 앉았다. 악보를 펴서 「즐거운 나의 집」을 치기 시작했다. 건반 하나하나를 온 힘을 다해 눌렀다. 그것은 더이상 '즐거운 나의 집'이 아니었다. 분노에 가까운 연주였다. 피아노 선생님은 이 곡을 경쾌하게 치라고 했지만 그럴 수 없었다. 멋대로 속도를 빨리하고 악센트를 넣었다. 페달을 아무 곳에서나 밟으며 무작정 손을 놀렸다. 나는 '즐거운 나의 집'이 싫었다. 아니 싫다기보다는 이해할 수 없었다. 내 쉴 곳은 절대 집이 아니었다. 엄마에게도 아빠에게도 동생에게도 집은 쉴 곳이 되지 못했다. 즐거운 나의 집은 어디에도 없었다.

엄마가 방문을 두드렸다. 하지만 나는 연주를 멈추지 않았다. 엄마가 문을 부술 것만 같은 기세였지만 들은 척도 하지 않고 계속 피아노만 쳤다. 마구 돌려지는 문고리의 철컥거리는 소리가 위협적으로 커지다, 마침내 엄마가 방문을 열고 들어왔다. 문고리를 부순 건지 손잡이가 달랑거렸다. 엄마는 나를 거칠게 밀어내고 피아노 덮개를 닫았다. 쿵, 하고 닫히는 피아노를 보자 피식, 웃음이 나왔다. 그런 내 모습에 엄마가 이년이, 하며 흥분하여 날뛰었다. 나는 보란 듯이 계속해서 조소 어린 표정을 지었다. 그러자 엄마가 내 머리를 마구잡이로 때리기 시작했다. 나는 그대로 서서 엄마의 손찌검을 받아냈다.

집에서 나와 한참을 걸었다. 날은 이미 어두워져 있었다. 책가방은 무거웠고 목이 말랐다. 나는 두리번대다가 근처 편의점으로 들어갔다. 생수를 사 그 자리에서 마셨다. 터진 입술이 쓰렸다. 그래도 물을 마시자 멍했던 정신이 차츰 되돌아오는 기분이었다. 편의점을 나와 주위를 둘러봤다. 집에서 상당히 떨어진 곳이었다. 언제 여기까지 걸어온 건지 알 수 없었다. 가로수 옆에 주저앉았다. 이제부터 뭘 해야 하나. 집에는 죽어도 돌아가고 싶지 않았다. 적어도 오늘밤만은 집에 들어가지 않을 생각이었다. 하지만 달리 갈 곳도 없었고 가고 싶은 곳도 없었다. 눈물이 나왔다. 사람들의 흘긋거리는 시선이 느껴졌다. 나는 서둘러 일어났다. 이렇게 있다가는 누군가 나를 미아라고 신고할 것 같았다.
인적이 드문 곳으로 걷다보니 공원이 보였다. 나는 벤치에 앉아 가방을 열었다. 별생각 없이 가져온 가방에는 내일 수업의 교과서와 『갈매기의 꿈』이 들어 있었다.『갈매기의 꿈』을 펼쳤다. 조나단이 처음으로 나는 연습을 하는 부분이었다. 하지만 한장도 읽지 못하고 책을 덮어야만 했다. 가로등의 불빛은 너무 어둑했고, 책 위로 나무 그림자가 어른거렸다. 책을 다시 가방에 넣고 또다시 멍하게 앉아 있었다. 집을 뛰쳐나올 때, 나를 부르던 동생의 모습이 떠올랐다.

다시 일어나 걸었다. 걷고 있으면 그나마 추위가 좀 덜했다. 아무 생각 없이 걷다가 앉기를 반복했다. 그러는 사이 시간은 자정에 가까워져 있었다. 어딘가 들어가 쉬고 싶은 마음이 간절했지만 그럴 만한 곳이 없었다. 밤을 어떻게 지새울지 막막했다. 나는 물을 샀던 편의점으로 돌아갔다. 여러번 가면 의심하지 않을까 걱정했는데 다행히도 종업원이 바뀌어 있었다. 들어가자마자 나란히 진열된 컵라면이 눈에 들어왔다. 나는 맨 앞에 있는 컵라면을 꺼내 계산했다. 뜨거운 물을 받아 편의점 한쪽 의자에 자리를 잡고 앉았다. 라면이 익기를 기다리는 동안 솔솔 풍겨오는 냄새가 모든 것을 잊게 했다. 삼분이 지나고 라면 한젓가락을 입에 넣자 온몸이 풀리는 기분이 들었다.

배가 부르니 밤을 새우는 게 별거 아닌 일처럼 느껴졌다. 나는 또 길을 걸었다. 집이나 학교에서 너무 멀어지면 안되니까 아까와는 반대 방향으로 걷기 시작했다. 이제 가게들은 거의 다 문이 닫혀 있었다. 간간이 술집이나 편의점만이 간판 불을 밝히고 있었다. 얼마쯤 걷다가 또다시 편의점으로 들어갔다. 아직 돈은 남아 있었지만 뭘 사야 할지 고민이었다. 나는 편의점 안을 천천히 돌았다. 과자를 살까, 하다가 고개를 젓고 머리끈을 살까, 하다가 또 고개를 저었다. 그때 손톱깎이가 눈에 들어왔다. 내 새끼손가락 크기의 작고 귀여운 손톱깎이였다. 나는 손톱깎이를 집어 들었다.

버스 정류장의 벤치에 앉아 손톱을 깎았다. 튐 방지 케이스가 씌워져 있는데도 손톱은 이리저리 튀었다. 내 손으로 손톱을 깎을 때면 늘 삐뚤삐뚤하기 일쑤였는데 오늘은 꽤 잘 깎이는 편이었다. 말끔한 손톱은 내가 봐도 만족스러웠다. 나는 잘린 손톱을 모아 손바닥 위로 올렸다. 문득 예전에 봤던 전래동화가 떠올랐다. 쥐가 사람의 손톱을 먹고 사람이 되어 양반집의 아들 행세를 하는 내용이었다. 그 동화를 읽은 뒤부터 나는 꼬박꼬박 잘린 손톱을 남김없이 모아 쓰레기통에 버리곤 했다. 동생에게 그 이야기로 겁을 준 적도 있었다. 나는 손바닥에 모은 손톱을 물끄러미 쳐다보았다. 그러다 다시 벤치 위에 내려놓았다. 오늘만은 나 대신 내 손톱을 먹은 쥐가 집에 들어가도 상관없을 것 같았다.

걷다가 졸다가 하는 동안 어느새 아침이 되었다. 나는 아무도 없는 학교에 제일 먼저 들어갔다. 여느 때와 다름없이 빈 교실에서 책을 읽었다. 아이들이 하나둘씩 교실로 들어왔다. 아무렇지 않게 친구들과 모여 얘기를 하다가도 나는 가끔씩 문을 쳐다봤다. 혹시 엄마나 아빠가 찾아올지도 몰랐다. 하지만 수업시간이 될 때까지 아무도 오지 않았다. 수업을 하러 온 담임선생님은 나와 눈을 마주치고도 별다른 말이 없었다. 동생이라도 올지 모른다는 생각에 때

때로 고개를 돌려 운동장 쪽을 확인했지만 그런 일은 없었다.

결국 학교가 끝날 때까지 나를 찾아온 사람은 없었다. 선생님도 끝까지 아무 말이 없었다. 종례를 알리는 종소리가 들렸다. 아찔했다. 이제 어디로 가야 할지 알 수 없었다. 나는 늦게까지 혼자 빈 교실에 남아 있었다. 지금쯤 엄마는 어디에 있는지, 혹시 또 하우스에 있는 건 아닌지. 아빠는 무얼 하고 있는지, 일이 빨리 끝나 벌써 집에 와 있는 건 아닌지. 그리고 동생은 잘 있는지, 나 없다고 어디서 울고 있는 건 아닌지. 거기까지 생각하자 마음이 편치 않았다. 나는 별수 없이 학교를 나섰다.

구부정한 골목길을 걸으며 습관적으로 빌라 창문들을 훑어보았다. 세운빌라 103호는 비어 있었다. 그곳을 지나쳐 그린아트빌라로 갔다. 빌라 입구에는 교복을 입은 중학생 언니가 서 있었다. 언니는 운동화를 구겨 신은 채 빌라 출입문을 계속해서 툭툭 찼다. 허벅지가 드러날 정도로 짧은 치마를 입은 언니의 무릎이 멍들어 있었다. 나는 언니와 부딪히지 않으려 어깨를 좁히고 지나갔다. 그때, 금반지 아줌마가 현관에 쳐진 발을 들추고 고개를 내밀었다. 몇계단을 내려서던 나는 주춤했다. 금반지 아줌마는 나를 보고는 묻지도 않았는데 엄마 없어, 하고 말했다. 그러더니 고개를 들어 언니를 향해 소리쳤다.

"엄마도 금방 간다니까, 얼른 너 먼저 집에 가!"

나는 가방끈을 세게 그러쥐고 돌아섰다. 동시에 금반지 아줌마도 안으로 들어갔다. 언니는 여전히 현관문을 차고 있었다. 금반지 아줌마의 외침에 시발, 하고 중얼거렸다. 그러고는 담배 한대를 꺼내어 물고 주머니를 뒤졌다. 그러다가 라이터가 없는지 다시 시발, 하고 침을 뱉었다. 나는 주머니에 있는 라이터를 만지작거렸다. 언니는 아까보다 더 세게 계단을 차며 나를 흘깃 쳐다보았다. 내가 시선을 피하자 계단을 차던 발을 멈추고는 하우스 쪽을 향해 소리쳤다.

"엄마, 지금 안 나오면 다시는 나 못 볼 줄 알아! 나 오늘 집 나갈 거라고."

하우스 안에서는 금반지 아줌마의 대답 대신 고! 하는 누군가의 외침만 흘러나왔다.

언니의 얼굴이 일그러지는 것을 본 나는 얼른 라이터를 내밀었다. 언니는 흘깃 나를 쳐다보고는 라이터를 받았다. 그러고 나서 담배 두개에 불을 붙인 뒤 하나를 나에게 건네주었다. 우리는 서로 반대편의 벽을 보며 담배를 피웠다. 나는 담배 하나를 온전하게 피워보는 것이 처음이었다. 언니는 한곳을 뚫어지게 쳐다보며 천천히 담배를 피운 뒤 그 꽁초를 계단 아래 하우스 쪽으로 던져버렸다. 그러곤 미련 없이 골목을 빠져나가며 중얼거렸다.

"그래도 마지막으로 한번 더 기대를 했었는데, 이제 다 끝이야."

나는 엄마가 한번이라도 갔던 하우스들을 찾아 다시 걸음을 옮겼다. 사실, 어제 그 난리를 쳤으니 오늘은 엄마가 집에 있을지도 몰랐다. 그런데도 내가 엄마를 찾아다니는 이유를 곰곰이 따져보았다. 금반지 아줌마네 언니처럼 나도 마지막으로 한번 더 엄마에게 기대를 해보고 있는 것 같다는 생각이 들었다. 어쨌든 나는 내가 알고 있는 하우스를 차례차례 다 돌았다. 엄마는 없었다. 다행이었다.

해가 기울고 있었다. 다리가 아프고 목도 말랐다. 더이상 찾아갈 하우스는 없었다. 갑자기 갈 길을 잃은 것 같아 초조했다. 그런데 깊이 한숨을 쉬고 나자 이상하게도 조금 기운이 났다. 발걸음이 절로 집으로 향해졌다. 걸음은 점점 빨라졌다. 세탁소 입간판 앞에 이르자 나는 다리가 아픈 것도 잊고 뛰기 시작했다. 숨을 헐떡거리며 집 앞에 도착했다. 집에는 불이 켜져 있었다. 안도의 느낌, 뜨거운 기운이 울컥 넘어왔다.

그러나 현관문 앞에서 발이 멈춰졌다. 집으로 들어갈 수 없었다. 금반지 아줌마네 언니가 골목을 나가며 마지막으로 중얼거린 말이 떠올랐다. 이제 다 끝이야. 그러자 엄마가 없으면 어떡하지? 하는 두려움에 사로잡혔다. 나는 문에 귀를 대고 숨을 죽였다. 아빠의 고함도 엄마의 비명도 동생의 울음도 없었다. 텔레비전 소리가 들리는 것 같기도 하고 아닌 것 같기도 했다. 나는 몇번의 망설임 끝에 조심스럽게 현관문 손잡이를 잡았다. 그러자 갑자기 주체할 수 없이 눈물이 터져나왔다. 나는 가까스로 눈물을 삼키며 스스로를 달랬다.

오늘은 엄마가 집에 있을 거야.

히
어
로

열
전

누군가 내 어깨를 밀치고 지나갔다. 강이었다. 강은 빠르게 인파 속으로 섞여들었다. 나는 필사적으로 그의 뒤를 쫓았다. 그를 잡아야만 했다. 앞만 보고 달리다 덩치 큰 사내에게 부딪혀 튕겨져나갔다. 휘청거리는 동안 강과의 거리는 더욱 벌어졌다. 어떻게든 버텨보려고 허우적대며 잡은 것은 청소 리어카였다. 리어카가 나와 함께 흔들렸다. 결국 리어카의 쓰레기들과 함께 나는 길바닥으로 나동그라졌다. 짓이겨진 담배꽁초, 구겨진 종이컵, 바스라진 낙엽들이 내 위로 쏟아졌다. 강은 멈춰 서서 뒤를 돌아봤다. 그는 입술을 잠시 달싹였으나 아무 말 없이 다시 뛰기 시작했다. 주위 사람들이 넘어진 나를 피해 빠르게 걷고 있었다. 나는 멀어지는 강의 등과 쓰레기 더미에 파묻힌 내 다리를 번갈아 쳐다보고는 허탈하게 웃었다. 문득, 마지막 지령이 떠올랐다.

*

눈을 떴을 때는 이미 3시 46분. 눈을 비비고 다시 본다고 해서 시간이 달라질 리 없었다. 예전처럼 학교에 있었다면 하교시간에 가까운 때였다. 서둘러 일어서다가 이불에 발목이 걸려 넘어졌다. 우스꽝스럽게 넘어진 내 모습에 따라붙는 소리는 없었다. 그렇게 웃음소리도 걱정 소리도 없는 빈방에서 나는 새삼 별거한 아내와 딸의 빈자리를 느꼈다. 무릎은 붉게 부어올랐다. 하지만 그런 것에 신경 쓸 시간이 없었다. 서둘러 준비하지 않으면 지각이었다. 며칠 전에도 학원 원장은 전강사를 모아놓고 말했다. 앞으로 지각하는 분들은 모두 자르겠습니다. 잘린다, 생각만으로도 무릎이 꺾이는 말이었다.

지하철은 붐볐다. 나는 계단을 두세개씩 밟아내려가 겨우 열차에 올랐다. 숨을 몰아쉬며 고개를 들었다. 차창에 내 모습이 비쳤다. 구겨진 셔츠 깃, 비뚤어진 넥타이, 얼룩진 소매. 얼른 셔츠 깃을 펴고 넥타이를 바로 맸다. 하지만 얼룩진 소매는 가려지지 않았다. 곧 열차가 서고 앉아 있던 사람들이 줄줄이 내렸다. 나는 자리에 앉아 뻐근한 목을 이리저리 돌렸다. 그때 옆 칸에서 어딘가 낯익은 남자가 걸어왔다. 누구지, 하고 미간을 모으는데 어느새 다가온 남자는 아무 말 없이 둘둘 말린 종이뭉치를 내 무릎 위로 던졌다. 그리고 내가 말을 꺼낼 틈도 없이 열차에서 내렸다. 나는 멀뚱히 남자가 내린 곳만 쳐다보았다.

다시 열차가 출발한 뒤에야 무릎을 탁, 쳤다. 그는 이년 전에 해직된 교사 강이었다. 당시 이사장과 관련된 학교의 비리를 언론에 폭로하려다가 덜미가 잡혀 억울하게 해직되었다. 그 뒤로 연락 한 번 없었고 어떻게 지낸다는 말 또한 들은 적이 없었다. 그런데 이런 식으로 만나게 되다니 놀라웠다. 그러나 놀라운 것도 잠시, 모든 게 의문스럽게 느껴지기 시작했다. 이년 동안 소식도 없던 강이 왜 갑자기 내 앞에 나타났으며, 왜 한마디 말도 없이 종이뭉치만 던져주고 사라졌는지.

나는 강이 준 종이뭉치를 집어들었다. 그것은 A4용지 몇장의 묶음이었다. 첫 장에는 아무것도 없었다. 갸웃하며 두번째 장을 넘겼을 때 나는 인상을 찌푸릴 수밖에 없었다. 깨알 같은 크기의 글씨가 종이를 가득 메우고 있었다. 5pt 아니 3pt 정도 되려나. 너무 작아서 도저히 육안으로는 읽을 수가 없었다. 나는 가방을 뒤적여 안경을 썼다. 안경을 쓰고도 글씨를 읽는 것은 힘겨웠다. 잔뜩 인상을 쓰며 종이를 멀리 두기도 하고 가까이 두기도 하면서 겨우 글씨를 읽어나갔다.

당신의 코드명은 17500734J입니다. 일단 당신이 이 임무에 참여하게 되었음을 영광으로 생각하십시오. 당신에게 주어진 임무는 간단치 않습니다. 당신이 억울하게 학교에서 해직된 사실을 알고 있습니다. 우리는 당신과 같은 사람들을 돕기 위해 존재합니다. 그리고 당신 또한 우리를 도와 큰 뜻을 함께 이뤄나갈 것을 믿습니다.

내가 해직된 것을 아는 사람은 거의 없었다. 학교에서는 일이 커지는 것을 막으려고 했기 때문에 나는 해직이 아닌 잠정적 근신 처분으로 대체되어 있었다. 물론 서류상의 말이 그럴 뿐이지 해직이나 마찬가지였다. 교감은 시간을 갖고 일을 처리하자며 내 입을 막았다. 어쨌든 머릿속이 혼란스러웠다. 도대체 강이 그런 사실을 어떻게 알고 나에게 다가온 것인지 의아했다. 잠깐이었지만 아까 스치며 보았던 강의 얼굴이 떠올랐다. 굳게 닫힌 입매는 예전보다 훨씬 더 강직해 보였다. 나는 문서를 덮었다. 두려움이 밀려왔다. 당장이라도 문서를 버리고 싶었다. 하지만 누군가 보게 된다면 일이 복잡해질 것 같았다. 나는 가방 속에 문서를 챙겨넣고 서둘러 학원으로 향했다.

학원은 시끄러웠다. 복도를 뛰어다니는 녀석의 어깨를 잡아 강의실로 밀어넣었다. 수업을 알리는 소리가 들렸다. 강사실에 들르지 않고 바로 302호 강의실로 갔다. 내가 들어서자 아이들은 듣고 있던 이어폰을 빼서 서랍 속에 넣거나 책을 폈다. 학교에 있을 때보다 오히려 선생으로서 더 좋은 대우를 받는구나 싶어 입안이 썼다. 강단에 서서 흠흠 목을 가다듬고 말했다. 158페이지 펴세요. 내 수업의 교재는 교과서였다. 시중에서 파는 문제집도, 자체 개발 교재도 아닌 교과서로 수업하는 내게 학원 측에서는 불편한 시선을 보냈지만 곧 잠잠해졌다. 학부모들의 반응이 생각보다 좋아서였다. 다니던 학교와는 꽤 거리가 먼 지역이었기에 별다른 말이 날 염려도 없었다. 그냥 이 정도로 생활을 유지하고 싶다는 생각이 들기도 했다.

어쩔 수 없는 일이었다. 그간의 부당한 일에 무릎을 꿇는 것과 같다고 해도 할 수 없었다. 학교에서는 활발히 외부 단체 활동을 하는 교사 박을 못마땅히 여겼다. 박의 시위 참여가 늘어갈수록 불편한 심기를 감추지 않았다. 그러다 박이 학생에게 체벌을 가한 것을 기점으로 상황은 급격히 바뀌기 시작했다. 박은 폭력교사가 되어버린 채 해명도 하지 못하고 전근을 갔다. 모두들 그 사건이 교감과 학부모 간의 합의에 의해 진행되었다는 사실을 알고 있었다. 나는 어쭙잖은 정의감에 사로잡혀 교감에게 그 일에 대해 말을 꺼냈다. 교감은 잠시 놀랐지만 곧 맞불을 놓았다. 그 일을 발설하면 근무태만을 이유로 해직시키겠다는 것이었다. 자택에서 근신하세요, 하는 교감에게 핏대를 올려 소리를 지르고 싶었다. 그러나 꽉 조인 넥타이는 내 소리를 막았다. 나는 결국 한마디 애원도 변명도 하지 못하고 고개를 숙였다.

그러고 나서 구한 것이 학원에서 일하는 주 3회 단과 강사였다. 원래 현직 교사가 학원강사를 겸하는 것은 불법이었다. 그러나 해직될 것이 뻔한데 복직만 기다리고 있을 수는 없었다. 학원에서는 내가 정식으로 해직되지 않았다는 것을 알면서도 모르는 척 수업을 맡겼다. 잠시 동안만,이라는 단서를 달고 나는 일을 시작했다. 주위 사람들을 속이고 나 자신을 속였다. 때때로 목구멍까지 차오르는 무언가를 내지르고 싶었지만 그대로 삼켰다. 별거한 아내와 딸에게 생활비를 보내줘야 했다. 나 때문에 예민한 시기에 전학을 간 딸에게 해줄 수 있는 건 그것밖에 없었다.

학원 수업을 끝내고 집에 돌아오자 이미 열두시가 넘어 있었다. 적막한 집에 들어서 바로 텔레비전을 켰다. 케이블 채널에서는 옛날 버라이어티쇼를 재방송하고 있었다. 진행자의 실없는 농담에 웃다가 그가 꽤 오랫동안 방송을 쉬고 있다는 것을 깨달았다. 입바른 소리를 몇번 했다는 이유로 자리에서 밀려나 요즘에는 방송에서 쉽게 찾아볼 수 없었다. 나는 텔레비전을 끄고 지하철에서 강이 준 문서를 꺼냈다. 하지만 선뜻 읽을 수가 없었다. 더이상 어떤 일에도 휘말리고 싶지 않았다. 불길한 예감에 첫 장도 넘겨보지 않고 다시 가방 속에 문서를 넣었다.

배가 고팠다. 하루 종일 굶었다는 것을 깨닫는 순간 배고픔은 훨씬 더 심하게 몰려들었다. 식탁 위에 아무렇게나 쌓여 있는 배달 음식 전단지를 뒤적였다. 가정식 찌개, 돈가스, 냉면 집 등이 있었지만 늦은 시간까지 영업을 하는 건 야식집과 중국집뿐이었다. 야식집 메뉴를 훑어봤다. 족발, 보쌈부터 시작해 막국수, 떡볶이, 초밥까지 거의 서른가지가 넘는 메뉴가 있었는데도 입맛이 당기는 건 하나도 없었다. 나는 그냥 간짜장 곱빼기를 주문한 뒤 소파에 벌렁 드러누웠다. 아내는 아무데서나 드러눕는 내 습관을 무척이나 싫어했지만 어떻게 해도 고칠 수 없었다. 어쩌면 고칠 마음 자체가 없었는지도 몰랐다. 아내를 떠올리자 괜히 등이 배기는 느낌이 들어 슬그머니 일어나 앉았다.

짜장면 한그릇을 대충 해치우고 할 일이 없어 멍하게 앉아 있었다. 가족들과 함께했던 시간들이 떠올랐다. 괜한 생각에 기력을 소모하는 것이 싫어 컴퓨터를 켰다. 인터넷 고스톱 창을 열고 습관적으로 마우스를 움직이기 시작했다. 컴퓨터는 착, 착 소리를 내며 패를 맞췄다. 들어가자마자 세판을 연속으로 지자 의욕이 사라졌다. 그래도 마우스를 쉬지 않고 움직였다. 열판 만에 좋은 패가 들어왔고 중간에도 패가 붙기 시작했다. 내 자리에 늘어선 패들 위로 작은 창이 떴다. 고, 하시겠습니까? 푸른색 GO 버튼과 붉은색 NO 버튼이 함께 있었다. 망설이다 GO 버튼을 눌렀다. 남은 패 중에 하나를 내자 상대방이 재빨리 그것을 가로채갔다. 순식간에 패들은 사라지고 내 금화는 상대방의 돈 주머니 안으로 빨려들어갔다. 정신을 차릴 새도 없이 다음 판이 시작되었다.

고스톱을 치는 사이 시간은 어느새 새벽 세시를 넘어서고 있었다. 오늘 잃은 싸이버머니는 10억이었다. 10억이란 돈을 손에 넣어본 적도 없는데 잃기까지 하다니 우스웠다. 나의 싸이버머니 주머니에는 97억이란 숫자가 반짝였다. 나는 컴퓨터를 끄고 텔레비전도 껐다. 깜깜한 방에 누워 눈을 감았지만 잠이 오지 않았다. 다시 일어나 불을 켜고 집 안을 서성거렸다. 그러다가 결국 가방에서 문서를 꺼냈다. 무언가 대단한 결심이라도 하듯 문서를 읽기 시작했다. 문서는 이를테면 하나의 계획서였다. 이 문서에 의하면 앞으로 한달 뒤 '새날'이 올 것이며 그 새날을 위한 계획에 내가 참여하게 됐다는 것이었다. 부패한 사회를 깨부수고 새로운 사회를 일으키자고 쓰여 있었다. 터무니없는 이야기이긴 했지만 왠지 고개가 끄덕여졌다. 그리고 무엇에 단단히 홀린 것처럼 나는 어느새 완전히 몰입한 채 문서를 읽고 있었다. 목적과 취지가 있는 첫 장과 둘째 장을 넘어 셋째 장으로 넘겼을 때 어리둥절하여 문서를 이리저리 들춰보았다.

883550M655 77370255 0900M7762772 897725131Q90 0388022559 0977209

셋째 장에는 숫자와 영문이 알 수 없는 조합으로 늘어서 있었다. 무슨 암호 같았다. 갑자기 궁금증이 생겼다. 어떡해서든 꼭 암호를 풀어보고 싶었다. 나는 책상에 앉아 연필을 쥐고 문서의 내용을 다른 종이에 옮겨 적었다. 십진법을 이진법으로 바꾸어보기도 하고 컴퓨터 배열법으로 바꾸어보기도 했지만 무슨 말인지 알 수 없었다. 수학 공식으로 풀어야 하는 건가. 답답한 마음에 종이를 구겼다가 곧 손바닥으로 문질러 폈다.

그런데 그때 문득 어떤 생각이 스쳐갔다. 이 숫자들 혹시 휴대폰 문자가 아닐까? 나는 바로 휴대폰에 숫자대로 글씨를 입력해보았다. 하지만 생각과는 달리 글자는 완성되지 않았다. 허탈한 마음에 휴대폰을 던져놓고 한숨을 쉬었다. 그 뒤부터 다른 일이 손에 잡히지 않았다. 문서에 혹시 힌트가 있을까 싶어 다시 살펴봤지만 헛수고였다. 문서도 외울 정도로 되풀이하여 읽어보았다. 그래서인지 처음에는 황당하고 터무니없다고 생각했던 내용이 점차 현실감 있게 느껴졌다. 하지만 그런 느낌이 들어도 곧 허탈하게 웃어버렸다. 누군가의 장난에 놀아나고 있는 것 같아 내 자신이 한심하게 여겨졌다.

다음 날, 나는 양말을 찾다가 서랍 구석에서 구식 휴대폰 하나를 발견했다. 그 옆에는 전선이 칭칭 감겨 있는 충전기도 있었다. 몇 년 전 아내가 쓰던 것이었다. 폴더를 열고 전원 버튼을 눌렀으나 켜질 리 없었다. 그대로 다시 폴더를 닫고는 양말을 신었다. 그런데 뭔가 이상한 기분이 들면서 자꾸 휴대폰에 눈이 갔다. 윗옷까지 다 입은 상태로 다시 휴대폰을 꺼내들었다. 그리고 충전기에 연결해 전원을 켠 뒤, 다시 한번 찬찬히 살펴보았다. 휴대폰 문자의 배열이 내 것과 달랐다. 나는 짐작되는 바가 있어 바로 쪽지에 적힌 순서대로 입력하기 시작했다. Q와 M을 어찌할지 몰라 망설이다가 Q를 *로 바꾸고 M을 #로 바꾸자 조금씩 글자가 되어가는 것이 보였다. 가슴이 뛰었다. 추리 영화의 주인공이라도 된 듯한 심정으로 글씨를 한 자 한 자 완성해갔다.

　　팔월 삼일 오후 세시 보신각종 앞으로 오시오.

나는 한참 동안 그 문장을 바라보았다. 팔월 삼일이면 바로 다음 날이었다. 강의가 없는 날이라 갈 수 있기는 했다. 그러나 이런 터무니없는 문서를 읽고 거기까지 간다는 게 아무리 생각해봐도 우스운 일이었다. 그럼에도 불구하고 호기심은 일었다. 결국 인터넷 고스톱에서 GO 버튼을 누르는 정도로 여기며 그래 한번 가보자, 하고 마음을 굳혔다. 그러나 나는 알고 있었다. 핏대가 오르게 소리지르고 싶은 심정이 나를 그곳으로 이끈다는 것을.

세시 오분 전, 나는 보신각 앞에 도착했다. 어느덧 내 마음은 호기심을 지나 이런 빌어먹을 세상을 한번쯤, 하는 치기에 기울어져 있었다. 어쨌든 평일인데도 불구하고 사람이 꽤 많았다. 마지막으로 보신각에 왔던 게 언제였는지 기억도 나지 않았다. 딸이 어렸을 때는 제야의 종소리를 듣기 위해 몇번 온 적이 있었다. 딸아이를 목마 태우고 붐비는 사람들 사이에서 보신각종이 울리는 소리를 듣곤 했었다. 아마 딸은 그때 일을 기억도 못하겠지. 내가 다시 시계를 보았을 때 이미 세시 일분이 되어 있었다. 약속시간이 지났는데도 달라진 건 아무것도 없었다. 나에게 말을 걸어오는 사람도 없었고 작전수행을 하는 것처럼 보이는 사람은 더더욱 없었다. 아무도 내 상황을 모를 테지만 웃음거리가 되어버린 것만 같아 고개를 숙였다.

그때였다. 뒤쪽에서 쿵, 하고 무언가 내려앉는 소리가 났다. 곧이어 여기저기서 사람들의 비명과 탄식 소리가 이어졌다. 무슨 일이 벌어진 것인지. 나는 뒤를 돌아보기가 두려웠다. 지나가는 노인의 혀 차는 소리가 들렸다. 스치듯 노인과 눈이 마주쳤다. 노인의 고개가 천천히 저어졌다. 그 옆에서 빨간 립스틱을 바른 여자의 입이 크게 벌어지고 있었다. 회색 양복을 입은 남자가 들고 있던 가방이 바닥으로 떨어졌다. 모든 상황이 마치 슬로우모션처럼 느리게 흘러갔다. 나는 눈조차 깜박이지 못하고 이 광경을 쳐다보았다. 더이상 이대로 등지고 있을 수만은 없었다. 겨우 용기 내어 뒤를 돌아보았을 때, 내 앞에 펼쳐진 광경에 내 눈을 의심했다. 보신각종이 바닥으로 떨어져 일부가 파손되어 있었다.

웅성대는 사람들 사이에서 멍하게 서 있는 동안 출동한 경찰이 노란 테이프로 보신각 주위를 에워쌌다. 어느새 몰려온 기자와 구경하는 사람들로 보신각 앞은 타종 날처럼 붐볐다. 경찰은 교통을 통제하고 주변 사람들을 막았다. 그러고는 목격자를 찾아 질문을 하기 시작했다. 빠져나갈 타이밍을 놓쳐 허둥지둥하던 사이 경찰 하나가 내 앞을 막아섰다. 종이 떨어질 때 여기 계셨습니까. 나는 침을 삼키며 네, 하고 대답했다. 그때 상황을 말씀해주시죠. 그냥 갑자기 쿵 소리가 났습니다. 뒤돌아봤을 때는 이미 떨어진 상태였고요. 수상한 사람이나 물건 같은 건 보지 못했습니까? 나는 고개만 끄덕였다.

경찰은 수첩에 무언가를 빠르게 메모하며 지나치듯 물었다. 그런데 여기엔 무슨 일로 오셨습니까. 잠시 말문이 막혔지만 곧 목소리를 가다듬고 대답했다. 약속이 있었습니다. 무슨 약속이신지? 그것까지 말해야 합니까. 내가 목소리를 높이자 경찰은 아닙니다, 하며 말을 잘랐다. 그러고는 직업이 어떻게 되시죠? 하고 말을 이었다. 내가 바로 대답을 하지 못하자 경찰은 수첩에서 눈을 떼고 나를 마주 봤다. 나는 그 눈을 피하지 않으며 또렷한 음성으로 대답했다. 고등학교 교사입니다. 그러자 경찰은 다시 수첩으로 눈을 돌리며 협조해주셔서 감사합니다, 하고는 나를 비켜갔다.

뉴스에서는 앞다투어 보신각의 모습을 보여주었다. 바닥에 떨어진 충격으로 종의 일부가 깨져버렸다. 전문가들은 일부러 벌인 소행이 아니고서는 이런 식으로 종이 떨어질 수는 없다고 얘기했다. 그런가 하면 누군가는 문화재 관리를 소홀히 한 탓에 벌어진 일이라고 주장하기도 했다. 나는 인터넷 사이트에서 같은 뉴스를 수도 없이 돌려보았다. 그러다 순간 어, 하며 정지 버튼을 눌렀다. 바리케이드를 치는 전경들 사이로 강의 모습이 보였다. 화질이 떨어져 뭉그러져 보이기는 했지만 강이 분명했다. 다른 방송국의 뉴스도 찾아보았다. 그 뉴스에는 강의 모습이 좀더 선명하게 찍혀 있었다. 나는 인터넷 창을 닫고 숨을 골랐다. 왜 강이 그곳에 있는지, 이 사건이 문서와 어떤 관련이 있는지 모든 게 혼란스러웠다.

습관적으로 텔레비전의 채널을 돌렸다. 텔레비전에서는 대학교수와 역사학자 그리고 정치인이 모여서 벌이는 토론회가 나오고 있었다. 왜 보신각종이 떨어졌는가, 만약에 누군가 고의로 종을 떨어뜨린 것이라면 그는 누구이고 어떤 목적으로 그런 일을 벌인 것인가. 방송에는 온갖 추측이 난무했다. 인터넷에서는 더 했다. 자기가 한 짓이라는, 출처가 불분명한 글들이 수백건씩 떠돌았다. 마치 영화와 같은 상상력으로 배후를 꾸며놓은 글도 많았다. 그러나 어디에도 믿을 만한 얘기는 없었다. 나는 그 혼란 속에서 그저 꾸깃한 문서를 몇번이고 되풀이해 읽었다.

다음 날 학원도 난리였다. 학생들뿐만 아니라 강사들도 모두 보신각 이야기에 열을 올렸다. 나는 아무 말 없이 문서와 보신각종 사이의 연관관계에 대해 생각했다. 아무 연관도 없다고 믿고 싶지만 아무래도 그럴 수는 없었다. 하필이면 왜 보신각이었으며 하필이면 왜 오후 세시였을까. '하필이면'이 더해질수록 의혹은 짙어졌다. 보신각종은 새해를 알리는 종인데, 하필 그것을 부수었다는 건 희망 없는 새해에 대한 경고일 수도 있었다. 아니면 타종을 하는 사람들이 자격이 없다는 뜻이거나. 정확하지는 않지만 뭐 그런 의미에서 벌어진 일이 아닐까 싶었다. 아무래도 큰일에 휘말린 것만 같았다. 괜한 호기심으로 보신각 앞에 나간 것이 후회됐다. 나는 조용히 살고 싶을 뿐이었다. 그리고 가능하다면 명예를 회복해 학교로 돌아가고 싶었다. 설사 영웅이 된다고 해도 알 수 없는 일에 나설 마음 같은 건 없었다.

수업을 모두 끝내고 강사실로 돌아왔다. 가방을 챙기는데 알 수 없는 종이가 반으로 접혀 들어 있었다. 슬쩍 열어보니 아무래도 그 문서와 관련된 내용인 것 같았다. 나는 재빨리 종이를 접어 가방 속에 넣었다. 그리고 주변을 둘러보았다. 강이 이곳에? 그러나 비슷한 사람은 보이지 않았다. 의심스러운 사람도 없었다. 일단 빨리 집에 가야겠다는 생각만 들었다. 종이 한장이 내 어깨를 짓눌러 가방은 어느 때보다 무거웠다. 나는 누가 쫓아오기라도 하는 것처럼 집으로 뛰어들어갔다. 그리고 숨을 몰아쉬며 종이를 펼쳤다.

당신이 약속을 지킨 것을 확인했습니다. 우리는 이제 당신에게 한가지 임무를 맡기려고 합니다. 당신이 그 일을 처리한 뒤 벌어지게 될 상황에 대해서는 미리 말씀드리지 않겠습니다. 발설 위험을 최대한으로 줄이기 위함입니다. 이제 당신은 우리와 한배를 탔습니다. 그 사실을 명심하십시오. 당신이 이번에 하게 될 임무는 오늘밤 자정에 휴대폰으로 알릴 것입니다.

자정까지는 이제 삼십분도 채 남지 않았다. 나는 시계를 바라보며 한숨을 쉬었다. 일분이 마치 한시간은 되는 것만 같았다. 시간은 더디게 흘렀고 그동안 배고픔도 요의도 느끼지 못했다. 임무라는 것은 구체적으로 어떤 일인지, 그 임무를 수행하게 되면 나에게 무슨 일이 생기는지, 그리고 임무가 끝나면 또 이 사회에 어떤 일이 벌어질지 가늠해볼 수조차 없었다. 입이 바싹 말랐다. 냉장고에서 생수통을 꺼내 바로 입을 대고 마셨다. 아내와 함께 살고 있었다면 상상도 할 수 없는 일이었다. 그렇게 생수 한병을 다 비웠을 때 휴대폰 진동 소리가 들렸다.

12:00. 액정에 떠 있는 시간을 확인하며 휴대폰 잠금을 풀었다. 그런데 확인 버튼을 누르려던 손이 멈칫했다. 발신자는 딸아이였

다. 이 시간에 딸아이한테 무슨 문자가 온 거지? 나는 임무니 지령
이니 하는 것을 모두 잊고 확인 버튼을 눌렀다. 그리고 그 순간 나
는 휴대폰을 떨어뜨릴 뻔했다. 발신자는 딸이었지만 내용은 숫자
와 영어로 된 암호였다. 어째서 암호가 딸의 번호로 온 건지 알 수
없었다.

883550M655 883550255 0900M 0255198772 5374327M5
0388062 1383002255 13Q43 590002277209

이대로 있어서는 안될 것 같았다. 암호를 풀기 전에 딸에게 전화
를 걸었다. 딸은 잠결에 전화를 받았다. 나는 떨리는 목소리를 가다
듬으며 딸에게 물었다. 방금 전에 아빠한테 문자 보냈어? 딸은 아
니, 하고 대답했다. 그 말에 나는 대충 얼버무리며 전화를 끊었다.
일이 원하지 않는 쪽으로 번지고 있는 것만 같았다. 도대체 이들이
나의 어디까지 알고 있으며, 그것을 어떻게 이용할지 모른다는 생
각에 정신이 번쩍 들었다. 일단 암호를 풀어야 했다. 저번과 같은
방식으로 암호를 풀었다. '팔월 팔일 오후 일곱시 남대문 앞에 가
방을 갖다 놓으시오. 가방? 무슨 가방을 말하는지 알 수 없었다. 이
런 상태라면 어떤 가능성도 배제할 수 없었다. 온 집 안을 두리번
거리다가 혹시, 하는 마음으로 현관문을 열어보았다. 문밖에 거짓
말처럼 서류가방 하나가 덩그러니 놓여 있었다.

가방에는 잠금장치가 이중으로 달려 있었다. 비밀번호를 맞춰도 다시 열쇠로 열어야 하는 구조였다. 별수 없이 내용물도 모르는 가방을 들고 남대문으로 향했다. 가는 동안 나는 수없이 뒤를 돌아봤다. 작은 소리 하나에도 예민해져 눈을 가늘게 뜨고 사람들을 관찰했다. 그중 몇몇은 오히려 나를 의심스러운 눈초리로 쳐다보기도 했다. 이렇게 과잉 행동을 하면 안된다는 생각을 하면서도 쉽게 나아지지 않았다. 지하철을 타고 가다가 갑자기 아무 역에나 내렸다. 밖으로 가서 버스를 기다렸다. 한번에 남대문으로 가는 노선이 있었지만 그 버스 대신 다른 버스를 탔다. 좌석에 앉아 가방을 무릎 위에 올려놓았다. 그리 무거운 가방이 아니었는데도 무릎을 짓누르는 것처럼 느껴졌다. 버스 안에서도 사방을 둘러보았다. 누군가가 보이지 않는 곳에서 나를 지켜보고 있는 것만 같았다.

돌아서 가느라 예상보다 시간은 훨씬 더 걸렸다. 하지만 워낙 서두른 탓에 정해진 시간까지는 여유가 있었다. 나는 근처 편의점으로 들어갔다. 생수를 한병을 사자마자 전부 비웠다. 그러고도 목이 말라서 한병을 더 계산했다. 물은 냉장고에서 막 꺼내온 것이었지만 시원함을 느낄 수도 없었다. 편의점 앞에 서서 시계를 확인했다. 시간이 되지 않은 것을 알면서도 십초에 한번꼴로 시계를 보았다. 도대체 이게 무슨 짓인가 싶어 한숨이 났다.

남대문은 커다란 구조물로 가려져 있었다. 몇년 전 화재로 유실된 뒤 복구작업을 하면서부터는 계속 이런 식이었다. 나는 남대문 대신 남대문을 그려놓은 벽을 쳐다봤다. 거의 실사에 가깝게 그려놓은 그림일 텐데도 현실감이 없었다. 원래 남대문이 저렇게 생겼던가, 하고 한참을 봤지만 예전 모습이 기억나지는 않았다. 이 뒤편에서는 지금도 남대문이 다시 만들어지고 있겠지. 아무리 겉모습을 똑같이 복구한다고 해도 그 안에 담긴 이야기들까지 복구하기는 어려울 것이라는 생각에 씁쓸했다.

한 무리의 외국인들이 내 옆으로 다가왔다. 나는 경계하며 한발 물러섰다. 그들은 알 수 없는 언어로 떠들면서 사진을 찍었다. 남대문이 아닌 남대문 그림을 배경으로 사진을 찍는 외국인들은 무엇이 그리 즐거운지 연신 웃어댔다. 나는 마른 입술을 다문 채 시계를 봤다. 일곱시 정각이었다. 주위를 봤지만 나를 만나러 온 듯한 사람은 없었다. 최대한 벽에 가까이 붙어서 있다가 가방을 내려놓았다. 그리고 잠시 고민했다. 남대문 앞에 가방을 갖다놓을 것. 지령은 거기까지였다. 무엇을 더 해야 하는 건지 알 수 없었다. 누군가 가방을 찾으러 올 때까지 기다려야 하는 건지, 아니면 이대로 가방만 남겨두고 자리를 떠야 하는 건지 판단이 서지 않았다.

고민하는 사이 떠들던 외국인들이 자리를 떠났다. 그들이 사라진 남대문 앞은 휑한 기운만 감돌았다. 나는 내려놓았던 가방을 들었다. 그러자 급격히 피로가 몰려왔다. 며칠 동안 제대로 잠도 자지 못했고 여기까지 오는 길 역시 무척 길었다. 그냥 지령에 충실해야겠다는 생각이 앞섰다. 내게 주어진 일은 가방을 이곳에 가져다놓는 것이었다. 그밖의 행동을 하는 건 일을 그르칠 수도 있고 나에게 악영향을 끼칠 수도 있었다. 가방을 다시 내려놓았다. 그래, 여기까지. 돌아오는 길에 몇번이나 가방을 돌아보았지만 내가 그곳을 떠날 때까지 가방은 덩그러니 놓여 있을 뿐이었다.

집에 돌아가자마자 남대문에 대한 기사를 검색했다. 최근에 올라온 기사는 없었다. 그 뒤로도 틈틈이 검색을 했지만 새롭게 올라오는 건 없었다. 삼일 동안 남대문에 대한 기사는 하나뿐이었다. 그것도 어떤 사건이 아닌 남대문 복구가 잘 되어가고 있는지 점검해보는 기사였다. 내가 한 일이 세상 어딘가에서 어떻게 진행되고 있는지 알 도리가 없었다. 하지만 생각해보면 인터넷이나 신문에 기사로 뜨는 것은 세상일 중 극히 일부에 지나지 않았다. 특히 중요한 일일수록 정보공개는 더욱 이루어지지 않는 법이었다. 모든 정보가 다 있을 것처럼 보이지만 실제로는 알맹이 빠진 정보만 떠다니는 세계가 바로 인터넷이었다. 나는 더이상 아무 생각도 하지 않기로 했다.

다만 궁금한 건 내게 지령 문자를 보내는 사람이 누구냐 하는 것이었다. 막연히 강일 거라 예상은 하고 있지만 물증이 없었다. 강이 어느 위치에 있는 사람인지도 몰랐고 또 어떤 일을 수행하고 있는지도 알 수 없었다. 내게 처음 문서를 건넨 것은 강이었지만 지금 내게 지령을 내리는 사람은 다른 사람일 수도 있었다. 무엇보다 딸의 휴대폰 번호로 내게 문자를 보내는 게 불안했으나 그것에 대해 물을 사람도 없었다. 혹시나 해서 예전 강의 번호로 전화를 해보았지만 없는 번호라는 기계음이 들려올 뿐이었다.

그 뒤로 한동안 아무런 연락이 없었다. 나는 늘 주위를 살피며 걸었다. 수시로 학원 책상 서랍을 열어보았고 집 앞에 누군가 있는 건 아닌지 경계했다. 가끔 누군가 나를 지켜보고 있다는 생각이 들어 오싹했다. 역시 이런 일에 끼어드는 게 아니었다. 그러던 어느 날, 학원에서 수업을 마치고 돌아가며 나는 습관적으로 주위를 살폈다. 신호를 기다리며 가게에 진열된 텔레비전을 쳐다보는데, 정권에 대해 풍자적 농담을 던졌던 판사가 재임용에 실패했다는 기사가 아주 짧게 나왔다. 다음으로 경기부양을 위해 노력하는 정부, 해외관광객 유치를 위해 카지노를 건설한다는 대기업, 다음 달 서울에서 개최된다는 국제회의에 관한 특집 뉴스가 이어졌다. 나는 어쩌면 저 판사에게도 지령이 주어질지 모른다고 생각하며 피식 웃었다. 길 건너편에 국격을 높이자는 현수막이 바람에 흔들리고 있었다.

얼마쯤 지난 뒤부터 다시 지령 문자가 오기 시작했다. 전에 했던 것처럼 가방을 가져다주는 일이기도 했고 그냥 몇시간씩 한자리에 서 있는 것이기도 했다. 그런가 하면 내가 받은 문서를 지하철 사물함에 넣어두는 일도 있었다. 처음에는 가족에게 해를 끼칠까봐 지령에 따랐다. 그런데 영화에서나 벌어질 법한 이 일이 하면 할수록 익숙해지는 것이었다. 어느새 나는 비밀 첩보요원이라도 된 것처럼 행동했다. 수행한 지령들이 어떻게 이어져 어떤 결과를 가져오는지는 알 수 없었다. 그게 궁금한 적도 있었으나 점차 그 궁금증마저 수그러들었다. 그냥 나는 내게 주어진 일을 할 뿐이었다.

그리고 그것은 내 지루한 삶의 유일한 활력이 되어주었다. 더는 집에 돌아와 할 일 없이 인터넷 고스톱이나 치면서 시간을 낭비하지 않았다. 뉴스를 챙겨 보았고 헬스장에서 운동을 했으며 부임 첫해에 하고 한번도 하지 않았던 교재 연구를 했다. 수업시간에는 새삼스럽게 마음이 벅차오르기도 했다. 문득 언젠가 이 역사책 한구석에 내 이름도 실릴까, 하는 허황된 생각을 한 적도 있었다. 꼭 내 이름 석자가 이 책에 올라 있지 않더라도 상관없었다. 요즘 나는 그 안에서 살고 있는 것만 같았다. 오늘의 내 행동이 내일의 역사책에 쓰일 것이라는 망상까지 생겨 온몸에 전율이 일었다.

또다시 새로운 지령 문서가 도착했다. 집에 돌아와 문서를 읽으려는 순간 휴대폰이 요란하게 울려댔다. 발신자는 딸아이였다. 문서를 내려두고 전화를 받았다. 딸은 여보세요, 하는 말도 없이 이번달 양육비가 안 들어왔대요, 하고 말했다. 깜박 잊었던 게 기억나서 곧 보내주겠다고 하자 딸은 대답 없이 가만히 있었다. 아마도 아내가 옆에서 딸아이의 통화 내용을 다 듣고 있겠지. 전화 내용은 별날 것도 없었지만 오랜만에 듣는 딸아이 목소리가 좋아 끊지 않고 말을 시켰다.

항상 딸의 전화를 받으면 잘못한 것이 없어도 어깨가 굽어지곤 했지만 오늘은 그렇지 않았다. 나는 등을 꼿꼿이 펴고 딸에게 물었다. 뭐 필요한 거 없니? 아빠가 사줄게. 바로 대답이 들려오지 않았다. 딸이 망설이는 동안 느긋이 수화기를 들고 넥타이를 풀었다. 잠시 뒤 딸은 아이팟이 고장났어요, 하고 작은 목소리로 말했다. 그 돈까지 넉넉하게 넣어주마, 하고 전화를 끊었다. 그리고 서둘러 인터넷 뱅킹에 접속했다. 통장에는 예상보다 적은 돈이 들어 있었다. 주택 융자금이 빠져나갔기 때문이었다. 학원에서 월급이 들어오려면 아직 일주일이나 남았는데. 별수 없이 이번 달 양육비에 딸의 아이팟 값까지 송금하자 통장에 남은 건 몇천원뿐이었다.

나는 다시 문서를 집어들었다. 셔츠를 반쯤 벗은 채 문서를 읽기 시작했다. 앞쪽엔 그동안 내가 해왔던 지령 수행에 대한 짧은 보고가 적혀 있었다. 일은 착실히 진행되고 있으며 새날까지 얼마 남지 않았다는 내용이었다. 슬렁슬렁 문서를 읽어내려갔다. 하지만 얼마 안되어 나는 흡, 하는 소리와 함께 모든 동작을 멈췄다. 문서에는 '처단해야 할 인사 목록'이라는 소제목의 글이 있었다. 그 목록 안에는 현재 정재계를 대표하는 수십명의 이름이 올라 있었다. 교육계 인사들과 유명 언론인의 이름도 보였다. 의도치 않게 손이 떨려서 문서를 내려놓았다. 차오르는 숨을 누그러뜨리며 자리에 앉았다. 반만 벗었던 셔츠를 마저 벗었다. 러닝셔츠 차림으로 소파에 앉아 습관적으로 텔레비전을 켰다.

뉴스에 여당 대변인이 나와 엄중히 대처할 것이라는 뜻을 밝혔다. 무슨 사안에 대한 발표인지 알 수 없었다. 나는 눈에 익은 정치인을 물끄러미 쳐다보다 다시 문서로 시선을 돌렸다. 목록의 중간쯤에 위치한 그녀의 이름이 보였다. 눈을 꾹 감았다. 무언가 꼬여드는 기분이었다. 도대체 이게 무엇을 뜻하는지 알 수 없어 한숨조차 맘껏 내쉬지 못했다. 곧 여당의 발표에 반발하는 야당 인사들의 모습이 카메라에 잡혔다. 자막으로 뜨는 이름을 확인하고 문서를 쳐다봤다. 그들의 이름도 뒤쪽에 실려 있었다. 여야 인사의 이름이 왜 하나의 목록으로 작성되었는지 모르겠다고 생각했다. 그러나 그 이름들을 한참 곱씹어보면서 그들은 허울만 다를 뿐이지 결국은 하나의 목록으로 정리될 사람들임을 깨달았다.

문서의 마지막 장에는 늘 그래왔듯 숫자로 된 지령문이 있었다. 나는 어렵지 않게 암호를 한글로 바꿨다. 그런데 이번엔 암호 자체가 아니라 그 내용 때문에 고개를 갸웃거리게 됐다. 무언가 잘못한 게 아닌가 싶어 몇번이나 다시 풀어봤지만 한글자도 틀리지 않았다. 나는 암호를 풀어놓은 글씨를 소리 내어 천천히 읽었다. '팔월 십오일 오후 일곱시 탑골공원 입구에서 오분간 만세를 외치시오'. 맥이 탁 풀릴 정도로 어이없는 내용이었다. 누군가의 장난에 놀아나고 있는 게 아닌지. 나는 문서를 구겨버렸다. 쓰레기통에 던져넣고 뒤도 돌아보지 않았다.

그러나 문서는 머릿속에서 떠나지 않았다. 불을 끄고 누워도 잠이 오지 않았다. 그 생각에 오히려 머리가 맑아지고 있었다. 나는 다시 불을 켜고 앉았다. 탑골공원 입구에서 만세를 외치라고? 정말 웃음거리가 되기 딱 좋은 일이었다. 게다가 그것이 부패한 사회 인사들의 척결, 그리고 새날과 어떤 연결고리가 있는지 도무지 알 수가 없었다. 점점 더 화가 치밀어올랐다. 하지만 화의 근원을 알 수 없었다. 누군가의 놀림거리가 되어버린 것 같다는 착각 때문인지,

아니면 단지 우스운 지령을 받은 것 때문인지, 그것도 아니면 이런 지령 또한 수행해야 한다고 생각하는 나 자신 때문인지.

팔월 십오일 아침, 나는 요란한 전화 소리에 잠에서 깨어났다. 발신자는 교감이었다. 나는 벌떡 일어나며 전화를 받았다. 교감은 학교로 오라는 말만 하고는 전화를 끊었다. 오랜만에 가는 학교는 낯설었다. 십년이 넘게 다녔던 학교였는데 어색하기만 했다. 방학인데도 보충수업 때문인지 교실마다 학생들이 가득했다. 나는 교무실로 들어갔다. 교감은 나를 휴게실로 이끌었다. 휴게실은 언제나처럼 담배 냄새가 진했다. 숨이 막히는 기분이 들어 넥타이를 느슨히 했다. 교감은 담배 한대를 빼물며 나에게도 권했다. 나는 고개를 젓고 교감을 쳐다봤다.

김 선생, 학원강사 한다면서요? 연기와 함께 흘러나온 말에 나는 눈만 크게 뜰 뿐 아무런 대꾸도 하지 못했다. 아무리 모르게 한다고 노력했어도 세상에 완벽한 비밀은 없었다. 고발이고 뭐고 할 거 없이 간단히 해직 처리합시다. 그게 무슨 말입니까? 무슨 말인지 몰라서 묻습니까? 현직 교사가 학원강사를 겸한다는 게 말이나 되는 소립니까. 시끄럽게 하지 말고 조용히 해직 처리합시다. 나는 주먹을 꽉 쥐었다. 애초에 학원강사를 하게 된 계기가 무엇이었는데 이렇게 억울하게! 하지만 떨리는 주먹을 쥐고도 할 수 있는 일은 없었다. 목구멍이 조여들었다. 학교에서는 이제야 나를 해직시킬 명분을 찾은 것이었다. 그리고 그 명분을 만들어준 건 결국 나였다. 나는 손에서 힘을 풀어버렸다. 손바닥으로 모든 기운이 빠져나가는 듯한 느낌이었다.

휴게실에서 나오자 쉬는 시간을 알리는 종이 울렸다. 곧 교실에서 학생들이 쏟아져나왔다. 복도는 순식간에 소란스러워졌지만 나는 소음을 느낄 수도 없었다. 누군가 내 어깨를 치고 지나갔다. 순간 몸이 휘청거리며 밀려났다. 고개를 치켜들자 내게 부딪혔던 삐죽머리 남학생은 씨발, 하며 작게 중얼거리다 대충 고개를 숙였다. 둔탁한 통증이 치미는 분노로 바뀌었다. 너 몇학년 몇반이야? 삐죽머리는 어이없다는 듯 피식 웃고는 더이상 말이 없었다. 나는 또다시 주먹을 꽉 쥐었지만 이제 내게 매를 들 권리는 없었다. 그 순간 지나가는 여학생들이 수군거리는 소리가 들렸다. 국사 쟤 짤렸다며? 진짜, 왜? 소문으로는 학원강사 뛰었다던데. 그 실력으로 학원강사가 말이나 되냐, 그냥 소문이겠지.

삐죽머리는 내게 등을 돌렸다. 나는 허락도 없이 앞서 가버리는 삐죽머리를 세울 수 없었다. 더이상 주먹에 힘도 들어가지 않았다. 아무리 쥐려 해도 곧 풀어져버리는 주먹. 나는 그대로 학교를 나왔다. 거리는 너무나 평온했다. 곧 사회 각계각층의 인사들이 죽거나 파면될 것이고 정권은 바뀔지도 모르는데 사람들은 아무렇지도 않은 표정으로 걷고 말했다. 이상했다. 누군가는 지금 이 순간에도 새날을 위해 노력하고 있을 텐데, 새날이라는 게 오기는 오는 건지 알 수가 없었다. 솔직히 말하면 새날의 의미조차 알 수 없었다. 부패한 사회를 바로잡는 것은 부패한 인사들이 아닌 바로 당신이라는 말이 계속 머리에서 떠돌았다. 지난 문서에 적혀 있던 말이었다. 모든 것이 다 혼란스러웠다.

*

강을 놓치고 걷다가 나도 모르는 사이 탑골공원 입구에 다다랐다. 공원 입구에 주저앉아 지나는 사람들을 쳐다봤다. 레게머리를 한 이십대 청년, 칠이 벗겨진 지팡이를 들고 있는 노인, 요란스럽게 전화를 받는 중년 여자. 그들은 어디를 향해 걷고 있는 것일까. 그리고 나는 왜 여기 주저앉아 있는 것일까. 생각은 더이상 나아가지 못하고 계속 그 물음에만 머물렀다. 그때 주머니에 있던 휴대폰이 진동했다. 모르는 번호였다. 통화 버튼을 누르자 강의 목소리가 들려왔다. 나는 강에게 어디에 있느냐고 소리를 높여 물었지만 강은 대답 대신 딴소리만 늘어놨다. 나도 몰라, 나도 지령을 받고 있는 것뿐이라고. 어디서 무슨 일이 진행되고 있는지 내가 하는 일이 뭔지 나도 잘 모르겠어. 지령을 건네주기만 하고 접촉하지는 말라고 했어. 내가 아는 건 거기까지야. 더이상 물어볼 틈도 없이 전화는 끊겨버렸다. 끊긴 전화만 멍하니 쳐다보고 있는데 또다시 전화가 울렸다. 나는 다급히 전화를 받았다.

그런데 들려오는 목소리는 강이 아닌 딸아이의 것이었다. 갑자기 무언가 뭉클한 것이 목으로 올라왔다. 나는 간신히 숨을 삼키며 목소리를 가라앉히고 여보세요, 했다. 딸은 말이 없었다. 민하야.

말해, 아빠야. 휴대폰을 고쳐 쥐며 귀를 기울였다. 딸아이의 조용한 숨소리가 들렸다. 이번 주말에 못 가요. 나는 딸의 말을 듣고서야 이번 주말이 두달에 한번 있는 만남의 날이라는 것을 알았다. 왜? 하고 물으려다 그만두었다. 어차피 딸은 대답 없이 전화기만 들고 있을 게 뻔했다. 그래, 아이팟은 잘 샀니? 내가 문자 딸의 입이 또 다물어졌다. 나는 그 입을 열 수 없어 한숨만 쉬었다. 조금 뒤 작은 목소리로 대답이 돌아왔다. 그 정도 돈으로는 못 사요. 그러고는 전화가 끊겼다.

휴대폰의 불빛이 꺼졌다. 통화를 하는 사이 어느새 일곱시가 지나 있었다. 문득 지령이 떠올랐다. 나를 웃음거리로 만들어버릴 지령이 머릿속에서 떠나지 않았다. 낡은 바구니를 들고 스케이트보드 위에 엎드려 앞으로 나아가던 사람이 내 무릎을 치고 지나갔다. 무릎에는 흰 얼룩이 남았다. 손으로 털어도 보고 문질러도 봤지만 얼룩은 지워지지 않았다. 나는 자리에서 일어났다. 주위를 둘러보았다. 나를 보는 사람은 단 한명도 없었다. 나는 사람들을 보았지만 그 누구와도 눈을 마주칠 수 없었다. 시선의 어긋남을 견디지 못해 두 손을 번쩍 들었다. 아니 내가 든 것이 아니었다. 마치 누군가에 의해 들려진 것처럼 손을 들었다. 당황했지만 이내 내 몸을 맡겨버렸다. 이제 정말 아무것도 상관없었다.

내 입은 만, 하고 작게 소리 냈다. 만……세, 만세. 들릴 듯 말 듯 작게 울리던 만세는 어느덧 점점 커져갔다. 만세, 만세! 나는 두 손을 번쩍 든 채 만세를 외쳤다. 지나가던 사람들은 웃었다. 그 사이로 예전에 학원 원장이 너스레를 떨며 했던 말이 들려왔다. 별 상관 없을 겁니다. 법이란 건 원래 어기라고 있는 거 아닙니까? 언젠가 아내가 한숨 쉬며 했던 말도 들려왔다. 왜 그렇게 어리석어요? 그런 일에는 나서지 않는 게 상식이잖아요. 곧이어 주위를 서성이는 사람들의 말이 들렸다. 저 사람 미쳤나봐. 야, 저거 또라이 아냐? 여러 소리가 뒤섞여 분간할 수 없었다. 만세를 멈추고 숨을 몰아쉬자 모든 소리가 사라졌다. 마침내 교감의 목소리만 남았다. 나는 그저 규정대로 일을 처리할 뿐이네. 나는 그 소리에서 해방되기 위해 더 크게 외쳤다. 만세, 만세, 만세!

곧 경찰들이 내게 달려들었다. 나는 저항 한번 제대로 해보지 못하고 팔이 묶였다. 손목에 채워지는 수갑의 무게가 온몸으로 전해졌다. 윽박지르듯 내 뒤통수를 누르는 손에 고개가 절로 숙여졌다. 그런데 그때 구경하는 사람들 뒤쪽으로 강의 모습이 보였다. 강은 누군가에게 가방을 건네받으며 내 쪽을 슬쩍 돌아보았다. 눈이 마주쳤다고 생각한 순간, 나는 강에게 가려고 발버둥쳤지만 그럴수록 내 몸은 땅으로 짓이겨질 뿐이었다. 경찰차에 탄 내게 앞자리의 형사가 말했다. 너를 보신각종 파손 혐의로 체포한다. 창밖을 보았지만 강은 이미 사라지고 없었다. 건물 위에 달린 전광판에서는 그 시각 속보가 쏟아졌다. 모 국회의원의 집무실에 썩은 생선 궤짝이 배달되었다는 뉴스, 교육감의 비리가 밝혀졌다는 뉴스, 연쇄 성추행범이 잡혔다는 뉴스. 늘 그랬던 것처럼 전광판 아래로 사람들은 저마다 바쁘게 걷고 있었다. 또한 늘 그랬던 것처럼 나는 또다시 내가 원하지 않는 곳으로 떠밀려가고 있었다.

이야기 자신의 것이 아닌 우리 모두의 것으로

황정아

세상이 끔찍하면 끔찍한 대로 또 살 만하면 살 만한 대로 문학이 스스로의 쓸모를 입증하는 어려움은 덜어지지 않는 것 같다. 정해진 사회적 위치를 멋대로 이탈한 '잉여'의 원조로서, 문학에는 일찍이 플라톤에게 받은 추방 명령이 지워지지 않는 낙인처럼 남아 있다. 무언가를 새로이, 그러면서도 그것답게 존재하게 함으로써만 스스로도 존재할 수 있다는 조건은 사라지지 않았기 때문이다. 소설이라면 그럴 때 다른 무언가가 아닌, 이야기 자체를 새롭게 만드는 것이 하나의 적절한 출구로 보일 것은 당연하다. 있었던 이야기들을 비틀고 끊어내고 다르게 이어붙이기, 혹은 더 미시적으로 이야기를 구성하는 문법들을 부수거나 재조립하기. 반드시 쉬운 길이라 말할 순 없겠지만 이것이 문학의 '공인된' 길인 것만은 분명하다. 이 노선에 들어섰다면 적어도 가야 할 길이 보이는 자의 안정감은 확보된다.

반면, 스스로에 몰입하지 않는 이야기는 모든 곳으로 이끌리며 그렇게 이끌릴수록 또한 스스로를 의심하게 된다. 어디가 최적의 지점인지, 그 지점들을 이어놓은 최적의 스타일이 어떤 모양인지 모호하다. 길을 정하지 않은 이야기들은 하나하나가 탐색이며 동시에 자기-탐색이 될 수밖에 없는데, 그처럼 두서없는 발걸음이야말로 문학의 신선함이라 부를 수 있을 것이다. 박사랑의 첫 소설집 『스크류바』는 말하자면 인증 받기 이전의 작업들이 만든 신선한 자취들로 이루어진다. 여기 실린 단편들이 지금, 여기의 삶과 현실에 정향되어 있음은 분명하고, 그런 만큼은 정해진 길을 택한 듯 보일지 모른다. 하지만 다름 아닌 하나의 '이야기'로서, 혹은 '텍스트'로서 현실에 정향한다는 의식 또한 또렷하기에 정향의 좌표는 도리어 복잡해진다. 박사랑의 소설에서 삶과 이야기 사이의 오랜 긴장은 이제 막 발생한 문제인 듯 생생하게 감각되고 있다.

그런 긴장이 무엇보다 글쓰기에 대한 자의식으로 표현되는 것은 자연스럽다. 「바람의 책」은 보르헤스의 단편 「모래의 책」에서 증식한 이야기로, 여기서 글쓰기라는 주제는 두겹 세겹으로 포개져 그 난감함이 강조된다. 하나의 텍스트에 스며든 또 다른 텍스트, 혹은 하나의 텍스트가 되비추는 또다른 텍스트로 구성되는, 이른바 '상호텍스트성'이 가리키는 곳 역시 다름 아닌 '텍스트성'이기 때문이다. 한 챕터만 더 쓰면 마무리될 책의 출간을 앞둔 신경정신과 전문의인 '나'는 선배로부터 환자 하나를 봐달라는 부탁을 받는데, 공교롭게 이 남자도 석사논문을 쓰던 중이었다. 그는 '나'에게 보르헤스의 「모래의 책」을 읽고 거기 등장하는 "무한히 변화하고 무한히 늘어나는"(87면) '모래의 책'에 매료되어 논문을 작파한 채 책을 찾아나섰고, 마침내 어느 오래된 도서관에서 그것을 발견했노라 털어놓는다. 하지만 펼칠 때마다 새로운 페이지를 보여주는 '모래의 책'과 달리 남자가 발견한 책은 펼칠 때마다 그저 페이지만 늘어날 뿐이다. 책을 찾은 남자는 어느 때보다 원고를 술술 써나가지만 이내 자기가 쓴 것이 모두 필요 없는 문장임을 깨닫고 한줄 한줄 지워버리게 되었다고 말한다. 그가 겪은 증상은 '나'에게 전염되고 똑같은 과정을 거쳐 화자가 발견한 책은 펼칠 때마다 페이지가 늘어나면서도 글자들이 날아가버리는 '바람의 책', 곧 "무한한 책이 아닌 무(無)의 책, 아무것도 담고 있지 않은 책"(105면)이다. 아니나 다를까 '나'의 머릿속에서도 "몇십년간 공부했던 것이 알 수 없는 구멍으로 빠져나"(104면)간다.

보르헤스의 단편에서도 '모래의 책'은 그것을 손에 넣게 된 화자를 오히려 불안하게 만들지만, 나날이 낡아가기는커녕 볼 때마다 새로운 '모래의 책'이란 어쩌면 작가들이 꿈꾸는 불멸의 저작, 시대와 더불어 거듭 새로이 읽히는 저작에 대한 상징으로도 읽힌다. 그렇다면 '바람의 책'이란 그저 무의미한 내용으로 페이지만 채워나간 글쓰기, 거의 쓰는 즉시 쓸모없어져 버리는 글쓰기를 가리킬 것이다. '나' 역시 글 쓰는 자이기에 남자의 토로를 듣고 이내 '모래의 책'을 향한 집착에 감염되지만 '무한한 책'에 대한 야심을 감당할 수 있을 리 없다. 삶을 삼킬 듯이 확장되는 글쓰기를 염려할 여유 같은 건 없는, 삶 앞에서 글쓰기가 한순간이나마 버텨낼 수 있을까 두려워해야 할 입장이므로. 하지만 그 두려움이야말로 '바람의 책'을 황급히 내던지고 뒤돌아서서 다시 써야 할 글을 떠올리게 만드는 힘인지 모른다.

박사랑이 상호텍스트성을 활용하는 솜씨는 글쓰기와 무관한 듯 보이는 단편들에서 한층 매력적으로 발휘된다. 「#권태_이상」과 「높이에의 강요」는 저당 잡힌 청년들의 삶이라는 다소 익숙한 범주에 속하지만, 두 단편이 기존의 텍스트를 끌어들임으로써, 그리고 텍스트와 삶의 대립이라는 모티프를 활용함으로써 주제를 강조하는 방식은 특히 인상적이다. 「#권태_이상」의 '나'는 "거의 기적과 같은 천운"(12면)으로 중견기업에 입사한 오년차 직원으로, 처음으로 받아본 휴가를 보내러 할머니가 남겨준 정선 시골집으로 향한다. 중고 아우디 스포츠카까지 마련한 참이니 어지간히 조건은 갖춘 셈이지만, 알고 보면 스포츠카는 오르막길 시속 40킬로미터도 힘겨워하며 조수석에 앉은 프로 여행가 '매앵'은 단짝이지만 또 '웬수'이고 시골집은 말 그대로 시골에 있는 낡은 집이다. 직장인과 여행가, 산골과 아우디, 삼겹살과 칼스버그, 골드믹스와 에스프레소, 그러니까 이른바 글로벌과 로컬 사이의 난데없는 병치 그리고 그 부조화가 만들어낸 이상한 조화가 이 소설이 주는 매력의 하나이다. 이를테면 매앵이 끊임없이 인스타그램에 포스팅하는 이미지들은 분명 이 휴가지의 실상을 왜곡한 '상술'이지만 매앵의 태도가 그 나름의 위엄을 가진 '트래블 스킬'이자 '라이프 스킬'인 것처럼.

그 점은 약간 다른 방식으로 화자에게도 적용된다. 주어진 진로를 밟아오느라 지친 삶은 그에게 "우유부단이란 병"(13면)을 남기지만, 화자가 달아놓은 숱한 각주에서 표현되었다시피 문학을 향한 열망은 다만 그의 삶의 본문으로 올라올 수 없을 뿐, 꺼지지 않은 채 여전히 선명하다. 전기도 없고 배터리도 끊긴 이곳에서 먹고 자고 마시는 것 말고 달리 할 일이 없는 "무기력하고 멍한 시간"을 보내며, '나'는 역시 한때의 문학도답게 이상의 「권태」를 떠올리고, "정확히 기억은 나지 않지만 이상의 문장에서는 냉소와 함께 두려움이 묻어났"으나 "더이상 생각할 일조차 없"는 '나'의 권태는 "권태에도 끼지 못할 권태 이하인가"(27면) 자문한다. "그 가운데서 나는 내일을 생각했다. 내일도 오늘과 같은 하루가 이어지겠지. 도시로 돌아간 뒤의 내일도 생각했다. 그 내일 또한 나의 어제들과 별로 다르지 않을 것이 분명했다. 그러나 나는 이상과는 다른 결말을 지었다. 이상은 다르지 않을 내일에 오들오들 떨었지만 나는 내일이 달라질까 오들오들 떨었다"(31면)고 화자는 말한다. 하지만 이 대목이 실제로 말하는 바는 이상과 화자의 차이가 아니다. '나'는 내일이 달라질까 떨었다고 말하지만 실상은 내일이 달라질까 떨게 될 숱한 '다르지 않을 내일'에 떨고 있는 것이다. '권태'는 이렇게 이어지고 있다.

「높이에의 강요」에서 오늘을 사는 청년의 삶도 그리 다르지 않다. 대학시절 연극 동아리를 했던 세 친구 '나'와 고고와 럭키 가운데 남다른 여유와 준비성과 매너로 주연배우와 동아리 대표를 거쳐 마침내 취업 전선마저 무사히 통과한 럭키에 비해 '나'와 고고는 아직 '취준생'이다. "나와 다닐 때는 마님이면서 럭키와 함께 있을 때는 무수리처럼 변하는 고고를"(37면) 십년째 바라만 보며 울분을 삼키던 '나'는 어찌된 천운인지 S전자 서류전형과 시험을 통과하고 최종면접까지 진출한다. 럭키의 경험을 마치 자기 것인 양 각색한 대답으로 순조롭게 면접을 끝낸 '나'는 마침내 자격을 얻은 듯 고고를 불러내어 접근을 시도한다.

하지만 이들의 이야기에서 배음으로 깔린 것은 끝이 보이지 않는 삶의 지연과 피로이다. 버젓이 취직한 럭키도 날아오는 결재서류를 얼굴로 받아내며 살아가고, 속물처럼 보이는 고고도 불편한 '마놀로 블라닉 9호'에 발을 맞추는 데 지쳐가고 있으며, '나' 역시 S전자가 아무것도 약속해주지 않는다는 걸 예감하고 있다. "아직은 안돼. 아직"(57면)이라는 고고의 '어색한' 거절이 자아낸 머쓱한 허탈감은 문득 그들에게 대학시절 함께했던 연극의 대사를 읊게 만든다. "나무지. 고고는 나와 고고 사이에 있는 가로수를 쳐다보며 피식 웃었다. 그리고 다음 대사를 했다. 목매다는 게 어때? 나는 다음 대사를 이어갈 수 없었다. 고고는 한동안 말없이 가로수만 쳐다보다 돌아서며 발 아파, 하고 중얼거렸다."(57~58면) 기다리는 것은 오지 않는다. 베게트의 희곡『고도를 기다리며』의 부조리한 대사들이 일상 회화처럼 이물감 없이 떠오르는 삶이다.

출구를 찾기 힘든 당대 삶의 곤경을 다룬 작품 가운데 「사자의 침대」 「어제의 콘스탄체」 「히어로 열전」에는 비교적 알레고리의 요소가 많다. 「어제의 콘스탄체」에서 화자는 자신이 전생에 모차르트였음을 철석같이 '기억'하는 남자로부터 연인 콘스탄체로 호명된다. 걸레 빨고 책상 닦고 커피 내리는 일로 시작해 종일 엑셀 파일에 숫자를 입력하면서 일년만 버티자고 다짐하는, 하지만 이직한들 별다른 수가 없는 '나'는, 그런 와중에도 특히 운수 사나운 어느날 남자의 부름에 응답하여 전생의 갈릴레오, 니체, 이사도라, 울프 들의 모임에 참석한다. 오늘을 견딜 수 없는데 내일은 오지 않는 사람들, '이번 생은 망했다'고 체감하는 사람들에겐 과거마저 어림없고 오로지 서글프도록 먼 '전생'만이 안식처가 된다. 「히어로 열전」에서 "어쭙잖은 정의감"(234면) 때문에 해직된 화자를 호명하는 것은 "부패한 사회를 깨부수고 새로운 사회를 일으키자"(237면)는 고색창연한 선동을 구사하는 어떤 음모론적 단체이다. 암호로 전달되는 이 단체의 종잡을 수 없는 지령들을 수행하며 '나'는 잠시나마 "지루한 삶의 유일한 활력"을 맛보고 심지어 "오늘의 내 행동이 내일의 역사책에 쓰일 것이라는 망상까지 생겨 온몸에 전율이 일"(249면)기도 한다. 하지만 이 모든 것은 막연하고 일시적인 흥분에 지나지 않으니, 저항마저 해프닝이 되는 삶이 우스꽝스럽고도 서글프게 극화된다.

「사자의 침대」는 일면 더 알레고리적이면서 더 현실적이다. 텔레비전에서 같은 뉴스가 반복되고 그것에 시선을 빼앗긴 채 밥도 삼키지 못하고 눈물을 떨구게 되던 '그날'이 어떤 날인지 이 소설은 굳이 설명하지 않는다. 하필 그날 '나'의 침대에 느닷없이 출현한, "금방이라도 내 어깨를, 가슴을 할퀼 것만 같"(156면)은 사자가 무엇을 말하는지도 분명하다. 텔레비전 속의 "출렁이는 검은 바다"(156면)가 남긴 충격과 슬픔과 불안은 연락이 끊긴 '명'에 대한 염려로 '나'를 이끈다. 정식으로 헤어진 것은 아니었으나 '나'는 "명의 불행을 등졌"고 "명의 아픔을 보듬으려 하지 않았고 삶의 고단함도 이해하려 하지 않았"(163면)다. 그러나 이 모든 것도 잠시였을 뿐, "명이 말도 없이 떠나버린 이유와 바다 밖 사람들이 덮어두고 있는 진실"에 또다시 "나는 등을 돌"린다(174면). 침대 위의 사자에 익숙해지듯, 도무지 가능하지 않아야 마땅한 일이 그토록 현실적으로 일어났다고 소설은 말한다.

이 소설집에서 또 하나의 계열을 이루는 주제는 '모성'이다. 지난 몇년간 부쩍 늘어난 페미니즘적 관심과도 무관하지 않은 주제이겠지만, 실상 모성만큼 사회적 분열증에 오래도록 시달려온 대상이 달리 있을까. 표제작 「스크류바」를 비롯하여 「울음터」「하우스」 같은 단편들은 우리 사회가 그토록 찬양해왔으면서, 또 그토록

천대해온 모성의 현재 안부를 묻는다. "오늘도 집에는 엄마가 없었다"(204면)로 시작되는 「하우스」는 가정폭력을 안고 있는 '전형적인' 가족이자, 가정폭력이 세계를 이루는 폭력의 가장 오래된 상징이라는 점에서는 '즐거운 나의 집'만큼이나 '원형적인' 가족을 다룬다. 남편의 폭력을 온몸으로 받아가며 아이를 건사하거나 아니면 아예 집을 뛰쳐나가거나 하는 대신, 이 '하우스'의 엄마는 도박 '하우스'를 탈출구로 삼았다. 내색 없이 모범생으로 학교를 다니고 방치된 동생까지 챙기는 '나'의 똑 부러지는 말처럼, "엄마의 도박이 아빠의 폭력을 부른 것일까. 아니면 아빠의 폭력이 엄마의 도박을 부른 것일까. 사실 무엇이 먼저인지가 중요한 것은 아니었"(220면)지만, 아빠의 폭력은 '초기 설정'처럼 어쩌지 못하는 조건으로 되어 있고 아직 어린 화자가 그래도 기대하게 되는 것은 엄마 쪽이다. 급기야 폭력마저 전이된 엄마인데도 "가까스로 눈물을 삼키며 스스로를 달"래는 '나'의 말은 여전히 "오늘은 엄마가 집에 있을 거야"(227면)이다. 모성은 여기서 하나의 '가상'으로만, 그것도 아주 간신히만 가족을 떠받칠 수 있을 뿐이다.

사회적으로 거듭 요청되면서도 적절한 사회적 조력은 받지 못하는 모성의 주제는 「울음터」에도 이어진다. 이 단편은 엄마를 만나지 못한 아이와 아이를 만날 수 없는 엄마의 서글픈 어긋남을 다룬다. 한쪽에는 사산한 아이의 태명이었던 '지수'라는 이름으로 위탁아를 키우는 엄마와 그녀의 열세번째이자 마지막 지수가 있다. 엄마에겐 많은 지수들이 있었으나 결국은 떠나보내야 했고 더욱이 이번의 지수는 장애를 가진 탓에 해외로 보내지게 된다. 다른 한쪽에는 "자신의 목표를 향해 거침없이 돌진"(182면)하며 마치 전쟁을 치르듯 대학원을 다니는 동기 재희가 있다. 재희는 중절수술을 해야 하니 같이 가달라고 '나'에게 부탁해온다. 재희의 부탁을 받은 뒤 지수를 바라보는 '나'의 시선은 더욱 애잔해지고, 수술을 마친 재희가 아무렇지 않은 척 담배 두대를 연이어 피우고 "몸이 가벼워진 기분이야, 편하다"고 중얼거리는 것이 거슬린 '나'는 "너는 모성이 없냐?"(190면)고 한마디 던진다. 하지만 "아이 때문에 내 인생을 망칠 수도 없고 나 때문에 아이 인생을 망칠 수도 없"(197면)다는 재희의 말이나 "손때가 묻어 거뭇거뭇"(187면)하도록 열심히 읽은 『열하일기』에 남긴 재희의 메모, "그곳에 가면 나도 한바탕 울 수 있을까"(188면)에 담긴 심경을 알아보지 않을 수 없다. 성대를 잃은 지수나 모성을 단념한 자의 책임으로 무거운 재희나 소리내어 울지 못하기는 마찬가지다. '나'는 『열하일기』를 펼쳐 "아, 참 좋은 울음터다"(191면)라는 구절을 찾아 읽고, "박지원의 울음터가 드넓은 요동이었다면 나의 울음터는 더이상 나아갈 길이 없는 바로 이곳"(202면)임을 절감하며 울지 못하는 그들을 대신하여 운다.

「스크류바」에서는 모성으로 귀속되지 않는 엄마 이야기가 펼쳐진다. '모성'에 관한 이야기에 필연적으로 억압이 내재한다면 '엄마'의 이야기에 내재한 억압은 이중적이다. 그녀의 모성도 억압 받고 그녀의 모성 아님도 억압 받기 때문이다. 이야기가 시작되는 현재는 버스에서 아이를 잃어버린 상황. 그러므로 모든 무대는 정식으로 갖추어져 있다. 아이의 엄마는 염려와 자책으로 가슴을 쥐어뜯으며 실성한 사람처럼 아이를 찾아 헤매게 될 것이고, 아이를 찾을 때까지 우리는 모성의 가장 드라마틱한 현현을 지켜보게 될 참이다. 과연 이 소설의 '나' 역시 아이 이름을 부르짖으며 오던 길을 되밟고 허둥지둥 실종신고를 하고 아이를 보았다는 쪽으로 달려가고 다른 아이를 자기 아이로 잘못 보기도 한다. 하지만 그런 와중에도 이 엄마는 정해진 대본대로 움직이는 것 같지 않다. 때로 멍해지기는 하지만 아이를 찾는 데 온전히 몰두한 탓이라 보기는 힘들다. 무엇보다 아이를 잃었어도 더운 걸 덥다고 느끼고 목마른 걸 목마르다고 느끼고 있지 않은가. 마치 '엄마'가 아니라 '사람'이라는 듯이! 스타벅스에 들어가 얼음물을 허겁지겁 들이켠 화자에게 "이대로 자고 싶다는 생각"과 "내가 미쳤나보다"(64면) 하는 생각이 교차하는 건, 그녀의 삶에 내내 지속되어온 억압과 분열의 자그마한 단면일 따름이다.

이 단편이 강렬한 인상을 남기는 것은 억압과 분열을 배경으로 돌린 채 그 모든 것에도 포기되지 않는 '나'의 욕망을 스크류바처럼 선명한 색깔로 그려냈기 때문이다. "친절했고 다정했지만 고집스"(74면)럽다는 묘사만으로 짐작이 가는 '평범한' 남편은 결혼 육년차가 되도록 아이가 생기지 않는 걸 걱정했지만 사실 '나'는 피임약을 복용하고 있었고, 산부인과를 다녀오던 길에 남편에게 모텔에서의 섹스를 제안한 것 역시 (남편은 그렇게 예상하겠지만)

임신을 위한 노력이 아니었다. 남편과의 섹스는 "좋은지 나쁜지도 알 수 없었"고 그저 "조금 답답하다는 생각"(74면)이 들 뿐, 임신으로 이어진 이날 화자가 떠올렸던 것은 모텔 접수대에 앉은 여학생이 핥고 있던 스크류바의 얼룩이었다. "하얀 셔츠에 퍼져나가는 분홍빛 동그라미. 학생은 그런 건 아무 상관도 없다는 듯 계속 스크류바를 빨았다. 분홍빛 동그라미가 또 하나, 톡."(65면) 화자가 잠자코 자신에게 집중하는 건 아마도 그녀 엄마로부터 이어받은 자질일 텐데, 이후 임신과 수유, 육아의 과정에서도 그녀는 남편과의 섹스가 그랬듯 모성의 장치들이 자신의 욕망과 무관하다는 사실을 외면하지 않는다. 아내의 가출을 '바람이 들었다'고 했던 그녀 아버지의 묘사는 오히려 암시가 되어, '나'는 내 구멍을 틀어막는 모든 것들을 결코 진심으로 수긍하지 않는다. 자위행위로 표현되는 이 엄마의 자기긍정을 세상은 얼마나 받아들일 준비가 되어 있을까.

다시 글쓰기의 주제로 돌아가보자. 「이야기 속으로」에서는 글쓰기에 대한 자의식이 사회적 책임에 대한 물음을 중심에 품은 채 펼쳐진다. 이 단편은 제목처럼 김승옥의 「서울, 1964년 겨울」이라는 유명한 '이야기 속으로' 들어가는 형식을 취한다. 화자인 '나'는 술을 마시다가 불현듯 이 유명한 단편의 술집 장면으로 스르르 들어가 원래의 화자를 대체한다. "석사논문을 준비할 때 외울 정도로 읽었던 소설"(109면)이었다는 설명대로 모든 대화와 진행이 고스란히 재연되는 와중에, 이미 결말을 아는 '나'는 소설 속 사내의 자살

만큼은 어떻게든 막아보려 한다. "어쨌든 함께 같은 방에 들었으니 소설에서처럼 모두가 각자에게 갇혀 죽음을 외면하는 일은 없을 것이라고"(118면) 잠시 안도하며 '나'는 잠들지만 끝내 사내의 죽음은 여전하고 '나'에게는 여관방의 열쇠만 남는다.

등단한 소설가인 '나'에게 이 현실 같은 환상의 체험은 문학이 무엇을 해야 하는가를 되묻게 하고 또 좌절하게 한다. "소설은 말이야, 화재를 화재 자신의 것이 아닌 우리 모두의 것으로 만드는 일이지. 화재는 원래 인간이, 세상이 만들어낸 거라고. 그런데 정작 불이 나면 사람들은 그냥 모르는 척해. 자신과는 상관없는 일이라는 듯 멀리서 구경만 한다고. 소설도 그래"(122면)라며 '나'는 한탄한다. 2012년 현재의 겨울을 헤매던 '나'는 1964년의 사내와 그리 다를 바 없는 남자를 만나 두번째 기회를 얻는다. 그러나 '나'는 이번에도 남자의 죽음을 막기 위해 고작 넥타이를 숨기는 것밖에는 하지 못하고, 그마저 전날 같이 술을 마시던 친구의 넥타이였던 것으로 판명난다. 이렇듯 화자는 선뜻 이야기의 문법을 깨지도, 또 그 문법으로 쓰인 이야기에 탐닉하지도 못한다. 하지만 바로 그렇기 때문에, 앞으로 '나'의 소설이 '이야기를 이야기 자신의 것이 아닌 우리 모두의 것'으로 만드는 고투가 될 것만큼은 분명해 보인다. 그리고 박사랑의 소설 또한 삶과 이야기 사이에서 그렇게 나아갈 것이다.

「모차르트」라는 뮤지컬을 본 적이 있다. 모차르트는 실컷 놀기만 하다 곡은 언제 쓸 것이냐는 아버지의 질책에 이미 명곡은 완성되어 있다고 말한다. 어디에? 내 머릿속에. 쓰기만 하면 끝! 뮤지컬인데도, 모차르트인데도 잠시 화가 났다. 부러워서, 재능이 차고 넘치는 천재가 진심으로 부러워서. 그런데 2막이 되자 모차르트는 자신의 피로 악보를 그린다. 운명을 피하고 싶다고 울먹이면서. 모차르트를 이해하는 건 주제 넘는 일이었지만 어쨌든 나는 그때 그 천재를, 아니 한 창작자를 온몸으로 이해했다.

아홉살 때부터 글을 써서 스물아홉에 등단을 했다. 글을 쓰는 동안 내 주위에는 재능 있는 친구들이 늘 있었고 나는 매번 그 앞에서 작아졌다. 그만둘 수 있었으면 진작 그만두었겠지. 재능이 없어서 슬펐고, 슬픈데도 참 많이, 오래 썼다. 그래도 소설이 싫어지지 않아서 신기했다. 이제는 좋아하는 마음이 재능이라고 믿는다. 어차피 돌아갈 길은 없으니까.

기억들은 언제나 나를 쓰게 했다. 나는 기억 속에서 보르헤스의 「모래의 책」을 찾았고, 엄마를 잃어버린 날의 거리를 찾았고, 고도를 기다리던 블라디미르를 찾았다. 분명 내 기억이었지만 쓰는 동안 그것들은 더이상 나만의 것으로 머물지 않았다. 까페에서 커피를 마실 때에도, 버스에서 창밖을 내다볼 때에도, 자려고 침대에 누울 때에도, 소설 속 인물들은 내게 끊임없이 말을 걸었다.

계속 말을 걸어주는 그들 덕에 외롭지 않았다. 나는 그들을 사랑했다. 마놀로 블라닉을 신은 고고를, 울지 못하는 열세번째 지수를, 해시태그에 갇힌 매앵을. 내 소설은 모두 내 사랑의 흔적이다. 나 혼자 품고 있던 그들의 이야기를 누군가와 나눌 수 있다는 것만으로도 벅차다.

고마운 사람들이 많다. 내가 여기까지 올 수 있도록 내 등을 받쳐주었던 부모님과 가족들, 때마다 과분한 칭찬을 나눠주던 친구들, 앞으로 오래도록 함께 갈 다독, 나만큼 내 글을 아껴준 편집자 이선엽 님과 창비 편집부에 감사드린다.

그리고 미처 말하지 못한 당신에게도.

2017년 가을
박사랑

| 수록작품 발표지면 |

#권태_이상 ……『창작과비평』 2016년 여름호

높이에의 강요 ……『문예중앙』 2013년 여름호

스크류바 …… 문장 웹진 2014년 8월호

바람의 책 …… 문장 웹진 2013년 12월호

이야기 속으로 ……『문예중앙』 2012년 봄호

어제의 콘스탄체 ……『문예중앙』 2012년 봄호

사자의 침대 ……『문학의오늘』 2015년 봄호

울음터 …… 문장 웹진 2015년 3월호

하우스 ……『불교문예』 2013년 봄호

히어로 열전 ……『문학사상』 2013년 10월호

스크류바

초판 1쇄 발행 • 2017년 10월 20일
초판 2쇄 발행 • 2018년 12월 10일

지은이 / 박사랑
펴낸이 / 강일우
책임편집 / 이선엽
조판 / 황숙화
펴낸곳 / (주)창비
등록 / 1986년 8월 5일 제85호
주소 / 10881 경기도 파주시 회동길 184
전화 / 031-955-3333
팩시밀리 / 영업 031-955-3399 · 편집 031-955-3400
홈페이지 / www.changbi.com
전자우편 / lit@changbi.com

ISBN 978-89-364-3749-7 03810

* 이 책은 서울문화재단의 2014년도 문학창작집 발간지원사업의
  지원을 받아 발간되었습니다